心智圖串聯單字記憶法

修訂版

蘇秦、羅曉翠、晉安佑——著

晨星出版

目次

{ 作者序 } ---------- 006
{ 如何收聽音檔？ } ---------- 008
{ 讀者限定無料 } ---------- 009

人
01 人 • Human ---------- 010
02 家庭親友 • Family ---------- 014
03 身體 • Body ---------- 018

生理與感官
04 視覺 • Eye ---------- 022
05 聽覺 • Ear ---------- 026
06 表達 • Express ---------- 030
07 手部 • Hand ---------- 034
08 腿部 • Leg ---------- 038

健康
09 外觀 • Appearance ---------- 042
10 健康 • Health ---------- 046

心理
11 意念 • Think ---------- 050
12 愛 • Love ---------- 054
13 特質 • Character ---------- 058
14 感覺 • Feel ---------- 062
15 情緒 • Emotion ---------- 066

動物
16 動物 • Animal ---------- 070
17 鳥類 • Bird ---------- 074

植物
18 植物 • Plant ---------- 078
19 蔬菜水果 • Vegetable and Fruit ---------- 082

飲食
20 餐飲 • Restaurant ---------- 086
21 食物 • Food ---------- 090
22 調味、飲料、餐具 • Sauce, Drink and Kitchenware ---------- 094

衣 | 23 衣飾 • Clothes--098

住 | 24 建築 • Build--102
| 25 房間 • Room--106
| 26 傢俱 • Furniture--110

行 | 27 交通 • Traffic--114
| 28 交通工具 • Transportation --------------------------------------118

學習 | 29 學校教育 • School --122
| 30 語言文字 • Language --126
| 31 文具 • Stationery--130

藝術 | 32 藝術 • Art--134
| 33 顏色 • Color--138

文化 | 34 節慶 • Festival--142
| 35 信仰 • Believe --146
| 36 歷史 • History --150

運動 | 37 運動 • Sports --154
| 38 動作 • Action --158
| 39 測驗競賽 • Exam--162

時間 | 40 時間 • Time--166
| 41 日期 • Date--170
| 42 順序始末 • Sequence --174

空間 | 43 空間 • Space--178
| 44 環境 • Environment --182

自然

45　自然 • Nature --186

46　天氣 • Weather --190

47　水 • Water --194

社會

48　政治 • Politics --198

49　社會 • Society --202

50　事件 • Event --206

51　戰爭 • War --210

商業

52　商業 • Business --214

53　價值 • Value ---218

物品

54　物品 • Thing ---222

55　容器、工具 • Tool (1) ----------------------------------226

56　設備 • Tool (2) ---230

57　物體狀態 • Form ---234

度量衡

58　度量衡單位 • Measure ------------------------------------238

59　擁有 • Have ---242

60　數字 • Number ---246

{ 附錄 } 2000 單字歷屆試題 --------------------------------250

　　若以人生階段比喻，2000 單字正是青少年時期——甫脫離 1200 字的生活字彙階段，正要迎向 4000 單字，邁進工作字彙的領域。2000 單字若學得好，不僅能夠彌補 1200 字的不足，還能奠立後續 4000 單字、甚至 7000 單字的學習基礎，就像青少年時期若能鍛鍊身體、發展智能，便能夠彌補童年時期的不足，打下日後成長的基礎。

　　那麼，2000 單字的階段有哪些學習要點呢？

　　語音方面，多音節字增加，若要正確唸音，音節劃分及音韻覺識必須熟練。

　　拼字方面，字首、字根、字尾等詞素逐漸出現，因此，2000 單字是嘗試運用詞素學習字彙的階段，若能熟習，不僅能夠輕鬆學習 2000 單字，更能夠藉由構詞衍生，自然擴增字彙。

　　字彙關聯方面，除了詞素，各種字彙關聯也開始頻繁出現，例如衍生字、類別語意、上層字／下層字、反義字甚至同源字。因此，若能藉由心智圖呈現這些字彙關聯，2000 單字的學習力度就能更加強大。

　　《心智圖串聯單字記憶法》便是一本以 2000 單字為範疇，著重探索學習字彙語音、構詞、語意關聯等面向的字彙書，由於諸多創新而高端的設計，本書適足以成為 2000 單字程度的學習者極佳的單字學習教材。

　　1. 依照單字語意，全書規畫 60 主題，每一主題 24 例句，部分例句包含二主題字。另外，每一主題的單字依照主題字、衍生字、上層字／下層字、反義字或同源字連貫串聯，組成一脈絡多元、層次分明的字彙串，深刻烙印在腦海中。

2. 每一主題皆有一幅心智圖單字表，單字中英對照、圖形流暢清晰，兼具主題預習及複習功能。從 2000 單字濃縮為 60 幅心智圖，學習效率之高，可想而知。

3. 主題單字特別劃分音節，例如 pres．i．dent、vege．ta．ble，藉由視覺標示引導學習者正確唸音，建立正確的音節劃分模式。

4. 例句可讀性高，涵蓋自然科學、歷史文化、生活常識或科技等題材，合乎 108 課綱素養導向的語言學習架構。

5. 書末附錄特別精選「2000 單字歷屆試題」，學習者完成測驗之後可至「讀者限定無料」下載解答，自我檢核學習成果，瞄準單字運用核心。

6. 此外，「讀者限定無料」另收錄進階版「2000 單字高頻詞素」，包含 2000 單字的重要詞素及例字，學習者可以藉由單字強化詞素學習，也可以藉由詞素聯想單字語意，二者相輔相成，成就單字學習。

時值《心智圖串聯單字記憶法》付梓出版之際，吾等衷心感謝晨星出版編輯團隊為本書精湛的品質而付出的努力，感謝「格林法則英語單字記憶」Facebook 粉絲團成員對於吾等單字記憶分享的支持與鼓勵。國內的 2000 單字教學若能因本書的問世而提升成效，則善莫大焉。

蘇秦、羅曉翠、晉安佑

如何收聽音檔？

手機收聽

1. 偶數頁（例如第 10 頁）的頁碼旁都附有 **MP3 QR Code**◄⋯
2. 用 APP 掃描就可立即收聽該跨頁（第 10 頁和第 11 頁）的真人朗讀，掃描第 12 頁的 QR 則可收聽第 12 頁和第 13 頁⋯⋯

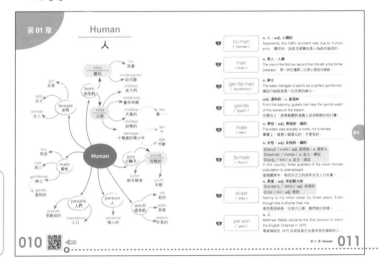

電腦收聽、下載

1. 手動輸入網址＋偶數頁頁碼即可收聽該跨頁音檔，按右鍵則可另存新檔下載

   http://epaper.morningstar.com.tw/mp3/0170014/audio/**010**.mp3

2. 如想收聽、下載不同跨頁的音檔，請修改網址後面的偶數頁頁碼即可，例如：

   http://epaper.morningstar.com.tw/mp3/0170014/audio/**012**.mp3
   http://epaper.morningstar.com.tw/mp3/0170014/audio/**014**.mp3

   依此類推⋯⋯

4. 建議使用瀏覽器：Google Chrome、Firefox

讀者限定無料

內容說明

1. 全書音檔大補帖（01 ～ 60 單元壓縮檔）
2. 2000 單字歷屆試題解答
   （試題請見頁 250 ～頁 261 附錄）
3. 2000 單字高頻詞素
4. 全書單字速查索引

下載方法（建議使用電腦操作）

1. 尋找密碼：請翻到本書第 191 頁，找出第 1 個單字的中文解釋。
2. 進入網站：https://reurl.cc/NX15k6
   （輸入時請注意大小寫）
3. 填寫表單：依照指示填寫基本資料與下載密碼。E-mail 請務必正確填寫，萬一連結失效才能寄發資料給您！
4. 一鍵下載：送出表單後點選連結網址，即可下載。

第 01 章

Human

人

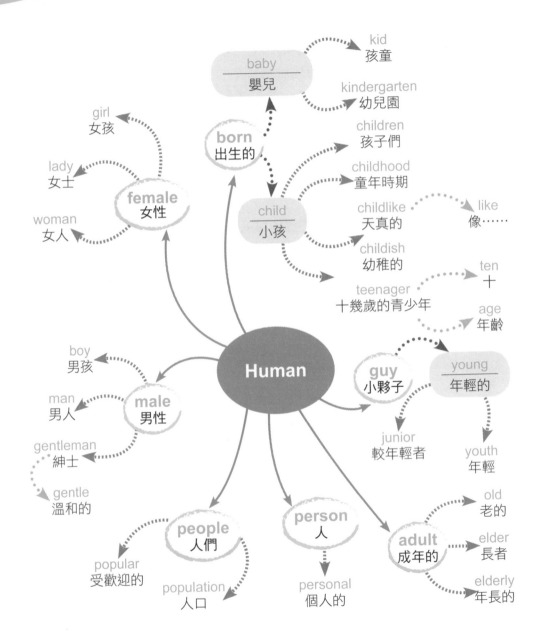

baby
嬰兒

kid
孩童

kindergarten
幼兒園

born
出生的

girl
女孩

lady
女士

female
女性

woman
女人

children
孩子們

childhood
童年時期

childlike
天真的

like
像……

child
小孩

childish
幼稚的

teenager
十幾歲的青少年

ten
十

age
年齡

boy
男孩

man
男人

male
男性

gentleman
紳士

gentle
溫和的

Human

guy
小夥子

young
年輕的

junior
較年輕者

youth
年輕

people
人們

person
人

adult
成年的

old
老的

elder
長者

elderly
年長的

popular
受歡迎的

population
人口

personal
個人的

MP3

1 **hu·man** / `hjumən /

n. 人；adj. 人類的

Apparently, the traffic accident was due to **human** error. 顯然地，該起交通事故是人為疏失造成的。

---

2 **man** / mæn /

n. 男人、人類

The **man** in the first row, second from the left, is the former president. 第一排左邊第二位男士是前任總裁。

---

3 **gen·tle·man** / `dʒɛntlmən /

n. 紳士

The sales manager is said to be a perfect **gentleman**. 據說行銷經理是一位完美的紳士。

---

4 **gen·tle** / `dʒɛntl /

adj. 溫和的；v. 使溫和

From the balcony, guests can hear the **gentle** wash of the waves on the beach.
從陽台上，旅客能聽到海灘上波浪輕輕的拍打聲。

---

5 **male** / mel /

n. 男性；adj. 男性的、雄的

The kitten was actually a **male**, not a female.
事實上，這隻小貓是公的，不是母的。

01

---

6 **fe·male** / `fimel /

n. 女性；adj. 女性的、雌的

➕ ad·ult / ə`dʌlt / adj. 成年的；n. 成年人
➕ wom·an / `wʊmən / n. 女人、婦女
➕ la·dy / `ledɪ / n. 女士、淑女

In this country, three quarters of the **adult female** population is unemployed.
這個國家中，有四分之三的成年女性人口失業。

---

7 **el·der** / `ɛldɚ /

n. 長者；adj. 年紀較大的

➕ el·der·ly / `ɛldəlɪ / adj. 年長的
➕ old / old / adj. 老的

Nancy is my **elder** sister by three years. Even though she is shorter than me.
南西是我姊姊，比我大三歲，雖然她比我矮。

---

8 **per·son** / `pɝsn /

n. 人

Matthew Webb became the first **person** to swim the English Channel in 1875.
馬修瑋柏於 1875 年成為首位泳渡英吉利海峽的人。

9 per·son·al / `pɜ·sn! /

adj. 個人的、私立的

The tour guide reminded passengers to take all their **personal** belongings with them when leaving the coach.
導遊提醒旅客離開巴士時要隨身攜帶個人物品。

10 pop·u·la·tion / ˌpɑpjə`leʃən /

n. 人口、動物或植物的總數

The wild tiger **population** has recently increased over the past century.
野生老虎的數量在過去一個世紀一直增加。

11 pop·u·lar / `pɑpjələ· /

adj. 受歡迎的

➕ peo·ple / `pip! / *n.* 人們

That song was **popular** with **people** from my grandparents' generation.
那首歌從我祖父母的年代起就廣受歡迎。

12 ba·by / `bebɪ /

n. 嬰兒、幼獸

➕ born / bɔrn / *adj.* 出生的；
bear（出生）的過去分詞

The newborn **baby** was named after her maternal grandfather.　這名新生兒以外祖父的名字命名。

13 kid / kɪd /

n. 孩童

My grandchildren are playing hide and seek with the **kids** next door.　我孫子正和隔壁孩子在玩抓迷藏。

14 kin·der·gar·ten / `kɪndə·ˌgɑrtn /

n. 幼兒園

The first **kindergarten** was set up by Froebel in Bad Brandenburg in 1837.　1837 年，福祿貝爾於巴德布蘭肯堡創立第一所幼兒園。

15 chil·dren / `tʃɪldrən /

n. 孩子們（**child** 的名詞複數）

➕ young / jʌŋ / *adj.* 年輕的　➕ child / tʃaɪld / *n.* 小孩

The couple's only son is married with two **young children**.　這對夫婦的獨生子已婚，育有二名小孩。

16 child·hood / `tʃaɪld,hʊd /

n. 童年時期

Steven Jobs, an excellent business leader, spent his **childhood** in Silicon Valley.　史提芬賈伯斯是一名優秀的企業領袖，在矽谷度過童年時期。

17 child·like
/ ˈtʃaɪldlaɪk /

adj. 天真的、孩子般的
The female singer's **childlike** voice leaves her fans fascinated.　該名女歌星的娃娃音讓她的粉絲著迷。

18 boy
/ bɔɪ /

n. 男孩
➕ child·ish / ˈtʃaɪldɪʃ / *adj.* 幼稚的
➕ like / laɪk / *prep.* 像……
The **boy's childish** behavior is making him look **like** such a fool!
那位男孩的幼稚行徑讓他看起來像個傻瓜。

19 girl
/ gɝl /

n. 女孩、女子
The private **girls'** high school is well-known, with a long history of more than 80 years.
私立女子中學聲譽卓著，擁有 80 年悠久歷史。

20 teen·ag·er
/ ˈtin,edʒɚ /

n. 十幾歲的青少年
Some **teenagers** are always getting on the wrong side of their parents.
一些青少年總是和自己的父母唱反調。

01

21 age
/ edʒ /

n. 年齡
The soldier left his hometown at the **age** of 18 to join the war.　這名士兵 18 歲時離開家鄉參加戰爭。

22 youth
/ juθ /

n. 幼獸、年輕
My boss survived many hardships during his **youth**.　我老闆年輕時歷經種種頓困。

23 junior
/ ˈdʒunjɚ /

n. 較年輕者；*adj.* 年紀較輕的、資淺的
➕ ten / tɛn / *n.* 十
Jessie's husband,the bread winner in the family,is **junior** to her by **ten** years.
潔西的丈夫身為一家之主，卻比她小十歲。

24 guy
/ gaɪ /

n. 人、小夥子
My partner is quite a nice **guy** once you get to know him.　我的夥伴很棒，你認識他就知道。

第 02 章

Family

家庭親友

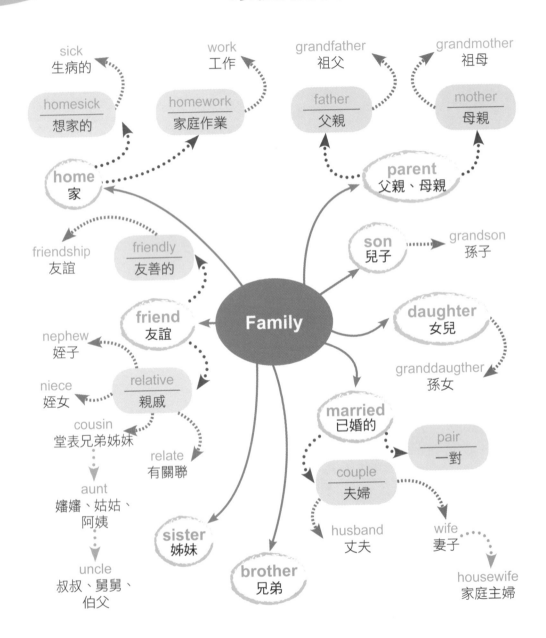

MP3

1 fam·i·ly
/ `fæməlɪ /

n. 家庭、家人　➕ son / sʌn / *n.* 兒子
Mr. Lin's second **son** will take over the management of the **family** business.
林先生的二兒子將接管家族企業。

2 home
/ hom /

n. 家
➕ cou·ple / `kʌpl / *n.* 夫婦、一對
The government will take practical measures to help young **couples** buy their own **homes**.
政府將採行實際措施協助年輕夫妻購買自用住宅。

3 pair
/ pɛr /

n. 一對；*v.* 配對
I could hardly find a matching **pair** of socks in the drawer.　我在抽屜裡幾乎找不到一雙襪子。

4 home·sick
/ `hom,sɪk /

adj. 想家的
➕ sick / sɪk / *adj.* 生病的
I was feeling a little **homesick** when I studied in London.　我在倫敦念書時有點想家。

5 home·work
/ `hom,wɝk /

n. 家庭作業
➕ work / wɝk / *n.* 工作
I did my math **homework** in the study room until eight o'clock.　我在書房作數學作業直到八點。

6 hus·band
/ `hʌzbənd /

n. 丈夫
➕ aunt / ænt / *n.* 嬸嬸、姑姑、阿姨
My **husband** has two rather aged **aunts** in his hometown.　我先生在家鄉有二位年紀相仿的姑姑。

7 wife
/ waɪf /

n. 妻子
➕ house·wife / `haʊs,waɪf / *n.* 家庭主婦
The police officer's **wife** quit her job and became a **housewife**.
警官的太太辭掉工作，成為一名家庭主婦。

8 par·ent
/ `pɛrənt /

n. 父親、母親；*v.* 養育
Parents must be joyful to watch their children's character develop.
看到孩子品格發展，父母一定很喜樂。

02

9 **fa·ther** / `fɑðɚ /

n. 父親　＋ dad、daddy〔口語〕父親

Luckily, for Susan, her step-**father** treated her as if she was his own.

幸運地，蘇珊的養父待她如親生女兒。

10 **grand·fa·ther** / `grænd,fɑðɚ /

n. 祖父　＋ grandpa〔口語〕祖父

The great-**grandfather** of the overseas Chinese family left Xiamen for Singapore in the early 1900s.

該名華僑的曾祖父於1900年初期離開廈門前往新加坡。

11 **moth·er** / `mʌðɚ /

n. 母親　＋ mom、mommy〔口語〕母親

After Gina gave birth, her **mother**-in-law took special care of her.

吉娜的婆婆在她生產過後幫她作月子。

12 **grand·moth·er** / `grænd,mʌðɚ /

n. 祖母　＋ grandma〔口語〕祖母

Jack's **grandmother** is only in her early fifties, but she looks much older.

傑克的祖母才五十出頭，但卻看起來老很多。

13 **daugh·ter** / `dɔtɚ /

n. 女兒

My god **daughter** looks a little chubby in the face.

我乾女兒的臉看起來有點圓滾滾的。

14 **grand·daugh·ter** / `græn,dɔtɚ /

n. 孫女

Mr. and Mrs. Lin's **granddaughter** started school last month.　林姓夫婦的孫女上個月開始上學。

15 **grand·son** / `grænd,sʌn /

n. 孫子

The old couple felt very fortunate to get a new **grandson** last week.

老夫婦感到幸福，因為上星期又多了一個孫子。

16 **broth·er** / `brʌðɚ /

n. 兄弟

＋ mar·ried / `mærɪd / *adj.* 已婚的
＋ mar·ry / `mærɪ / *v.* 結婚

My **brother**-in-law has been working in a gas company since he got **married** with my sister.

我姐夫自從跟我姊姊結婚之後就一直在瓦斯公司工作。

17 sis·ter
/ ˋsɪstɚ /

n. 姊妹、修女

My **sister** burst into tears when she opened her special gift.

我妹妹打開給她的特別禮物時，眼淚奪眶而出。

---

18 un·cle
/ ˋʌŋkḷ /

n. 叔叔、舅舅、伯父

My second **uncle** died of blood cancer the night before.　我二伯於前晚死於血癌。

---

19 cous·in
/ ˋkʌzn /

n. 堂表兄弟姊妹

My **cousin** can do 100 pushups without stopping.

我表姊可以一次做完 100 下伏地挺身。

---

20 neph·ew
/ ˋnɛfju /

n. 姪子

My **nephew** will have gone abroad for further study by the end of this year.

今年底我姪子就要出國深造了。

---

21 niece
/ nis /

n. 姪女

My **niece** successfully passed the GEPT beginner test during summer vacation.

我姪女在暑假期間順利通過全民英檢初級檢定。

---

22 rel·a·tive
/ ˋrɛlətɪv /

n. 親戚；*adj.* 相關的

➕ friend　/ frɛnd / *n.* 朋友、同伴
➕ re·late　/ rɪˋlet / *v.* 有關連

I cannot believe that my new **friend** is my distant **relative**.　我新朋友是我的遠房親戚，真是難以置信。

---

23 friend·ly
/ ˋfrɛndlɪ /

adj. 友善的

The basketball teams played a **friendly** match last Sunday.　這兩支籃球隊上週日打了一場友誼賽。

---

24 friend·ship
/ ˋfrɛndʃɪp /

n. 友誼

Their common hobbies helped them to develop a lasting **friendship**.

他們共同的嗜好發展成長久的友誼。

第 03 章

Body

身體

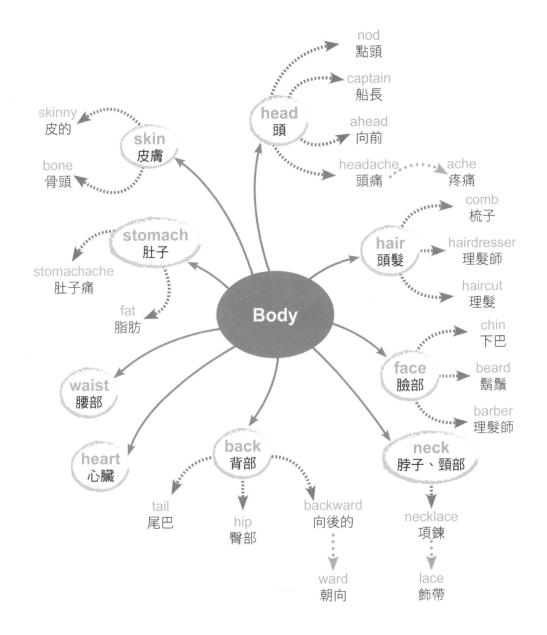

- head 頭
  - nod 點頭
  - captain 船長
  - ahead 向前
  - headache 頭痛
    - ache 疼痛
- skin 皮膚
  - skinny 皮的
  - bone 骨頭
- hair 頭髮
  - comb 梳子
  - hairdresser 理髮師
  - haircut 理髮
- stomach 肚子
  - stomachache 肚子痛
  - fat 脂肪
- face 臉部
  - chin 下巴
  - beard 鬍鬚
  - barber 理髮師
- waist 腰部
- heart 心臟
- back 背部
  - tail 尾巴
  - hip 臀部
  - backward 向後的
    - ward 朝向
- neck 脖子、頸部
  - necklace 項鍊
    - lace 飾帶

MP3

1 bod·y
/ `bɑdɪ /

n. 身體、天體

The lady's **body** language has indicated how she really felt about you.
女子的肢體語言表露她對你的真實感受。

2 head
/ hɛd /

n. 頭；v. 前往

➕ nod / nɑd / v. 點頭
The chairperson **nodded** his **head** to show his agreement with the idea.
主席點頭表示同意該想法。

3 a·head
/ ə`hɛd /

adv. 向前、預先

The review meeting is going **ahead** as arranged.
檢討會議將依原先安排如期舉行。

4 head·ache
/ `hɛd,ek /

n. 頭痛

➕ ache / ek / n. 疼痛
The patient had a serious **headache** in the back right side of his head.
病患頭部右後方感到劇痛。

5 cap·tain
/ `kæptɪn /

n. 船長、機長、警長

The **captain** gave the order to put down the life-boats and save the passengers on board.
船長下令放下救生艇，救援船上乘客。

6 hair
/ hɛr /

n. 頭髮、毛髮

My grandfather is starting to get a few grey **hairs** now.　我祖父開始出現一些灰頭髮。

7 hair·dress·er
/ `hɛr,drɛsɚ /

n. 理髮師

➕ dress·er / `drɛsɚ / n. 化妝師
➕ hair·cut / `hɛr,kʌt / n. 理髮
My roommate went to the **hairdresser** for a **haircut** this afternoon.　我的室友今天下午去理髮店剪頭髮。

8 comb
/ kom /

n. 梳子；v. 梳

The receptionist **combed** her hair and put on a little makeup.　接待人員為她梳頭髮，並且上一些妝。

03

9 face
/ fes /

n. 臉部；*v.* 面對
The rain beat against the man's face when he jogged **facing** the wind.
男子迎風慢跑時，雨水打在他的臉上。

10 beard
/ bɪrd /

n. 鬍鬚
➕ chin / tʃɪn / *n.* 下巴
Tom came back from traveling around the island with a week's worth of **beard** growth on his **chin**.
湯姆環島旅行回來，下巴長了一個星期的鬍鬚。

11 bar·ber
/ ˋbɑrbɚ /

n. 理髮師
My uncle always gets haircuts at the same **barber** shop. 我叔叔一直都在同一家理髮店理髮。

12 neck
/ nɛk /

n. 脖子、頸部
The man on the heavy motorcycle wore a gold chain around his **neck**.
在重機上的男子脖子戴著一條金鍊子。

13 neck·lace
/ ˋnɛklɪs /

n. 項鍊
➕ lace / les / *n.* 飾帶
My mother handed down this diamond **necklace** to me on the day of my wedding.
婚禮那天，媽媽將這條鑽石項鍊交給我。

14 stom·ach
/ ˋstʌmək /

n. 肚子
The nurse asked the patient to lie down on his **stomach**. 護士要病患躺下，腹部朝下。

15 stom·ach·ache
/ ˋstʌmək,ek /

n. 肚子痛
My daughter had a serious **stomachache** all night long. 我女兒整夜嚴重腹痛。

16 waist
/ west /

n. 腰部
These blue jeans are a bit tight around my **waist**.
牛仔褲我穿起來腰身有點緊。

17 hip
/ hɪp /

n. 臀部

➕ fat / fæt / n. 脂肪；adj. 肥胖的

I have extra **fat** on my **hips**, even though I am on a diet. 即使節食，我的臀部還是有贅肉。

18 back
/ bæk /

n. 背部；v. 倒退；adj. 後面的；adv. 向後

The mechanic placed the tools onto the shelf near the **back** door. 技工將工具放到後門附近的櫃子上面。

19 back·ward
/ ˋbækwəd /

adj. 向後的、朝後

➕ ward / wɔrd / adv. 朝向

The angry girl left the house without a **backward** glance. 女孩負氣離家，連回頭瞧一眼都沒有。

20 tail
/ tel /

n. 尾巴

The snake charmer held the snake's **tail** and slowly turned it over. 弄蛇人抓住蛇的尾巴，緩緩將蛇翻過來。

21 heart
/ hɑrt /

n. 心臟

➕ blood / blʌd / n. 血液

Arteries transport **blood** from the **heart** to the body tissues.
動脈從心臟輸送血液到身體組織。

22 bone
/ bon /

n. 骨頭

I felt a fish **bone** get stuck in my throat.
感覺有一根魚刺卡在我的喉嚨。

23 skin
/ skɪn /

n. 皮膚、表皮

Too much time on a tanning bed may cause **skin** cancer. 曬太多日光浴可能引發皮膚癌。

24 skin·ny
/ skɪny /

adj. 皮的、極瘦的

The kangaroo looks a little bit **skinny**, but its bones are strong. 這隻袋鼠看起來有點瘦，但骨頭很強壯。

03

第 04 章

Eye

視覺

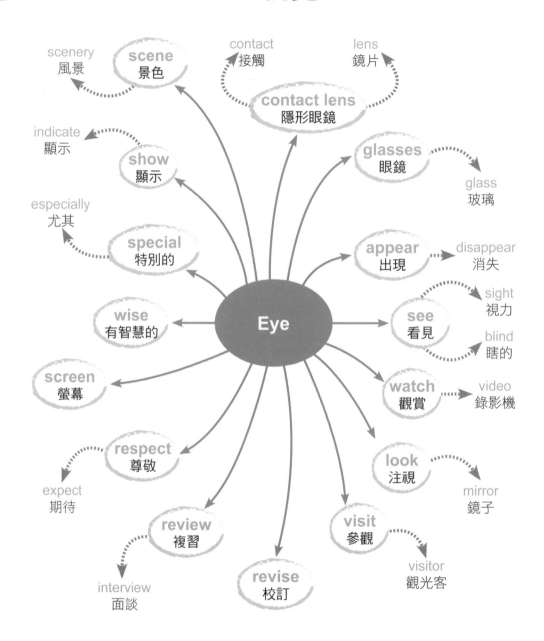

scenery
風景

scene
景色

contact
接觸

lens
鏡片

contact lens
隱形眼鏡

glasses
眼鏡

glass
玻璃

indicate
顯示

show
顯示

especially
尤其

special
特別的

appear
出現

disappear
消失

wise
有智慧的

Eye

see
看見

sight
視力

blind
瞎的

screen
螢幕

watch
觀賞

video
錄影機

respect
尊敬

look
注視

mirror
鏡子

expect
期待

review
複習

visit
參觀

visitor
觀光客

interview
面談

revise
校訂

MP3

1 eye / aɪ /

n. 眼睛、視覺　➕ sight / saɪt / *n.* 視力、名勝
The captain has no **sight** in his right **eye**, so he wears a patch over it.
船長的右眼失去視力,所以他戴眼罩去遮住它。

2 see / si /

v. 看見
We will **see** you off in the train station as arranged.
我們將依安排到火車站為您送行。

3 watch / wɑtʃ /

v. 觀賞;*n.* 手錶
The lady sat by the window and **watched** people walking past.　女子坐在窗邊,看著人們步行經過。

4 ap·pear / ə`pɪr /

v. 出現、顯得
There **appeared** to be a problem with the copy machine this afternoon.　今天下午影印機出現問題。

5 dis·ap·pear / ˌdɪsə`pɪr /

v. 消失
The object **disappeared** into the distance the moment I picked up my camera.
我一拿起照相機,那個物體立即消失在遠方。

6 glasses / `glæsɪz /

n. 眼鏡
➕ glass / glæs / *n.* 玻璃
➕ look / lʊk / *v.* 注視、看起來
My grandfather put on a pair of reading **glasses** and **looked** at the pattern on the poster.
我祖父戴上一副閱讀眼鏡,看著海報上的圖案。

7 contact lens / `kɑntækt ˌlenz /

n. 隱形眼鏡
➕ con·tact / `kɑntækt / *n.* 接觸
➕ lens / lɛnz / *n.* 鏡片
My cousin was advised not to wear **contact lenses** overnight.　有人建議我表妹不要整夜戴著隱形眼鏡。

8 mir·ror / `mɪrɚ /

n. 鏡子
The guy looked at the mirror and and talked to his reflection in the **mirror** for a while.　這人看著鏡子,然後跟鏡中自己的影像説了一會兒的話。

9 vis·it
/ ˋvɪzɪt /

v. 參觀、訪問
The prime minister will pay a formal **visit** to the White House next week. 總理下週將正式訪問白宮。

10 re·vise
/ rɪˋvaɪz /

v. 校訂
The trainee was asked to **revise** her report before submitting it again.
實習生再被要求一次，傳報告之前要先校訂。

11 re·view
/ rɪˋvju /

v. 複習、檢討
I will **review** all my class notes for the final next week. 為了下週的期末考我要複習所有上課筆記。

12 interview
/ ˋɪntɚˌvju /

v. 訪問、面談
Yesterday, my nephew had an **interview** for a job with a local employer.
昨天，我姪子接受一位當地雇主面試工作。

13 vid·e·o
/ ˋvɪdɪˌo /

n. 錄影、錄影機、錄影帶
Members are allowed upload **videos** of their performances to this website.
會員得以上傳他們表演的錄影到這網站。

14 wise
/ waɪz /

adj. 有智慧的
The students made a **wise** decision not going camping when a typhoon was coming.
學生做了一個明智的決定，就是颱風來襲時不去露營。

15 ex·pect
/ ɪkˋspɛkt /

v. 期待、期望
The patient's health is fully **expected** to improve.
預期該名病患的健康狀況將完全改善。

16 re·spect
/ rɪˋspɛkt /

n. ; v. 尊敬、尊重
Over time, the country's leader has been losing the **respect** of the people.
隨著時間過去，國家領導人一直在失去人民的尊敬。

17 spe·cial / `spɛʃəl /

adj. 特別的；*n.* 特色菜

My teacher majored in **special** education with an emphasis on early childhood development.

我的老師主修特殊教育，專長是早期兒童發展。

18 es·pe·cial·ly / ə`spɛʃəlɪ /

adv. 尤其

Steak is one of my most favorite foods, **especially** if it's well done.

牛排是我最喜愛的食物之一，尤其是全熟的。

19 scene / sin /

n. 景色、一場戲劇

In the second **scene**, the camera moved slowly across the cafeteria.

第二場景中，攝影機在小餐館四處緩慢移動。

20 sce·ne·ry / `sinərɪ /

n. 風景　➕ vis·it·or / `vɪzɪtə / *n.* 訪客、觀光客

The **visitors** stepped up to the top of the hill to admire the wonderful **scenery**.

為了欣賞令人讚嘆的風景，訪客步向山丘頂端。

21 screen / skrin /

n. 螢幕、遮蔽物

Press the control key in the bottom left-hand corner of the **screen**.　按下螢幕左下角的控制鍵。

22 show / ʃo /

n. 展覽；*v.* 顯示

The hunter fired the gun, the moment a deer **showed** up in front of him.

獵人在一隻鹿出現在他面前時開了槍。

23 in·di·cate / `ɪndə,ket /

v. 顯示

Belle's facial expressions just **indicated** no interest in going to the night market with us.

蓓拉的臉部表情就顯示沒興趣跟我們去逛夜市。

24 blind / blaɪnd /

adj. 瞎的、盲人的

The firefighter became **blind** when putting out a fire in a warehouse.

那名消防弟兄在一處倉庫滅火時雙眼失明。

04

第 05 章

Ear

聽覺

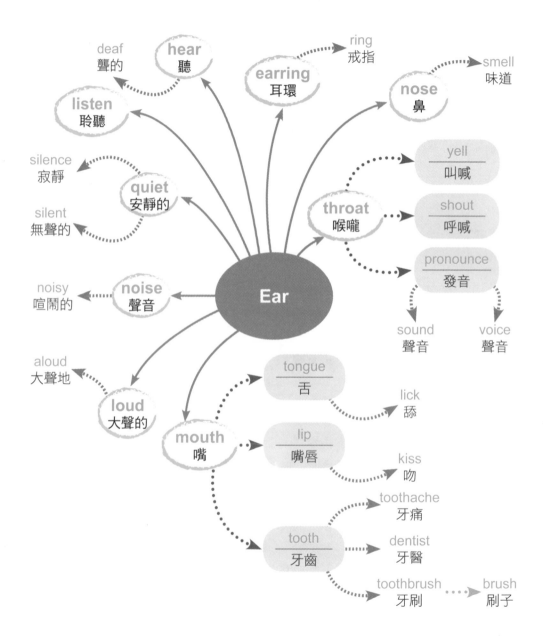

MP3

1 ear
/ ɪr /

n. 耳朵、聽覺　　☐ ear·ring / `ɪr,rɪŋ / *n.* 耳環
The female reporter was wearing a metal **earring** in her right **ear**.
那位女記者在右邊耳朵配戴了一只金屬耳環。

2 ring
/ rɪŋ /

n. 戒指；*v.* 按鈴
In Ukraine, a married lady must wear a wedding ring on the **ring** finger of her right hand.
烏克蘭的已婚婦女必須把結婚戒指戴在右手無名指。

3 hear
/ hɪr /

v. 聽
☐ sound / saʊnd / *n.* 聲音；*v.* 聽起來
Dolphins can **hear** high frequency **sounds** that no other animal can hear.
海豚可以聽到其他動物聽不到的高頻率聲音。

4 listen
/ `lɪsn /

v. 聆聽
The manager paused for a moment to **listen** to both sides of the argument.
經理暫停片刻來聆聽雙方的爭論。

5 deaf
/ dɛf /

adj. 聾的
The machine operator has been **deaf** since birth.
那位機械操作員一出生就聽不見。

6 noise
/ nɔɪz /

n. 聲音、噪音
☐ loud / laʊd / *adj.* 大聲的
☐ a·loud / ə`laʊd / *adv.* 大聲地
The security guard heard **a loud noise** coming from the basement and hurried to see what had happened. 保全聽到地下室傳來一聲巨大聲響，隨即衝過去一看究竟。

7 nois·y
/ `nɔɪzɪ /

adj. 喧鬧的
There happened to be a **noisy** table behind us where people were arguing about something.
我們後面正好有一桌特別喧鬧，那桌的人一直在爭執某件事。

8 qui·et
/ ˋkwaɪət /

adj. 安靜的
My aunt spoke in a **quiet** voice, so as not to wake her baby.
我阿姨小聲講話，免得吵醒她的嬰兒。

9 si·lence
/ ˋsaɪləns /

n. 寂靜、沉默
In the **silence** of the winter night, the war broke out.
在那個寂靜的冬夜裡，戰爭爆發了。

10 silent
/ ˋsaɪlənt /

adj. 無聲的
The police moved into the deserted factory, completely **silent**.
警方進入那座廢棄工廠，完全不動聲色。

11 mouth
/ maʊθ /

n. 嘴
➕ den·tist / ˋdɛntɪst / *n.* 牙醫
The **dentist** wanted the girl to open her **mouth** wide and say, "Ah".
牙醫要女孩張大嘴巴，說：「啊。」

12 tooth
/ tuθ /

n. 牙齒
My daughter had a bad **tooth** pulled out yesterday.
我女兒昨天把壞牙拔掉了。

13 tooth·ache
/ ˋtuθ,ek /

n. 牙痛
I've had a terrible **toothache** for a couple of days.
我的一顆牙齒痛了二、三天，真是要命。

14 tooth·brush
/ ˋtuθ,brʌʃ /

n. 牙刷
Mrs. Lin usually removes crayon marks on the wall with a **toothbrush** and toothpaste.
林太太經常用牙刷和牙膏去除牆上的蠟筆痕跡。

15 brush
/ brʌʃ /

n. 刷子；*v.* 刷、梳
The interviewee gave his hair a **brush** before he entered the meeting room.
面試者進去會議室前梳了一下頭髮。

16 tongue / tʌŋ /

n. 舌

My son burned his **tongue** on some hot soup last night. 我兒子昨晚被熱湯燙到了舌頭。

17 lip / lɪp /

n. 嘴唇　➕lick / lɪk / *v.* 舔　➕kiss / kɪs / *v.* 吻

The girl took a bite of cupcake and **licked** her **lips**. 女孩咬了一口杯子蛋糕，然後舔了舔嘴唇。

18 nose / noz /

n. 鼻

The man took out his handkerchief and blew his **nose** loudly. 那位男子拿出手帕大聲擤鼻涕。

19 smell / smɛl /

n. 味道；*v.* 聞

The boy's feet have an unpleasant **smell**, so he needs to wash them before coming inside.
男孩的腳有一股難聞的味道，他需要在進來之前去洗腳。

20 throat / θrot /

v. 喉嚨

I've had a sore **throat** for a couple of days, and I can't speak. 我喉嚨痛二、三天了，說不出話來。

21 pro·nounce / prə`naʊns /

v. 發音

The student didn't **pronounce** the word correctly. 學生沒有將那個詞唸對。

22 voice / vɔɪs /

n. 聲音

The tour guide shared his travel experience in a cheerful **voice**. 導遊用愉悅的聲音分享個人旅行經驗。

23 yell / jɛl /

v. 叫喊

The captain **yelled** a warning to the sailors on the upper deck. 船長對上層甲板上的水手大聲警告。

24 shout / ʃaʊt /

n. 呼喊；*v.* 喊叫

The engineer **shouted** at the worker but he couldn't hear. 工程師對著工人喊叫，但他沒有聽見。

第 06 章

Express

表達

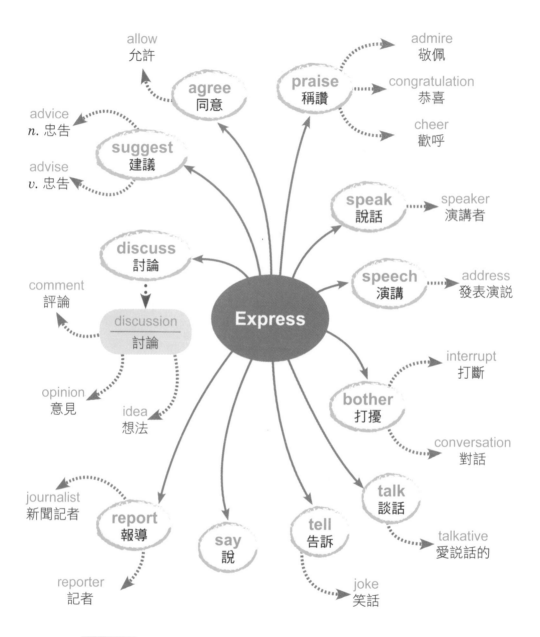

allow
允許

admire
敬佩

agree
同意

praise
稱讚

congratulation
恭喜

cheer
歡呼

advice
n. 忠告

suggest
建議

advise
v. 忠告

speak
說話

speaker
演講者

discuss
討論

speech
演講

address
發表演說

Express

comment
評論

discussion
討論

interrupt
打斷

opinion
意見

idea
想法

bother
打擾

conversation
對話

journalist
新聞記者

talk
談話

report
報導

say
說

tell
告訴

talkative
愛說話的

reporter
記者

joke
笑話

MP3

1 ex·press
/ ɪkˋsprɛs /

v. 表達

➕ o·pin·ion / əˋpɪnjən / *n.* 意見

The other party will not express an opinion on this matter. 另一政黨將不針對該起事件表達意見。

2 speech
/ spitʃ /

n. 演講

➕ com·ment / ˋkamɛnt / *n.* ; *v.* 評論

Most students made no comments on the police officer's speech.

大多數的學生對警官的演講不予置評。

3 speak·er
/ ˋspikɚ /

n. 演講者、講某種語言的人

➕ speak / spik / *v.* 說話

My homeroom teacher is a native speaker of English from Ireland.

我的導師是一位來自愛爾蘭的英語母語人士。

4 ad·dress
/ əˋdrɛs /

v. 發表演說 ; *n.* 地址

Soon after the terrorist attack, the President gave an address to the nation.

恐怖攻擊之後，總統隨即發表全國演說。

5 re·port
/ rɪˋport /

n. ; *v.* 報導、報告

The woman reported her neighbor to the police for child abuse. 婦人向警方舉發她的鄰居虐童。

6 re·port·er
/ rɪˋportɚ /

n. 記者 ➕ talk·a·tive / ˋtɔkətɪv / *adj.* 愛說話的

The new reporter is a lively and talkative person.

新手記者是個活潑又健談的人。

7 talk
/ tɔk /

v. 談話

The police had a long talk with the man living next door to me. 警方跟住我隔壁的男子談了很久。

8 jour·nal·ist
/ ˋdʒɝnəlɪst /

n. 新聞記者

Many foreign journalists are waiting to interview the president-elect.

許多外國記者正等著採訪總統當選人。

9 tell / tɛl /

v. 告訴

➕ joke / dʒok / *n.* 笑話

The host recently **told** a **joke** on his daytime talk show. 主持人最近在白天的脫口秀上說了一個笑話。

10 say / se /

v. 說

➕ cheer / tʃɪr / *n.* ; *v.* 歡呼

The cheerleader didn't **say** whether or not she was coming to the party.

那位啦啦隊長沒說要不要參加派對。

11 con·ver·sa·tion / ˌkɑnvəˈseʃən /

n. 對話

My uncle struck up an interesting **conversation** with the vendor.

我叔叔跟小販打開話匣子，聊了一些有趣的事。

12 di·scuss / dɪˈskʌs /

v. 討論、論述

The company spokesperson refused to **discuss** the matter in public. 公司發言人拒絕公開談論該事件。

13 di·scus·sion / dɪˈskʌʃən /

n. 討論

The bridge rebuilding plans have been under **discussion** for a year now.

橋梁重建計畫至今已討論一年了。

14 in·ter·rupt / ˌɪntəˈrʌpt /

v. 打斷

Please feel free to **interrupt** me if you need any further information.

若需要任何進一步的訊息，請隨時打斷我的話。

15 both·er / ˈbɑðə /

v. 打擾、麻煩

Don't **bother** doing the dishes. I'll wash them later.

不麻煩你洗碗，等會我自己來。

16 sug·gest / səˈdʒɛst /

v. 建議

I **suggested** a Japanese restaurant near the MRT station for the luncheon.

我提議到捷運站附近的一家日式餐廳開午餐會。

17 **ad·vice** / əd`vaɪs /

n. 忠告、通知

The woman took her physician's **advice** and quit drinking. 女子接受醫師的忠告而戒酒。

18 **ad·vise** / əd`vaɪz /

v. 忠告、通知

The manager **advised** the salesperson against smoking. 經理勸那名業務不要抽菸。

19 **i·dea** / aɪ`diə /

n. 想法、理念

The **idea** behind the design is to create a cheerful and comfortable space.
這項設計的理念是要創造一個歡樂且舒適的空間。

20 **al·low** / ə`laʊ /

n. 允許

Surfing is not **allowed** at this beach because there is a chance of shark attack.
這區海灘不准衝浪，因為可能遭受鯊魚攻擊。

21 **a·gree** / ə`gri /

v. 同意、意見一致

I totally **agree** with you on this point.
我完全同意妳這個觀點。

22 **praise** / prez /

n.；v. 稱讚

The principal **praised** the boy student for his courage. 校長稱讚男同學勇氣可嘉。

23 **ad·mire** / əd`maɪr /

v. 敬佩、羨慕

Many hikers stopped at the top of the mountain to **admire** the scenery.
許多登山客佇足山頂，讚嘆那片風景。

24 **con·grat·u·la·tion** / kənˌɡrætʃə`leʃən /

n. 恭喜

Congratulations on your promotion! You've earned a raise! 恭喜你升遷了！你可以加薪了。

06

第 07 章

Hand
手部

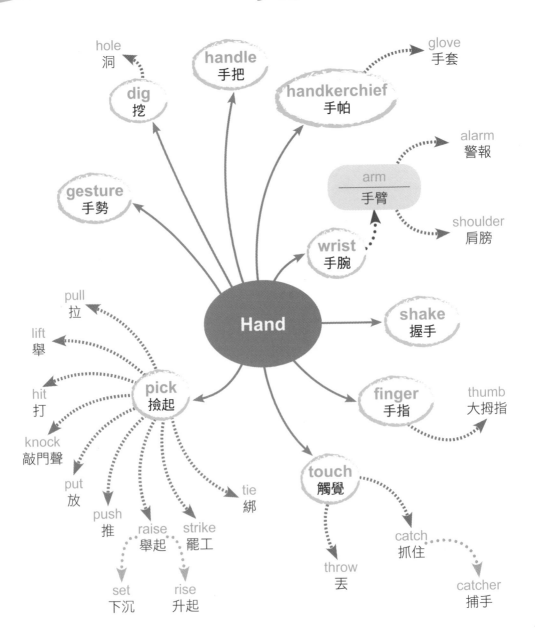

MP3

1 hand
/ hænd /

n. 手；v. 傳遞

➕ glove / glʌv / n. 手套

This pair of gardening **gloves** doesn't fit the gardener's **hands**.　這副園藝手套不合園丁的手。

2 han·dle
/ `hænd! /

n. 手把；v. 處理

The financial manager **handles** the advertisements in the company.　財務經理為公司廣告操盤。

3 hand·ker·chief
/ `hæŋkə‚tʃɪf /

n. 手帕

The man took out his **handkerchief** and wiped his sweat.　男子拿出他的手帕擦拭汗水。

4 thumb
/ θʌm /

n. 大拇指

➕ hit / hɪt / n. ; v. 打

The blacksmith's **thumb** was **hit** by a hammer.
鐵匠的大拇指被槌子打到。

5 arm
/ ɑrm /

n. 手臂；v. 武裝

The monkey held the zookeeper in his **arms**, and they were face to face.
猴子將動物園園長抱在懷裡，彼此面對面。

6 alarm
/ ə`lɑrm /

n. 警報、警報器

The secretary activated the **alarm** the moment she saw the smoke.　祕書一看見煙霧就啟動警報器。

7 wrist
/ rɪst /

n. 手腕

➕ fin·ger / `fɪŋgə / n. 手指

The monkey dug its fingernails into the visitor's **wrist**.　猴子把指甲嵌入遊客的手腕裡。

8 shoul·der
/ `ʃoldə /

n. 肩膀

➕ touch / tʌtʃ / n. 觸覺；v. 觸摸

The cat **touched** me on my **shoulder** to get my attention.　貓咪觸碰我的肩膀以引起注意。

07

9 **ges·ture** / ˋdʒɛstʃɚ /

n. 手勢

The naughty boy made an impolite **gesture** at the security guard.

調皮的男孩對警衛比出一個不禮貌的手勢。

10 **catch** / kætʃ /

v. 抓住、接住

➕ catch·er / ˋkætʃɚ / *n.* 捕手

The batter swang and missed, and the **catcher caught** the ball before it hit the ground.

捕手在打者揮出的球落地前將球接住了。

11 **throw** / θro /

v. 丟、擲、扔

The coach wanted the shortstop to **throw** the baseball to third base. 教練要游擊手傳球到三壘。

12 **knock** / nɑk /

n. 敲門聲；*v.* 敲

The boy **knocked** on the window to attract the house owner's attention.

為了引起屋主的注意，男孩敲了敲窗戶。

13 **strike** / straɪk /

n. 罷工；*v.* 突襲、擊打

The farmer was **struck** by lightning and now he has a lightning-shaped burn.

農夫遭到閃電擊中，留下閃電形狀的燒傷。

14 **pick** / pɪk /

v. 撿起、挑選

Now, I need to **pick** up the guests at a local hotel, as arranged.

現在，我必須按原先安排去接人在當地旅館的訪客。

15 **dig** / dɪg /

v. 挖

The dog **dug** a hole in the backyard to hide a bone in. 狗在後院挖了一個洞，然後把一塊骨頭藏在裡面。

16 **hole** / hol /

n. 洞

The patient got a **hole** in his left wisdom tooth.

病患的左邊智齒有個洞。

MP3

17 lift
/ lɪft /

n.；v. 舉、抬

Once upon a time, a wise old man **lifted** up a snake in the desert. 很久以前，一位睿智的長者在沙漠中舉起一條蛇。

18 raise
/ rez /

v. 舉起、飼養、募款；***n.*** 加薪

The bodyguard **raised** his gun, took aim and fired at the bad guy. 保鑣舉槍、瞄準，隨後朝歹徒開槍。

19 rise
/ raɪz /

n.；v. 升起、增加

The sun **rises** in the east and sets in the west.
太陽自東邊升起，西邊落下。

20 push
/ pʊʃ /

v. 推

➕ put / pʊt / ***v.*** 放

The landlord tried to **push** the door to the basement open, but it was stuck.
房東使力推開地下室的門，但門卡住了。

21 pull
/ pʊl /

v. 拉

The man **pulled** the end table away from the three-seat sofa. 男子把茶几推離三人沙發。

22 set
/ sɛt /

n. 集合；***v.*** 建立、設立、（日、月）落、下沉

The toy museum is **set** back from the main road.
玩具博物館背對著主要幹道。

23 shake
/ ʃek /

n.；v. 握手、搖動

The guy **shook** the branches of the mango tree and the fruit fell down.
男子搖晃芒果樹的枝幹，芒果就掉下來了。

24 tie
/ taɪ /

n. 領帶；***v.*** 綁

Myra was asked to **tie** her hair back during PE class. 麥拉被要求體育課時把頭髮綁起來。

07

第 08 章

Leg

腿部

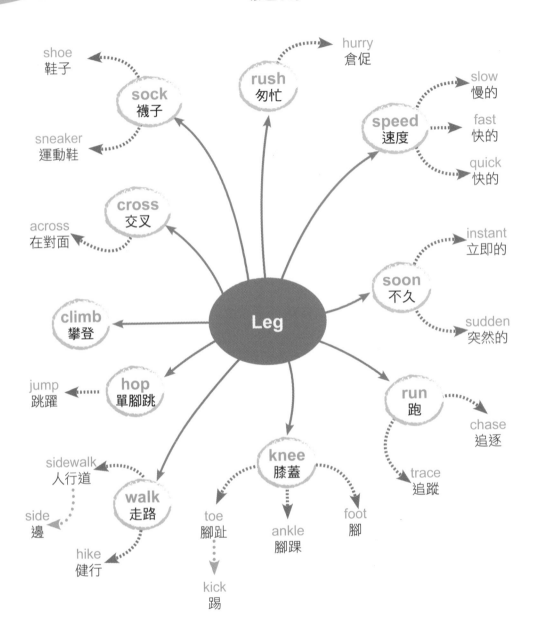

shoe
鞋子

sneaker
運動鞋

sock
襪子

rush
匆忙

hurry
倉促

speed
速度

slow
慢的

fast
快的

quick
快的

cross
交叉

across
在對面

soon
不久

instant
立即的

sudden
突然的

climb
攀登

jump
跳躍

hop
單腳跳

run
跑

chase
追逐

trace
追蹤

sidewalk
人行道

side
邊

walk
走路

hike
健行

toe
腳趾

knee
膝蓋

ankle
腳踝

foot
腳

kick
踢

MP3

1 leg
/ lɛg /

n. 腿

➕ cross / krɔs / *n.* 十字形；*v.* 使交叉

The stranger sat down, **crossing** his **legs** and looking around.　陌生人坐下，雙腿交叉並環顧四周。

2 a·cross
/ ə`krɔs /

adv. 在對面；*prep.* 橫越

The villagers have already built a new bridge **across** the river.　村民已蓋好一座橫跨河川的新橋。

3 toe
/ to /

n. 腳趾

➕ kick / kɪk / *n.*；*v.* 踢

My sister accidentally **kicked** a stone and hurt her **toe**.　我妹妹意外踢到一顆石頭，傷到腳趾。

4 knee
/ ni /

n. 膝蓋

The prince got down on his **knees** in front of the king and queen.　王子在國王及皇后面前彎下膝蓋。

5 an·kle
/ `æŋkl /

n. 腳踝

➕ foot / fʊt / *n.* 腳

The guy broke his **ankle** when he stepped into a hole in a parking lot.
男子踩進停車場裡的一個洞，腳踝骨折。

6 sneak·er
/ `snikɚ /

n. 運動鞋

➕ shoe / ʃu / *n.* 鞋子

Sneakers are especially designed for physical exercise.　運動鞋是專為體能運動而設計的。

7 sock
/ sɑk /

n. 襪子

My niece is wearing a pair of **socks** with holes in the toe.　我姪女穿著一雙腳趾頭有破洞的襪子。

8 walk
/ wɔk /

n.；*v.* 走路、溜

➕ side·walk / `saɪd,wɔk / *n.* 人行道

You need to **walk** some distance along the **sidewalk** before heading through the square.
穿越廣場前，你得沿著人行道走一段路。

08

9 **side**
/ saɪd /

n. 邊
A triangle has three angles and three **sides**.
一個三角形有三個角及三個邊。

10 **hike**
/ haɪk /

n.；*v.* 健行
Last Sunday, the four of us took a long **hike** up onto the hill top.　上星期日，我們四人長途健行攻上山頂。

11 **jump**
/ dʒʌmp /

n.；*v.* 跳躍
The rider was thrown, as the racing horse **jumped** over the fence.　賽馬跳越圍籬時騎士被拋了下來。

12 **hop**
/ hɑp /

n.；*v.* 單腳跳
The student **hopped** onto the school bus at the bus stop.　那名學生單腳一跳，上了停在公車站的校車。

13 **climb**
/ klaɪm /

n.；*v.* 攀登、逐漸上升
The cost of iron has **climbed** rapidly in the last few months.　鐵的成本價在過去幾個月急遽上升。

14 **chase**
/ tʃes /

n.；*v.* 追逐、追求
➕ run / rʌn / *n.*；*v.* 跑
To shake off the police car that was **chasing** him, the driver drove through the red lights.
為了甩開追逐的警車，駕駛闖越紅燈。

15 **trace**
/ tres /

v. 追蹤；*n.* 痕跡
Hank has **traced** his family history back to the sixteenth century.
漢克將他的家族歷史追溯至 16 世紀。

16 **speed**
/ spid /

n. 速度；*v.* 加速
The concept car has a top **speed** of 180 miles per hour.　概念車最高速度是每小時 180 英哩。

17 fast / fæst /

adj. 快的；*adv.* 快速地

The man's heart was beating **fast** when he got to the hospital. 男子抵達醫院時，心臟快速跳動。

18 quick / kwɪk /

adj. 快的；*adv.* 迅速的

My son asked for a **quick** snack before he left for the chess club.
我兒子出門去上圍棋課前要求趕快吃一份甜點。

19 soon / sun /

adv. 不久、很快地

The repairman couldn't get the repairs done **soon** enough. 維修人員無法快速完成維修。

20 in·stant / ˈɪnstənt /

adj. 立即的、速食的

From now on, I will not drink any more **instant** coffee. 從現在起，我將不再喝三合一咖啡。

21 rush / rʌʃ /

n. 匆忙；*v.* 冒失地做；*adj.* 匆忙的

The boss shouldn't **rush** to blame the new employee. 老闆不該冒失責備那名新員工。

08

22 hur·ry / ˈhɝɪ /

n. 倉促；*v.* 匆忙

The woman left in such a **hurry** that she forgot her admission ticket. 婦人倉促離去，結果忘了入場券。

23 sud·den / ˈsʌdn /

adj. 突然的、意外的

The tour guide had a **sudden** heart attack during the trip to the Middle East.
導遊在前往中東的途中突然心臟病發。

24 slow / slo /

adj. 慢的；*adv.* 慢地

The government was very **slow** to tell the truth about the matter. 政府很慢才講出該起事件的實情。

第 09 章

Appearance

外觀

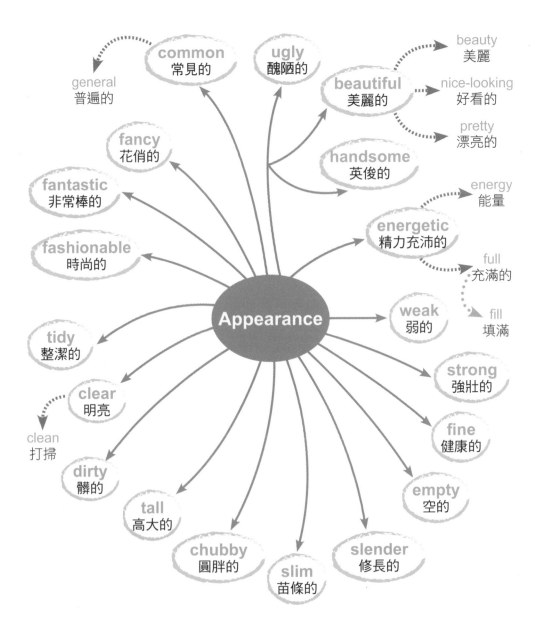

- general 普遍的
- common 常見的
- ugly 醜陋的
- beautiful 美麗的
  - beauty 美麗
  - nice-looking 好看的
  - pretty 漂亮的
- handsome 英俊的
- fancy 花俏的
- fantastic 非常棒的
- fashionable 時尚的
- energetic 精力充沛的
  - energy 能量
  - full 充滿的
  - fill 填滿
- weak 弱的
- tidy 整潔的
- clear 明亮
  - clean 打掃
- strong 強壯的
- fine 健康的
- dirty 髒的
- tall 高大的
- chubby 圓胖的
- slim 苗條的
- slender 修長的
- empty 空的

Appearance

MP3

1 hand·some
/ `hænsəm /

adj. 英俊的、美觀的
The hero looks so **handsome**. I cannot take my eyes off him. 那名英雄看起來好英俊，我無法將目光從他身上移開。

2 beau·ty
/ `bjutɪ /

n. 美麗、美的事物
The northeastern coastline is an area of outstanding natural **beauty**. 東北海岸線是一處天然美的勝地。

3 beau·ti·ful
/ `bjutəfəl /

adj. 美麗的、出色的
➕ug·ly / `ʌglɪ / *adj.* 醜陋的、可憎的
There appeared some big **ugly** dogs outside the **beautiful** garden.
美麗的花園外面出現幾隻又大又醜的狗。

4 pretty
/ `prɪtɪ /

adj. 漂亮的、優美的；*adv.* 非常地
The scenery of the highland is as **pretty** as a picture. 高地的風景美得像一幅圖畫。

5 nice-looking
/ ˌnaɪs`lʊkɪŋ /

adj. 好看的
The blanket is full of **nice-looking** patterns on it.
毯子布滿好看的圖案在上面。

6 fan·cy
/ `fænsɪ /

adj. 別緻的、花俏的；*n.* 想
The decorations look a little too **fancy** for the house owner's tastes.
對照屋主的品味，裝飾品看起來有點太花俏。

7 fan·tas·tic
/ fæn`tæstɪk /

adj. 非常棒的、難以置信的
We had a **fantastic** meal at the Japanese-style bar.
我們在居酒屋享用了非常棒的一餐。

8 fash·ion·a·ble
/ `fæʃənəb!̣ /

adj. 時尚的
Last night, I ate out with several of my relatives in a **fashionable** restaurant.
昨晚，我跟幾位親戚外出到一家時尚的餐廳用餐。

9 slen·der
/ˋslɛndɚ /

adj. 修長的、纖細的
Curry leaves are long, **slender** and dark green.
咖哩葉子是長形、纖細、深綠色的。

10 slim
/ slɪm /

adj. 苗條的、纖細的
The flute player is of **slim** build with long, dark hair.
長笛演奏者的身材纖細，長髮烏黑。

11 chub·by
/ˋtʃʌbɪ /

adj. 圓胖的、豐滿的
My daughter had very **chubby** cheeks when she was a child.
我女兒小時候兩頰圓滾滾的。

12 tall
/ tɔl /

adj. 高大的
The stranger is about six feet **tall** with broad shoulders.　陌生人大約六英尺高，肩膀寬厚。

13 strong
/ strɔŋ /

adj. 強壯的、濃的
The donkey must be very **strong** to carry such a weight on its back.
驢子能背負這樣的重量，一定是非常強壯。

14 energy
/ˋɛnɚdʒɪ /

n. 能量、活力
➕ full / fʊl / *adj.* 充滿的、吃飽的
The assistant is diligent, and she is always so **full** of **energy**.　助理很勤奮，總是充滿活力。

15 fill
/ fɪl /

v. 填滿、填補
Many teenagers **fill** most of their time playing online games.　許多青少年用玩線上遊戲來塞滿他們大多數的時間。

16 en·er·get·ic
/ˏɛnɚˋdʒɛtɪk /

adj. 精力充沛的、充滿活力的
During the summer camp, there are a lot of **energetic** activities for teenagers to choose from.
夏令營期間，有好多充滿活力的活動供青少年選擇。

17 weak / wik /

adj. 弱的、虛弱的

I am feeling **weak**, because I have not fully recovered from my illness.

我覺得虛弱，因為還沒從疾病中完全復原。

18 fine / faɪn /

adj. 健康的、晴朗的、極好的

n. 罰款；*v.* 處以罰款

This church is the **finest** example of Rayonnant Gothic architecture.

這座教堂是輻射狀哥德式建築的最佳典範。

19 clear / klɪr /

adj. 明亮的、明朗的、晴朗的；*v.* 清除

It isn't **clear** at all how long the workers' strike will go on for.　工人罷工要持續多久，一點也不明朗。

20 clean / klin /

v. 打掃；*adj.* 清潔的、未使用過的

➕ empty / `ɛmptɪ / *adj.* 空的；*v.* 倒空

Make sure the **empty** bottles are thoroughly **clean** before you pour the liquid into it.

倒入液體前要確定空瓶子非常清潔。

09

21 ti·dy / `taɪdɪ /

adj. 整潔的；*v.* 整理

Keeping a kitchen **tidy** is really a tiring job.

維持廚房整潔真是一件累人的差事。

22 dirt·y / `dɝtɪ /

adj. 髒的、卑鄙的

I had to stop and roll my trousers up or I will get them **dirty**.　我必須停下來捲起長褲，不然會弄髒。

23 com·mon / `kamən /

adj. 常見的、共同的

Smith and Jones are both **common** names in Britain.　史密斯及瓊斯都是英國常見的名字。

24 gen·e·ral / `dʒɛnərəl /

adj. 普遍的、公眾的；*n.* 將軍

There is **general** concern about overwork and low income.　超時工作及低薪是普遍關注的事。

第 10 章

Health

健康

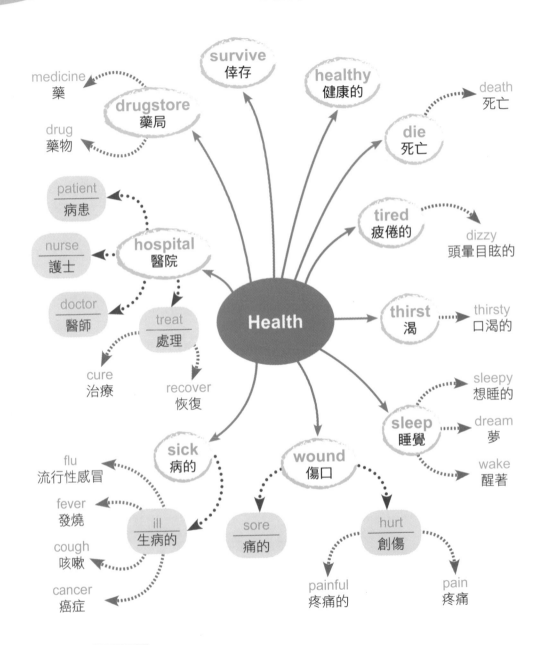

MP3

1 **health** / hɛlθ /

n. 健康　➕ health·y / `hɛlθɪ / *adj.* 健康的
Fresh fruit and vegetables form an important part of a **healthy** diet.　新鮮蔬果形成了健康飲食的重要部分。

---

2 **ill** / ɪl /

adj. 生病的、壞的

➕ sick / sɪk / *adj.* 病的、噁心的
The cleaning lady took a **sick** leave because she felt quite **ill** from fever.
由於發燒、病得不輕，清潔女工請了病假。

---

3 **flu** / flu /

n. 流行性感冒
There were a number of students who were off school last week with **flu**.
上星期有許多學生因流感而未上學。

---

4 **fe·ver** / `fivɚ /

n.；*v.* 發燒
Suddenly, The boy had a high **fever** of 40-41℃ , without a clear cause.　男孩突然高燒至 40 到 41 度，原因不明。

---

5 **cough** / kɔf /

n.；*v.* 咳嗽
My wife has been suffering from a dry **cough** for two weeks now.　我太太乾咳到現在已經二個星期了。

---

6 **thirst·y** / `θɝstɪ /

adj. 口渴的　➕ thirst / θɝst / *n.* 渴、乾旱
Actually, drinking too much water may make you feel **thirsty**.　事實上，喝太多水可能讓你覺得口渴。

---

7 **diz·zy** / `dɪzɪ /

adj. 頭暈目眩的
Due to sunstroke, the gardener felt **dizzy** and had a high temperature.
因為中暑，園丁感到頭暈目眩，還發高燒。

---

8 **sleep·y** / `slipɪ /

adj. 想睡的、令人昏昏欲睡的

➕ sleep / slip / *n.*；*v.* 睡覺
➕ tired / taɪrd / *adj.* 疲倦的
I was feeling **sleepy** even after an eight-hour **sleep** the previous night.
即使前一晚有八小時的睡眠，我還是昏昏欲睡。

9 dream / drim /

n. 夢、理想；*v.* 作夢

I had a very strange **dream** about my family last night.　昨晚我做了一個很奇怪的夢，跟家人有關。

10 wake / wek /

v. 醒著、喚醒

My sister **woke** up with a headache this morning.
我姐姐今天早上醒來時頭痛。

11 hurt / hɝt /

n. 創傷；*v.* 損害、使受傷

Using your smartphone, especially in the dark, will **hurt** your eyes.
滑手機將使你的眼睛受損，尤其是在黑暗中滑手機。

12 wound / wund /

n. 傷口；*v.* 使受傷

➕ nurse / nɝs / *n.* 護士
➕ doc·tor / `dɑktə / *n.* 醫師

The **nurse** cleaned the ankle **wound** for the boy.
護士為男孩清潔腳踝的傷口。

13 sore / sor /

adj. 痛的、悲痛的

My feet were **sore** with all the hiking in the mountains.　因為在山區走一大段路，我雙腳疼痛。

14 pain / pen /

n. 疼痛、痛苦；*v.* 使疼痛、使痛苦

➕ cure / kjʊr / *n.* 治療、療程；*v.* 治療

My coach tried to **cure** the **pain** in my wrist by putting some ice on it.
我的教練試著用冰敷治療我手腕的疼痛。

15 pain·ful / `penfəl /

adj. 疼痛的、痛苦的

The film brought back **painful** memories to many old soldiers.　影片將許多老兵帶回痛苦的回憶中。

16 medi·cine / `mɛdəsn /

n. 藥、醫學；*v.* 藥物治療

You need to continue to take **medicine** until your cold is gone.　你必須持續服藥，直到感冒好了。

17 treat
/ trit /

***v.* 處理、對待；*n.* 款待**

My sister was being treated for a rare skin problem.
我妹妹那時在接受一個罕見皮膚問題的治療。

18 re·cov·er
/ rɪˋkʌvɚ /

***v.* 恢復、康復**

It took my mom a long time to recover from her heart operation.
我母親經過一段很長時間才從心臟手術中復原。

19 sur·vive
/ səˋvaɪv /

***v.* 倖存、活下來**

Pine trees cannot survive in very hot conditions.
松樹在炎熱環境中無法存活。

20 hos·pi·tal
/ ˋhɑspɪtl̩ /

***n.* 醫院**

My niece spent a week in hospital during summer vacation.　我姪女暑假期間住院一星期。

21 pa·tient
/ ˋpeʃənt /

***n.* 病患；*adj.* 忍耐的**

➕ can·cer / ˋkænsɚ / *n.* 癌症

A number of cancer patients have been successfully treated with the new drug.
許多癌症患者以新藥獲得治癒。

22 drug·store
/ ˋdrʌg,stor /

***n.* 藥局、藥妝店**

➕ drug / drʌg / *n.* 藥物、毒品

I got painkillers from a 24-hour drugstore last night.
昨夜我在一家 24 小時營業的藥局買止痛藥。

23 die
/ daɪ /

***v.* 死亡、枯萎**

In India, more than fifty thousand people die from snakebite every year.
在印度，每年有超過五萬人死於蛇咬傷。

24 death
/ dɛθ /

***n.* 死亡**

A lot of animals burned to death in the forest fire.
很多動物在森林大火中被燒死。

第 11 章

Think

意念

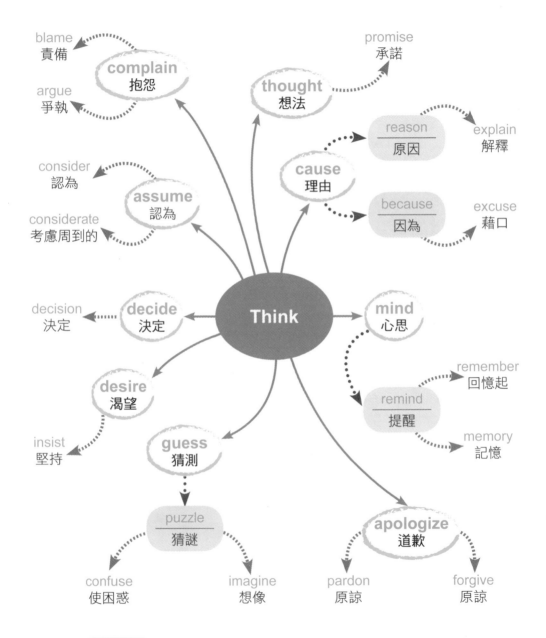

blame 責備
complain 抱怨
argue 爭執

thought 想法
promise 承諾

reason 原因
explain 解釋

cause 理由
because 因為
excuse 藉口

consider 認為
assume 認為
considerate 考慮周到的

Think

decision 決定
decide 決定

mind 心思
remember 回憶起
remind 提醒
memory 記憶

desire 渴望
insist 堅持

guess 猜測
puzzle 猜謎
confuse 使困惑
imagine 想像

apologize 道歉
pardon 原諒
forgive 原諒

MP3

1 mind / maɪnd /

n. 心思、想法；*v.* 介意、注意
I'm not quite clear in my mind about what I should do next. 我的心思不太清楚自己下一步該怎麼做。

2 re·mind / rɪˋmaɪnd /

v. 提醒、使想起
⊞ re·mem·ber / rɪˋmɛmbɚ / *v.* 回憶起；*n.* 記得
This song reminds me of my junior high school days. 這首歌使我想起國中時期的日子。

3 thought / θɔt /

n. 想法、思考
⊞ prom·ise / ˋprɑmɪs / *n.* 承諾、諾言；*v.* 承諾
Jack usually makes a promise to someone without a second thought.
傑克經常不假思考就對他人做出承諾。

4 as·sume / əˋsjum /

v. 認為、臆測
Many students assumed the new teacher to be Korean. 許多學生認為新老師是韓國人。

5 con·sid·er / kənˋsɪdɚ /

v. 認為、考慮
The sales manager is considering changing the promotion plan. 行銷經理正在考慮改變促銷計畫。

6 con·sid·er·ate / kənˋsɪdərət /

adj. 考慮周到的、體諒的
It is considerate of you to remind me to bring an umbrella along with me.
你真是考慮周到，提醒我要帶把傘。

7 i·ma·gine / ɪˋmædʒɪn /

v. 想像、猜想
I imagine the captain was under a lot of pressure at that moment.
我猜想警長在那時候承受了很大的壓力。

8 guess / gɛs /

n.；*v.* 猜測
Can you guess the height of the main gate?
你能猜到大門的高度嗎？

11

9 **puz·zle** / ˋpʌz! /

n. 猜謎；v. 使迷惑
My cousin enjoys playing free online jigsaw **puzzles**. 我表弟喜愛玩免費線上拼圖猜謎。

10 **con·fuse** / kənˋfjuz /

v. 使困惑、混淆
I think you're **confusing** my cousin with someone else. 我想你將我表弟跟其他人搞混了。

11 **de·ci·sion** / dɪˋsɪʒən /

n. 決定、結論
➕ de·cide / dɪˋsaɪd / v. 決定
After a long discussion, engineers finally arrived at a **decision**.
經過冗長討論之後，工程師們終於達成結論。

12 **de·sire** / dɪˋzaɪr /

n. 渴望；v. 渴望、要求
The priest had a strong **desire** to go back to his hometown before he died.
牧師有一股強烈渴望，就是過世前回到自己的家鄉。

13 **in·sist** / ɪnˋsɪst /

v. 堅持、強調
My wife **insisted** on a selfie with the delicious chocolate tiramisu cake on the plate.
我太太堅持要與盤子上美味的巧克力提拉米蘇一起同框自拍。

14 **ar·gue** / ˋɑrgjʊ /

v. 爭執、主張
The CEO **argued** against the new financial policy with the financial manager.
執行長為了新的財務政策而與財務經理發生爭執。

15 **com·plain** / kəmˋplen /

v. 抱怨、申訴
The customer **complained** to the manager about the slow service. 客人向經理投訴服務太慢。

16 **blame** / blem /

n. 責備；v. 責備、歸因於
The captain **blamed** himself for what happened to the sailor in the end.
船長對於該名船員最後的遭遇感到自責。

17 ex·plain
/ ɪkˈspleɪn /

v. 解釋、說明

Jack made up a story to **explain** why he was late for class. 傑克編了一個故事解釋為什麼上課遲到。

18 a·pol·o·gize
/ əˈpɑləˌdʒaɪz /

v. 道歉

The accountant **apologized** for the delay in replying to my email. 會計師因延遲回覆我的電子郵件而道歉。

19 cause
/ kɔz /

n. 理由；*v.* 造成、導致

➕ be·cause / bɪˈkɔz / *conj.* 因為

The Korean wave has **caused** a negative influence on Taiwanese teenagers.
韓流已造成台灣青少年負面影響。

20 rea·son
/ ˈrizn /

n. 原因；*v.* 推論

Tell me the **reason** why you look so down today.
跟我說妳今天為什麼看起來這麼沮喪。

21 ex·cuse
/ ɪkˈskjuz /

n. 藉口；*v.* 原諒

Please **excuse** me from the rest of the discussion.
很抱歉，剩下的討論我不能參與。

22 for·give
/ fəˈgɪv /

v. 原諒、豁免

I **forgave** my friend for breaking his promise.
我原諒我朋友食言。

23 par·don
/ ˈpɑrdn /

n.；*v.* 原諒、寬恕

Pardon me interrupting, but there's an important message for you.
原諒我打斷談話，這裡有一份要給您的重要訊息。

24 mem·o·ry
/ ˈmɛmərɪ /

n. 記憶、記憶力

Since the accident, my brother has been suffering from loss of **memory**.
意外發生之後，我弟弟飽受喪失記憶之苦。

11

第 12 章

Love

愛

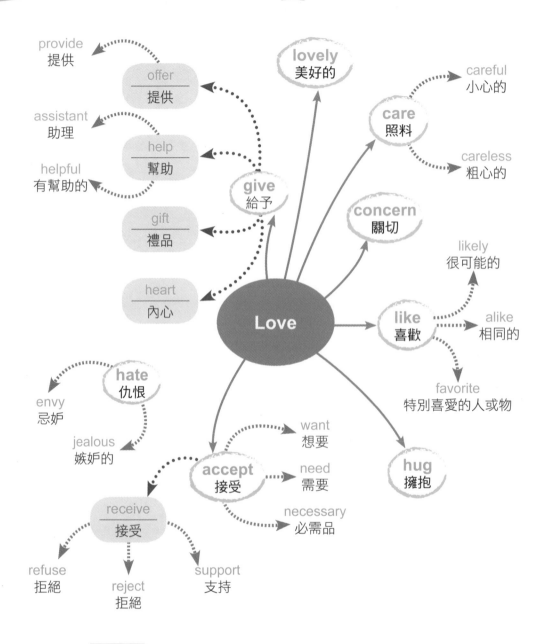

provide
提供

offer
提供

assistant
助理

help
幫助

helpful
有幫助的

gift
禮品

give
給予

heart
內心

lovely
美好的

care
照料

careful
小心的

careless
粗心的

concern
關切

Love

like
喜歡

likely
很可能的

alike
相同的

favorite
特別喜愛的人或物

hate
仇恨

envy
忌妒

jealous
嫉妒的

want
想要

need
需要

accept
接受

necessary
必需品

receive
接受

refuse
拒絕

reject
拒絕

support
支持

hug
擁抱

MP3

1 love / lʌv /

n. 愛、戀愛；*v.* 愛、熱愛

➕ love·ly / ˋlʌvlɪ / *adj.* 美好的

My son fell in love with Math at an early age.
我兒子小時候就熱愛數學。

2 fa·vo·rite / ˋfevərɪt /

n. 特別喜愛的人或物；*adj.* 特別喜愛的

" The Andy Williams Christmas Album " is my favorite album in recent memory.
《安迪威廉聖誕專輯》是我最近記憶中最喜愛的專輯。

3 like / laɪk /

v. 喜歡；*prep.* 像、如

I quite like chocolate but I could live without it.
我相當喜歡巧克力，但是如果沒有，我也能過活。

4 like·ly / ˋlaɪklɪ /

adj. 很可能的、適當的；*adv.* 很可能地

It's quite likely that dogs can smell cancer in humans at stage zero.
狗能嗅出人類身上的零期腫瘤，這是很有可能的。

5 a·like / əˋlaɪk /

adj. 相同的、相像的；*adv.* 相似地

The twin sisters look alike very much.
這對雙胞胎姊妹看起來非常相像。

6 heart / hɑrt /

n. 心臟、內心

The teacher chose an example to explain how the blood flows through the heart.
為了說明血液是怎樣流經心臟，老師選了一個例子。

7 care / kɛr /

n. 照料、關懷；*v.* 關懷、在意

Don't worry about me. I will take good care of myself.　別擔心我。我會照顧好自己的。

8 care·ful / ˋkɛrfəl /

adj. 小心的、精心的

Be careful where you place the sharp knife.
小心你擺放尖刀的地方。

9 care·less / ˋkɛrlɪs /

adj. 粗心的、疏忽的

Your writing is full of careless mistakes you can easily fix.　你的作文有好多粗心的錯誤，能夠輕易地修正。

12

⑩ con·cern / kənˋsɝn /

n. 關切、關心的事；*v.* 涉及、使不安

It **concerns** me that Tom never puts down his cellphone when talking with me.
令我不安的是，湯姆跟我談話時總是手機不離手。

⑪ hug / hʌg /

n.；*v.* 擁抱　➕ give / gɪv / *v.* 給予、捐贈

My husband **gave** me a big **hug** and a kiss when I saw him in the airport.
在機場見到我先生時，他給我一個大擁抱及親吻。

⑫ hate / het /

n. 仇恨、反感；*v.* 仇恨、厭惡

My second son has always **hated** speaking in public.　我二兒子一向厭惡公開講話。

⑬ en·vy / ˋɛnvɪ /

n.；*v.* 忌妒、羨慕

I don't **envy** the lottery winner's good fortune.
我不羨慕彩券贏家的好手氣。

⑭ jeal·ous / ˋdʒɛləs /

adj. 嫉妒的

Tina has always been **jealous** of her sister's good looks.　緹娜總是忌妒她妹妹姣好的容貌。

⑮ help / hɛlp /

n.；*v.* 幫助

➕ as·sis·tant / əˋsɪstənt / *n.* 助理、店員

I suggest that we employ someone as an office **assistant** to **help** with all this paperwork.
我提議雇人來當辦公室助理協助這項文書工作。

⑯ help·ful / ˋhɛlpfəl /

adj. 有幫助的、樂於幫助的

Customers may make **helpful** suggestions to improve our service.
顧客可做出有助於我們改善服務的建議。

⑰ sup·port / səˋport /

n.；*v.* 支持、贊成、扶養

➕ want / wɑnt / *v.* 想要、緝拿；*n.* 缺乏、必需品

My parents have strongly **supported** me in whatever I've **wanted** to do.
對於任何我想要做的事，我父母一向堅決支持。

18

need
/ nid /

n. 需要、窮困；*v.* 需要

➕gift / gɪft / *n.* 禮品、天賦

To earn a free **gift** card, club members will **need** anywhere from 100 to 200 points.

若要贏得免費禮券，會員需要從各處集到100至200點。

19

ne·ces·sa·ry
/ ˋnɛsə,sɛrɪ /

n. 必需品；*adj.* 必需的、必然的

Vitamin A is really **necessary** for healthy skin and strong bones.

維他命 A 確實是健康皮膚及強健骨骼所需要的。

20

pro·vide
/ prəˋvaɪd /

v. 提供、預備

The website **provides** useful information about local health services.

該網站提供區域醫療保健服務的有用資訊。

21

of·fer
/ ˋɔfɚ /

v. 提供、提議、出價；*n.* 提議、報價

➕ac·cept / əkˋsɛpt / *v.* 接受、同意、承認

I **offered** my partner an apology, but he wouldn't **accept** it.　我向夥伴道歉，但是他不接受。

22

re·ceive
/ rɪˋsiv /

v. 接受、接待、接收

The coach **received** a phone call from her husband during the meeting.

教練在會議期間接到她先生的電話。

23

re·fuse
/ rɪˋfjuz /

v. 拒絕；*n.* 廢物

My boss **refused** me taking a leave of absence for two weeks.　我的老闆不讓我請兩星期的假。

24

re·ject
/ rɪˋdʒɛkt /

v. 拒絕、駁回

The principal has **rejected** the invitation to the private meeting.　校長拒絕該私人聚會的邀請。

12

Character

特質

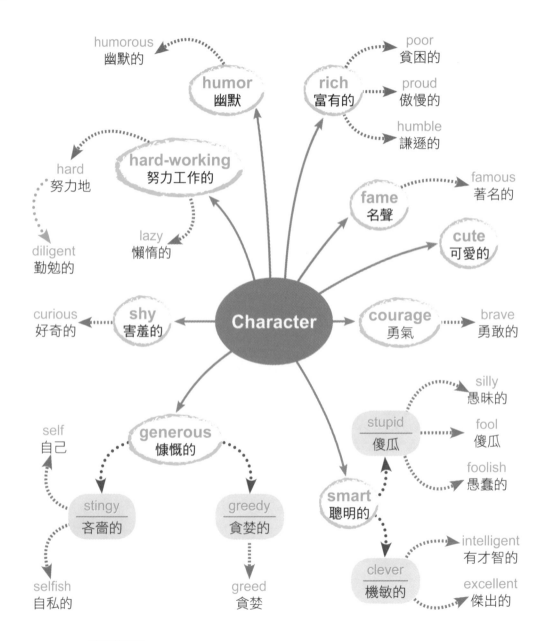

humorous
幽默的

humor
幽默

rich
富有的

poor
貧困的

proud
傲慢的

humble
謙遜的

hard
努力地

hard-working
努力工作的

diligent
勤勉的

lazy
懶惰的

fame
名聲

famous
著名的

cute
可愛的

curious
好奇的

shy
害羞的

Character

courage
勇氣

brave
勇敢的

self
自己

generous
慷慨的

stupid
傻瓜

silly
愚昧的

fool
傻瓜

foolish
愚蠢的

stingy
吝嗇的

greedy
貪婪的

smart
聰明的

intelligent
有才智的

selfish
自私的

greed
貪婪

clever
機敏的

excellent
傑出的

MP3

1 char·ac·ter
/ ˈkærəktə /

n. 特質、品格

➕ self·ish / ˈsɛlfɪʃ / *adj.* 自私的　➕ self / sɛlf / *n.* 自己
It's not in Gina's **character** to be **selfish**.
自私不是吉娜的人格特質。

2 brave
/ brev /

adj. 勇敢的；*v.* 勇於

It was a **brave** decision to drop out of school and start his own business.
退學而後創業是一個勇敢的決定。

3 cour·age
/ ˌkɝɪdʒ /

n. 勇氣

The man showed great **courage** when he was told that he was in the last stage of cancer.
男子被告知癌症末期時，展現了極大的勇氣。

4 shy
/ ʃaɪ /

adj. 害羞的、膽怯的

The college student gave a **shy** smile to his dancing partner.　大學生給他的舞伴一個害羞的微笑。

5 hu·mor
/ ˈhjumə /

n. 幽默、心情

Having a good sense of **humor** will help deal with stress and anxiety.
好的幽默感有助於處理壓力及憂鬱。

6 hu·mor·ous
/ ˈhjumərəs /

adj. 幽默的

The book revealed a **humorous** look at the writer's stay in India.
這本書揭示作者停留在印度時幽默的一面。

7 proud
/ praʊd /

adj. 傲慢的、驕傲的

Mrs. Lin feels so **proud** her daughter has been chosen to be the goodwill ambassador.
女兒獲選親善大使，林太太感到非常驕傲。

8 gen·e·rous
/ ˈdʒɛnərəs /

adj. 慷慨的、豐盛的

It was **generous** of you to lend me money to tide me over.　你真是慷慨，借我錢讓我度過難關。

13

9 stin·gy
/ `stɪndʒɪ /

adj. 吝嗇的、有刺的

My landlord is **stingy** because she refused to pay for the new shower curtain.
我的房東好吝嗇，因為她不肯付新浴簾的錢。

10 greed·y
/ `gridɪ /

adj. 貪婪的、渴望的

➕ greed / grid / *n.* 貪婪、貪心

The new general manager appears to be **greedy** for power　新任總經理顯出對權力的渴望。

11 smart
/ smart /

adj. 時髦的、聰明的

The salesperson looks very **smart** in his new uniform.　行銷人員穿上新制服看起來很時髦。

12 cute
/ kjut /

adj. 可愛的、精明的

My niece was wearing a **cute** dress with a sunflower pattern all over it.
我姪女穿著一件有很多太陽花圖案的可愛洋裝。

13 ex·cel·lent
/ `ɛksḷənt /

adj. 傑出的、很棒的

The museum has an **excellent** collection of modern art.　博物館收藏一系列很棒的現代藝術品。

14 in·tel·li·gent
/ ɪn`tɛlədʒənt /

adj. 有才智的；明智的

➕ clever / `klɛvə / *adj.* 機敏的、熟練的

This **clever** robot seems to be as **intelligent** as human beings.　這部聰明的機器人似乎跟人類一樣有才智。

15 fool
/ ful /

n. 傻瓜；*v.* 愚弄；*adj.* 愚昧的

At the year-end party, the manager got a little drunk and made a **fool** of himself.
年終尾牙時，經理有點醉，而且愚弄了自己。

16 fool·ish
/ `fulɪʃ /

adj. 愚蠢的、荒謬的

Maggie made a **foolish** bet with her partner and now she has to pay up.　梅姬跟她的夥伴打了一個荒謬的賭，現在她得付出代價。

17 stu·pid
/ `stjupɪd /

n. 傻瓜；adj. 愚蠢的、無知覺的
The clerk was really **stupid** to talk back to her boss during the meeting.
職員在會議時向她的老闆回嘴，真是愚蠢。

18 sil·ly
/ `sɪlɪ /

adj. 愚昧的、無聊的
It was **silly** of you to ride a bicycle around all day.
你整天騎著單車到處晃，真是無聊。

19 dil·i·gent
/ `dɪlədʒənt /

adj. 勤勉的、勤奮的
The section leader is always **diligent** in getting his work done.　科長總是勤奮將分內工作完成。

20 hard-working
/ ˌhɑrd`wɜkɪŋ /

adj. 努力工作的
➕ hard / hɑrd / adj. 硬的、困難的；adv. 努力地
My parents are always **hard-working** and take care of our needs.　我父母總是努力工作，關照我們的需求。

21 la·zy
/ `lezɪ /

adj. 懶惰的、懶洋洋的
The tourists spent a **lazy** morning on the beach sunbathing.
觀光客在海灘上作日光浴，度過一個懶洋洋的早晨。

22 cu·ri·ous
/ `kjʊrɪəs /

adj. 好奇的、奇怪的
I am **curious** about why my roommate never uses a smartphone.　我好奇為什麼室友從不使用手機。

23 fa·mous
/ `feməs /

adj. 著名的、出名的
➕ fame / fem / n. 名聲、聲望
➕ hum·ble / `hʌmb! / adj. 謙遜的、卑微的
When the movie director became rich and **famous**, he never forgot his **humble** background.
電影導演名利雙收時也從未忘卻自己卑微的出身。

24 rich
/ rɪtʃ /

adj. 富有的、富含……的
➕ poor / pʊr / adj. 貧困的、貧乏的
In California, the income gap between **rich** and **poor** is continuing to widen.
在加州，富人及窮人之間的收入鴻溝持續擴大。

13

第 14 章

Feel

感覺

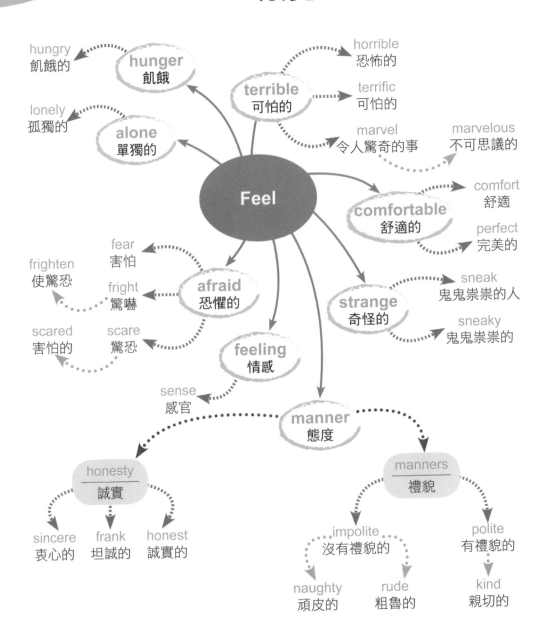

hungry
飢餓的

hunger
飢餓

horrible
恐怖的

terrible
可怕的

terrific
可怕的

lonely
孤獨的

alone
單獨的

marvel
令人驚奇的事

marvelous
不可思議的

Feel

comfort
舒適

comfortable
舒適的

perfect
完美的

fear
害怕

frighten
使驚恐

fright
驚嚇

afraid
恐懼的

strange
奇怪的

sneak
鬼鬼祟祟的人

sneaky
鬼鬼祟祟的

scared
害怕的

scare
驚恐

feeling
情感

sense
感官

manner
態度

honesty
誠實

manners
禮貌

sincere
衷心的

frank
坦誠的

honest
誠實的

impolite
沒有禮貌的

polite
有禮貌的

naughty
頑皮的

rude
粗魯的

kind
親切的

MP3

1 man·ner / `mænɚ /

n. 態度　➕ man·ners / `mænɚz / *n.* 禮貌
The clerk expressed a somewhat unfriendly **manner** when I was talking to her.
我跟那位店員說話時，她的態度顯得有些不友善。

2 po·lite / pə`laɪt /

adj. 有禮貌的、優雅的
➕ im·po·lite / ˌɪmpə`laɪt / *adj.* 沒有禮貌的
➕ kind / kaɪnd / *adj.* 親切的
The student is quite **polite** in my presence all the time.　這位學生在我面前一向彬彬有禮。

3 per·fect / `pɝfɪkt /

adj. 完美的、嫻熟的
The used car for sale is still in almost **perfect** condition.　待售中古車的車況仍然完好如新。

4 rude / rud /

adj. 粗魯的、無禮的
The naughty boy made a **rude** gesture at his classmates.
頑皮的男孩朝著同學比了一個粗俗的手勢。

5 naugh·ty / `nɔtɪ /

adj. 頑皮的
My nephew has been a very **naughty** boy!
我姪子向來就是一個大頑童。

6 frank / fræŋk /

adj. 坦誠的、直率的
Both parties need a full and **frank** discussion about the event.
關於該事件，雙方必須全面而坦誠地討論一番。

7 sin·cere / sɪn`sɪr /

adj. 衷心的、真誠的
The shopkeeper offered a **sincere** apology to the customer for his carelessness.
店長為他的粗心而向客人真誠道歉。

8 hon·est / `ɑnɪst /

adj. 誠實的、真正的
➕ hon·es·ty / `ɑnɪstɪ / *n.* 誠實
I would like to leave an **honest** comment on your presentation.　我要誠實評論一下你的發表。

14

9 sense / sɛns /

n. 感官、意義；*v.* 意識到

The tour guide has a really good **sense** of direction.
導遊的方向感非常好。

10 feel / fil /

n. 感覺、觸覺；*v.* 摸、感覺

➕ feel·ing / `filɪŋ / *n.* 情感

I **feel** like having a hot glass of ginger tea before dinner. 晚餐前我想要喝一杯熱薑茶。

11 hun·ger / `hʌŋgɚ /

n. 飢餓、飢荒

➕ hun·gry / `hʌŋgrɪ / *adj.* 飢餓的

A serving of 10 ounces of boneless beef steak will satisfy my **hunger** now.
一份 10 盎司去骨牛排就能滿足我現在的飢餓。

12 com·fort·a·ble / `kʌmfɚtəb! /

adj. 舒適的、安逸的

➕ com·fort / `kʌmfɚt / *n.* 舒適、安慰；*v.* 安慰

The bed was really **comfortable** and I slept very soundly. 床好舒服，讓我睡得好熟。

13 scared / skɛrd /

adj. 害怕的、恐懼的

➕ scare / skɛr / *n.* 驚恐；*v.* 使恐懼

Most kids are **scared** of the dark, especially when there are unexpected noises.
大部分的孩子怕黑，尤其是有一些奇怪的聲音時。

14 a·fraid / ə`fred /

adj. 恐懼的、恐怕

My niece has always been **afraid** of heights.
我外甥女一直有懼高症。

15 fright·en / `fraɪtn /

v. 使驚恐

➕ fright / fraɪt / *n.* 驚嚇、恐怖

The sudden noise **frightened** the dog to death.
突如其來的聲響把那隻狗嚇死了。

16 fear / fɪr /

n. ；*v.* 害怕、恐懼

The kid got out of the office quietly for **fear** of being discovered. 孩子悄悄地離開辦公室，深怕被發現。

17 hor·ri·ble
/ `hɔrəb!` /

adj. 恐怖的、糟透了
The cold-blooded attack was a **horrible** crime.
那宗冷血攻擊是一起恐怖犯罪事件。

18 a·lone
/ ə`lon` /

adj. 單獨的、僅；*adv.* 單獨地
The man has been living **alone** in a small house on a hill for many years
男子孤獨地住在山上的小房子很多年了。

19 lone·ly
/ `lonlɪ` /

adj. 孤獨的、偏僻的
The foreign backpacker has been found in a **lonely** mountain village
那名外國背包客在偏僻山上的村落裡被人發現了。

20 ter·ri·ble
/ `tɛrəb!` /

adj. 可怕的、極差的
Most of the part-time workers are poorly paid and work in **terrible** conditions.
大部分兼差人員都是低薪，而且是在極差的環境中工作。

21 ter·rif·ic
/ tə`rɪfɪk` /

adj. 可怕的、極好的
My professor thought my biology paper was **terrific**. 我的教授認為我的生物報告好極了。

22 mar·ve·lous
/ `mɑrvələs` /

adj. 不可思議的
➕ mar·vel / `mɑrvl` / *n.* 令人驚奇的事；*v.* 感到驚訝
This **marvelous** tool will help a lot of disabled people. 這部不可思議的器材會幫助許多殘障人士。

23 strange
/ strendʒ /

adj. 奇怪的、陌生的
The teenager has developed a couple of **strange** habits lately.
這位青少年最近養成了幾個奇怪習性。

24 sneak·y
/ `snikɪ` /

adj. 鬼鬼祟祟的
➕ sneak / snik / *n.* 鬼鬼祟祟的人；*v.* 偷溜
A **sneaky** man was seen stealing some cash from the cashier.
一個鬼鬼祟祟的男子被人撞見偷了出納員的一些現金。

14

第 15 章

Emotion

情緒

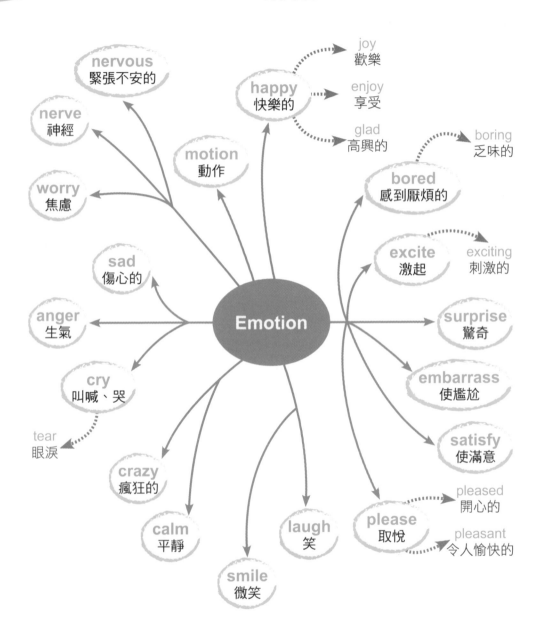

- **nervous** 緊張不安的
- **nerve** 神經
- **worry** 焦慮
- **motion** 動作
- **happy** 快樂的
  - joy 歡樂
  - enjoy 享受
  - glad 高興的
- **bored** 感到厭煩的
  - boring 乏味的
- **excite** 激起
  - exciting 刺激的
- **surprise** 驚奇
- **embarrass** 使尷尬
- **satisfy** 使滿意
- **please** 取悅
  - pleased 開心的
  - pleasant 令人愉快的
- **laugh** 笑
- **smile** 微笑
- **calm** 平靜
- **crazy** 瘋狂的
- **cry** 叫喊、哭
  - tear 眼淚
- **anger** 生氣
- **sad** 傷心的

Emotion

 MP3

1 e·mo·tion
/ ɪˋmoʃən /

n. 情緒、情感

The thief showed no **emotion** as he saw the objects he had stolen.

小偷看見自己偷走的物品時，面無表情。

2 mo·tion
/ ˋmoʃən /

n. 動作、提議；*v.* 做手勢

The action of shooting should be done in one **motion**. 射擊動作應該一次完成。

3 hap·py
/ ˋhæpɪ /

adj. 快樂的、恰當的

A **happy** childhood is not necessarily a good preparation for a positive adult life.

快樂的童年對迎接正向的成年生活不一定有益。

4 joy
/ dʒɔɪ /

n. 歡樂、樂事

The couple were flooded with **joy** when their first child was born.

那對夫婦的第一個孩子出生時洋溢著歡樂。

5 en·joy
/ ɪnˋdʒɔɪ /

v. 享受、喜愛

➕ bored / bɔrd / *adj.* 感到厭煩的

I **enjoyed** the training course at first, but after a time, I got **bored** with it.

我一開始是喜愛職訓課程，但是一陣子之後就覺得無聊。

6 bor·ing
/ ˋborɪŋ /

adj. 乏味的、令人厭倦的

It was bloody **boring**, just sitting there with nothing to read. 只是呆坐在那裡，沒東西可讀，好無聊。

7 pleas·ant
/ ˋplɛzənt /

adj. 令人愉快的、舒適的

The new office is really a **pleasant** working environment. 新辦公室真的是一個愉快的工作環境。

8 please
/ pliz /

v. 取悅、願意

Tom only went abroad for further study to **please** his parents. 湯姆出國深造只是為了取悅他父母。

15

9 pleased
/ plizd /

adj. 開心的、滿意的
We're so **pleased** that you're able to come to our housewarming party.
我們好開心你能參加我們的喬遷派對。

10 glad
/ glæd /

adj. 高興的、樂意的
I'm really **glad** to hear from you again.
我很高興再聽到你的音訊。

11 laugh
/ læf /

n. 笑；*v.* 笑、嘲笑
I couldn't stop **laughing** at my friend's jokes.
我朋友講的笑話讓我笑個不停。

12 smile
/ smaɪl /

n. 微笑、笑容；*v.* 微笑
Little by little, a sweet **smile** spread across the winner's face.
漸漸地，一抹甜美的微笑洋溢在獲勝者的臉龐。

13 sat·is·fy
/ `sætɪs,faɪ /

v. 使滿意、符合
This science course gave me an opportunity to **satisfy** my curiosity on many topics.
這個科學課程讓我有機會滿足我對很多主題的好奇心。

14 calm
/ kɑm /

n. 平靜；*v.* 鎮定；*adj.* 平靜的
The student appeared **calm** and confident during the oral test.
那位學生口試時顯得鎮定而自信。

15 cra·zy
/ `krezɪ /

adj. 瘋狂的、著迷的
My sister just broke up with a guy who drove her **crazy**. 我姐姐剛和那個令她抓狂的人分手了。

16 ex·cite
/ ɪk`saɪt /

v. 激起、刺激
My sister's excellent talent in music usually **excites** my jealousy.
我妹妹極佳的音樂才華挑起我的嫉妒心。

17 ex·cit·ing
/ ɪk`saɪtɪŋ /

adj. 刺激的
Several **exciting** programs of social events will be offered during the camp.
營隊期間會提供數項令人興奮的社交活動。

18 sur·prise
/ sə`praɪz /

n. 驚奇、令人驚訝的事；*v.* 使驚訝
In this country, a **surprising** percentage of the population is living in poverty.
在這個國家，生活貧困的人口比例令人驚訝。

19 sad
/ sæd /

adj. 傷心的、可悲的
➕ cry / kraɪ / *n.* ；*v.* 叫喊、哭
The woman broke down and **cried** the moment she heard the **sad** news.
婦人一聽到悲傷的消息就崩潰大哭。

20 tear
/ tɪr /

n. 眼淚；*v.* 撕 / tɛr /
I saw **tears** of regret dropping down from the guy's eyes.　我看見悔恨的淚水從那個男子的眼睛流下來。

21 an·ger
/ `æŋɡə /

n. 生氣；*v.* 發怒
The coach felt a lot of **anger** towards Tom for his being absent from the practice yesterday.
教練對湯姆昨天缺席練習感到很生氣。

22 ner·vous
/ `nɝvəs /

adj. 緊張不安的、神經的
➕ nerve / nɝv / *n.* 神經
My uncle became **nervous** about driving since the terrible accident.
那起嚴重車禍之後，我叔叔開車變得很緊張。

23 wor·ry
/ `wɝɪ /

n. 焦慮；*v.* 憂慮、擔心
My parents **worried** that I would lose interest in learning English.
我父母擔心我會對學習英文失去興趣。

24 em·bar·rass
/ ɪm`bærəs /

v. 使尷尬、阻礙
I would rather not **embarrass** the speaker in front of guests.　我寧願不讓講者在賓客面前尷尬。

15

第 16 章

Animal

動物

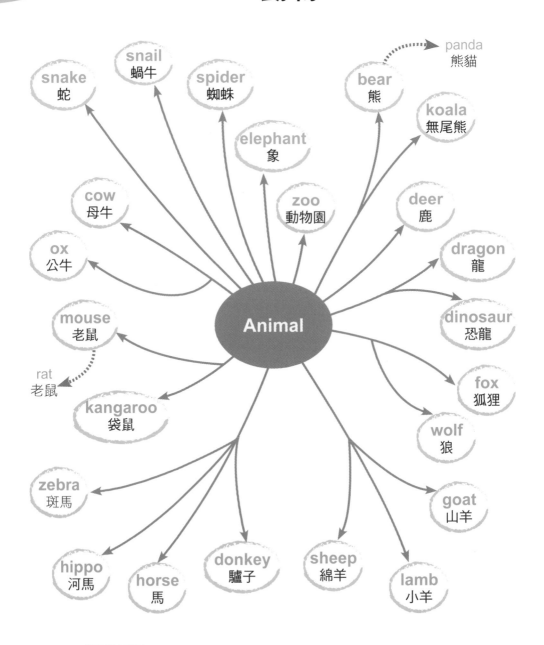

MP3

1

an·i·mal
/ `ænəm! /

n. 動物；adj. 動物的

The Formosan clouded leopard is becoming an increasingly rare animal.
台灣雲豹逐漸成為日益稀有的動物。

2

zoo
/ zu /

n. 動物園

The last time a giraffe was born at the city zoo was in 2012.
上次市立動物園有長頸鹿出生的時間是 2012 年。

3

bear
/ bɛr /

n. 熊；v. 生出

➕ pan·da / `pændə / n. 熊貓

Like most bears, the panda will catch other animals and eat them.
就像大多數的熊，熊貓會抓其他動物並吃掉它們。

4

ko·a·la
/ ko`ɑlə /

n. 無尾熊

In Australia, koalas live in eucalyptus trees and eat their leaves.
在澳洲，無尾熊住在尤加利樹上，吃它們的樹葉。

5

deer
/ dɪr /

n. 鹿

The lion was watching a herd of deer grazing in the field. 一隻獅子正注視著一群鹿在田野吃草。

6

drag·on
/ `drægən /

n. 龍

Dragons are an imaginary animal with wings, a long tail, and ability to expel fire from its mouth.
龍是一種有翅膀、長尾巴、口中能噴火的假想動物。

7

di·no·saur
/ `daɪnə,sɔr /

n. 恐龍

Dinosaurs disappared from the Earth about 65 million years ago.
恐龍於六千五百萬年前從地球上消失。

8

fox
/ fɑks /

n. 狐狸

Foxes are social creatures and they live in packs.
狐狸是成群生活的群居動物。

16

9 **wolf**
/ wʊlf /

n. 狼
Gray **wolves** have disappeared from Yellowstone Park for over 70 years.
灰狼自黃石公園消失已超過 70 年。

10 **goat**
/ got /

n. 山羊
Goat cheese is cheese made from **goat's** milk.
羊起司就是羊奶製成的起司。

11 **sheep**
/ ʃip /

n. 綿羊
A shepherd boy is watching a flock of **sheep** on the hill.　牧羊男孩正在山丘上看管一群綿羊。

12 **lamb**
/ læm /

n. 小羊、羊肉
Mrs. Lin bought a slice of **lamb** from the butcher's shop.　林太太向肉品店買了一塊羊肉。

13 **don·key**
/ ˋdɑŋkɪ /

n. 驢子
A **donkey** carried our packs when we hiked around the hill.
我們在山丘健行時，有一隻驢子搬運我們的背包。

14 **horse**
/ hɔrs /

n. 馬
Most **horses** usually sleep standing up.
大多數的馬經常站著睡覺。

15 **hip·po**
/ ˋhɪpo /

n. 河馬
The female **hippo** fought with the male hippo because it got too close to her baby.
因為太靠近小河馬，母河馬與公河馬打起來。

16 **ze·bra**
/ ˋzibrə /

n. 斑馬
A baby **zebra** can walk within 15 minutes after it's born.　小斑馬出生後不到 15 分鐘就會走路。

17 el·e·phant
/ `ɛləfənt /

n. 象
Elephants are the largest of land animals.
大象是體型最大的陸地動物。

18 mouse
/ maʊs /

n. 老鼠；*v.* 捕鼠
➕ rat / ræt / *n.* 老鼠
The mouse trap is not big enough to catch rats.
老鼠陷阱不夠大，抓不到老鼠。

19 kan·ga·roo
/ ˌkæŋgəˋru /

n. 袋鼠
In Australia, a baby kangaroo is called a joey.
在澳洲，小袋鼠被稱為幼袋鼠。

20 ox
/ ɑks /

n. 公牛
Oxen are usually seen as a symbol of strength and power.　公牛經常被視為力量與權力的象徵。

21 cow
/ kaʊ /

n. 母牛
In fact, milking a cow by hand is an ancient art.
事實上，用手擠牛奶是一項古老的技術。

22 snake
/ snek /

n. 蛇
The black mamba is the most dangerous snake in Africa.　黑曼巴是非洲最危險的蛇。

23 snail
/ snel /

n. 蝸牛
Most land snails eat plants, and some eat small animals.
大多數陸蝸牛是吃素的，有一些則吃小動物。

24 spi·der
/ ˋspaɪdɚ /

n. 蜘蛛
A black spider landed on the girl's pillow and she screamed.
一隻黑色蜘蛛落在女孩的枕頭上，她尖叫出聲。

16

第 17 章

Bird

鳥類

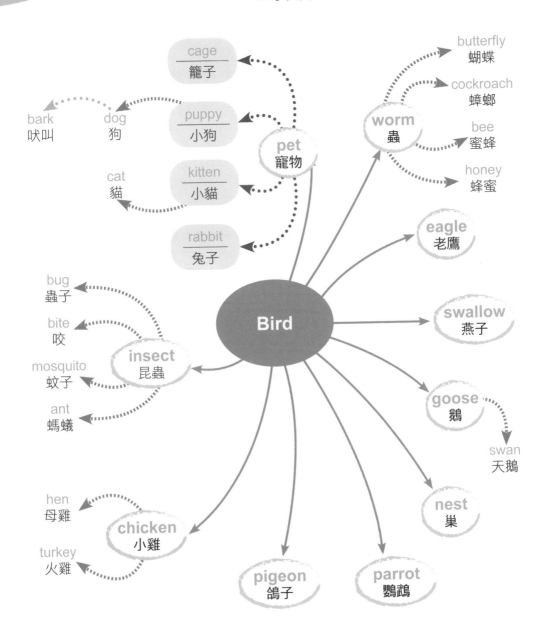

MP3

1

bird
/ bɝd /

n. 鳥、禽
Penguins and ostriches are birds that cannot fly.
企鵝及鴕鳥都是不會飛行的鳥類。

2

chick·en
/ `tʃɪkɪn /

n. 小雞、雞肉
➕ hen / hɛn / **n. 母雞**
A male chicken is called a cock and a female chicken, a hen.
公雞稱作 "cock"，母雞稱作 "hen"。

3

tur·key
/ `tɝkɪ /

n. 火雞、火雞肉
A whole roast turkey is placed on the cutting board. 砧板上放著一整隻烤火雞。

4

par·rot
/ `pærət /

n. 鸚鵡
A parrot is standing on the man's right shoulder and looking around.
一隻鸚鵡站在男子右肩，四處張望。

5

pi·geon
/ `pɪdʒɪn /

n. 鴿子
The town is famous for its long history of racing pigeons for sport. 小鎮以流傳已久的賽鴿活動聞名。

6

ea·gle
/ `igl /

n. 老鷹
Eagles use their big, strong wings to fly freely in the sky. 老鷹利用大而有力的翅膀在天空自由翱翔。

7

swal·low
/ `swalo /

n. 燕；v. 吞嚥
There is a saying that goes, " One swallow doesn't make a summer. " 有一諺語說：「獨燕不成夏。」

8

swan
/ swɑn /

n. 天鵝
A pair of beautiful white swans are swimming in the lake. 一對美麗白天鵝悠遊在湖中。

17

9

goose
/ gus /

n. 鵝、鵝肉、雁

A flock of snow **geese** are flying in V formation through the mountains. 一群雪雁以 V 字形飛越山嶺。

10

in·sect
/ ˋɪnsɛkt /

n. 昆蟲

I've got some sort of **insect** bite on my shoulder.
我的肩膀被某種蟲子咬到。

11

bug
/ bʌg /

n. 蟲子、臭蟲

Hang on, there's a **bug** on your shoulder. Let me get rid of it for you.
等一下，你肩膀上有一隻蟲子，我幫你把它弄掉。

12

ant
/ ænt /

n. 螞蟻

Red fire **ants** first arrived in the United States in the 1930s. 紅火蟻於 1930 年代首次登陸美國。

13

mos·qui·to
/ məsˋkito /

n. 蚊子

A **mosquito** bit me on the ankle when I was on the balcony. 我在陽台時，一隻蚊子叮我腳踝。

14

bite
/ baɪt /

n. 咬、咬傷；***v.*** 咬

The student usually **bites** her fingernails when she is nervous. 這名學生緊張時經常會咬指甲。

15

but·ter·fly
/ ˋbʌtɚˌflaɪ /

n. 蝴蝶

Red-spotted Purple **butterflies** lay their eggs on the tip of the leaf. 紫斑蝶在葉子頂端產卵。

16

bee
/ bi /

n. 蜜蜂　　⊕hon·ey / ˋhʌnɪ / ***n.*** 蜂蜜

Bees turn nectar into **honey** to store for their future use. 蜜蜂將花蜜轉變為蜂蜜以作為將來食用。

17

cock·roach
/ ˋkɑkˌrotʃ /

n. 蟑螂

The girl saw a **cockroach** and stamped it to death immediately. 女孩看見一隻蟑螂，立刻將它踩死。

18 pet
/ pɛt /

n. 寵物

➕ worm / wɝm / *n.* 蟲、蠕蟲

My cousin is keeping a snail as a **pet** in her room.
我表妹在自己房間養一隻蝸牛當寵物。

19 dog
/ dɔg /

n. 狗

➕ bark / bɑrk / *n.* ；*v.* 吠叫

Let me tell you how to stop a dog from **barking** at other **dogs**.
讓我告訴你怎麼讓一隻狗停止對其他同類吠叫。

20 pup·py
/ ˋpʌpɪ /

n. 小狗

My five-year-old Shiba Inu hasn't had a litter of **puppies**.　我五歲大的柴犬還沒生過一窩小柴。

21 cat
/ kæt /

n. 貓、貓科動物

➕ kit·ten / ˋkɪtn / *n.* 小貓

The **cat** is breastfeeding its **kitten** in the corner.
那隻貓在角落讓自己的小貓吸奶。

22 rab·bit
/ ˋræbɪt /

n. 兔子

The magician waved his magic hat and a **rabbit** appeared.　魔術師揮舞他的魔術帽，冒出一隻兔子。

23 cage
/ kedʒ /

n. 籠子、監牢；*v.* 囚禁

The monkey escaped from its **cage** and disappeared.
猴子從籠子裡面出去，不見了。

17

24 nest
/ nɛst /

n. 巢、窩

The alligator laid eggs in the **nest** made out of grass near the water's edge.
鱷魚在靠近水邊草地上的窩下蛋。

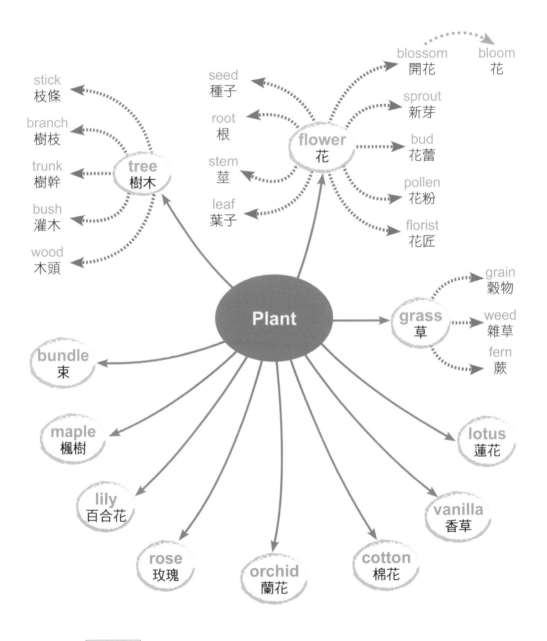

第 18 章

Plant

植物

Plant

- blossom 開花 → bloom 花
- sprout 新芽
- bud 花蕾
- pollen 花粉
- florist 花匠

flower 花
- seed 種子
- root 根
- stem 莖
- leaf 葉子

tree 樹木
- stick 枝條
- branch 樹枝
- trunk 樹幹
- bush 灌木
- wood 木頭

grass 草
- grain 穀物
- weed 雜草
- fern 蕨

- bundle 束
- maple 楓樹
- lily 百合花
- rose 玫瑰
- orchid 蘭花
- cotton 棉花
- vanilla 香草
- lotus 蓮花

MP3

1 plant
/ plænt /

n. 植物；*v.* 種植　➕ lo·tus / `lotəs / *n.* 蓮花
The lotus is a plant with large leaves that float on the surface of lakes and pools.
蓮花是一種有著大葉子浮在湖泊或池塘表面的植物。

2 tree
/ tri /

n. 樹木

➕ blos·som / `blasəm / *n.* 花、開花
v. 生長茂盛、興盛
The apple tree in my back yard is beginning to blossom.　我家後院的蘋果樹開始開花了。

3 bloom
/ blum /

n. 花；*v.* 生長茂盛
These wild flowers will bloom all through the summer.
這些野花整個夏季都會開花。

4 ma·ple
/ `mep! /

n. 楓樹
See you next year when the maple leaves are red.
明年楓葉又紅時與您再度相會。

5 wood
/ wʊd /

n. 木頭、樹林；*adj.* 木製的
Teak is a hard wood and pine is a soft wood.
柚木是硬質木頭，松木則是軟質木頭。

6 bush
/ bʊʃ /

n. 灌木、灌木叢
➕ rose / roz / *n.* 玫瑰、薔薇
Fall is the best season to plant a rose bush.
秋天是種植玫瑰花叢的最佳季節。

7 trunk
/ trʌŋk /

n. 樹幹、大皮箱、象鼻
Branches and twigs grow out of the tree trunk.
樹枝及細枝從樹幹上長出來。

8 branch
/ bræntʃ /

n. 樹枝、支流、支；*v.* 分支
It is easier to gather the fruit on the low branches than those up at the top.
低樹枝上的水果比枝頭上的更容易採集。

18

9 stick
/ stɪk /

n. 枝條、棍子；*v.* 黏貼
Go collect some dry **sticks** and we'll make a campfire. 去收集一些乾的枝條，我們要升營火。

10 flow·er
/ `flauɚ /

n. 花、精華 ➕ flor·ist / `flɔrɪst / *n.* 花匠、種花者
The **florist** is arranging beautiful **flowers** in a large vase. 花匠正將漂亮的花插入大花瓶。

11 va·nil·la
/ və`nɪlə /

n. 香草；*adj.* 香草的
I will make my own homemade **vanilla** yogurt with several simple ingredients.
我要用幾樣簡單食材製作自己的手工香草優格。

12 cot·ton
/ `kɑtn /

n. 棉花
The pattern of the **cotton** field is similar to a diamond shape. 這個棉花田的圖案跟鑽石相似。

13 or·chid
/ `ɔrkɪd /

n. 蘭花、淡紫色；*adj.* 淡紫色的
My neighbor is having trouble getting his **orchids** to bloom again. 我鄰居在蘭花再開花方面遇上麻煩。

14 sprout
/ spraʊt /

n. 新芽；*v.* 發芽
It takes about two days for the seeds to **sprout**.
種子發芽大約需要二天。

15 bud
/ bʌd /

n. 花蕾；*v.* 發芽
The fruit trees begin to **bud** as spring comes.
果樹會隨著春季到來而長出花蕾。

16 pol·len
/ `pɑlən /

n. 花粉
Pollen is a very fine powder produced by plants.
花粉是由植物製成的微細粉末。

17 bun·dle
/ `bʌnd!̩ /

n. 束；*v.* 捆
There appeared a gentleman carrying a **bundle** of roses in his hand.
那裡出現一位手捧著一束玫瑰花的紳士。

18 grass
/ græs /

n. 草、草地；v. 使吃草

The grass around the trunks of fruit trees must be cut in early spring.

果樹樹幹周圍的草必須在早春時割除。

---

19 weed
/ wid /

n. 雜草；v. 去除雜草

The back yard has been full of weeds for a long time. 後院有一段很長的時間都長滿一大片雜草。

---

20 grain
/ gren /

n. 穀物、粒

Farmers grow grain, which is offten used to feed cattle.

農民種植穀物來養牛。

---

21 fern
/ fɜn /

n. 蕨、蕨類植物

➕ stem / stɛm / **n. 莖、樹幹**

Ferns can reproduce by growing from underground stems. 蕨類植物可以從地下樹幹再生。

---

22 seed
/ sid /

n. 種子；v. 播種

The organic chemical will stop all seeds from sprouting. 該有機農藥會抑制種子發芽。

---

23 root
/ rut /

n. 根、地下莖；v. 使生根

Some Australian native trees have very deep roots, up to 40 meters.

一些澳洲原生樹木有很深的根，達到 40 公尺長。

---

24 leaf
/ lif /

n. 葉子

➕ lily / `lɪlɪ / **n. 百合花**

The leaves of water-lilies float on the surface of the water. 荷花的葉子漂浮在水面上。

18

第 19 章

Vegetable and Fruit

蔬菜水果

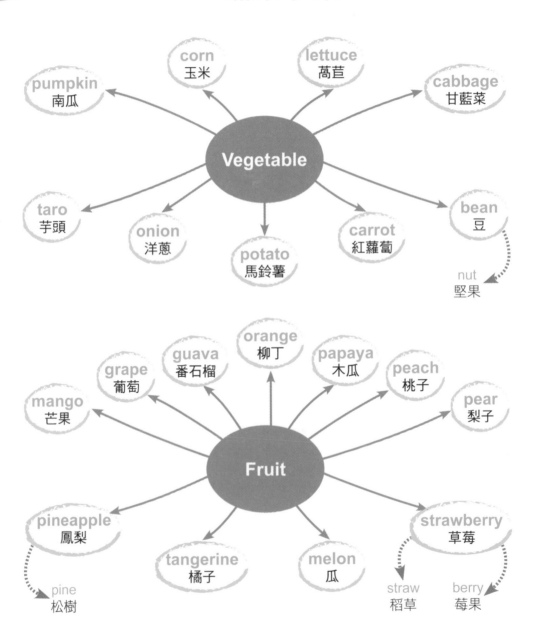

corn
玉米

lettuce
萵苣

cabbage
甘藍菜

pumpkin
南瓜

Vegetable

taro
芋頭

onion
洋蔥

potato
馬鈴薯

carrot
紅蘿蔔

bean
豆

nut
堅果

grape
葡萄

guava
番石榴

orange
柳丁

papaya
木瓜

peach
桃子

mango
芒果

pear
梨子

Fruit

pineapple
鳳梨

tangerine
橘子

melon
瓜

strawberry
草莓

pine
松樹

straw
稻草

berry
莓果

MP3

1

vege·ta·ble
/ `vɛdʒətəb! /

n. 蔬菜、植物人；*adj.* 蔬菜的

➕ po·ta·to / pə`teto / *n.* 馬鈴薯

A traditional British main course includes a meat dish with potatoes and other vegetables.
傳統英國主食包括一盤搭配馬鈴薯的肉及其他蔬菜。

2

bean
/ bin /

n. 豆、豆莢

The hostess served me nothing but a plateful of baked beans and barbeque pork.
女主人只提供我一盤子的烤豆子及烤豬肉。

3

cab·bage
/ `kæbɪdʒ /

n. 甘藍菜

There was a strong smell of overcooked cabbages in the air.　空氣中有一股濃濃的甘藍菜煮太爛的味道。

4

car·rot
/ `kærət /

n. 紅蘿蔔

Carrot soup is one of my favorite wintery comfort foods.　紅蘿蔔湯是我最喜愛的冬季療癒食物之一。

5

corn
/ kɔrn /

n. 玉米、穀物

Sweet corn grows fast in warm weather.
甜玉米在溫暖的天氣中生長快速。

6

let·tuce
/ `lɛtɪs /

n. 萵苣

I was asked to buy half a head of lettuce in the supermarket.　有人要我在超級市場買半顆萵苣。

7

nut
/ nʌt /

n. 堅果、核果

Squirrels store up nuts and seeds for the winter.
松鼠儲存核果和種子準備過冬。

8

on·ion
/ `ʌnjən /

n. 洋蔥

My sister always cries when she is chopping onions.　我妹妹每次削洋蔥就會流眼淚。

19

9 ta·ro
/ `taro /

n. 芋頭
There are many different ways to eat **taro** balls.
芋丸有好多種不同的吃法。

10 pump·kin
/ `pʌmpkɪn /

n. 南瓜
Pumpkin pie is a dessert with a spiced **pumpkin**-based custard filling.
南瓜派是包著調味南瓜奶蛋內餡的甜點。

11 fruit
/ frut /

n. 水果、成果
⊕ man·go / `mæŋgo / **n. 芒果**
The **mango** tree in the garden is in **fruit**.
花園裡的芒果樹結果子了。

12 grape
/ grep /

n. 葡萄
The Mediterranean climate is good for growing **grapes**. 地中海氣候適宜種植葡萄。

13 gua·va
/ `gwɑvə /

n. 番石榴
Guava is a tropical fruit with white or pink flesh and hard seeds.
番石榴是白色或粉紅色果肉、硬質種子的熱帶水果。

14 or·ange
/ `ɔrɪndʒ /

n. 柳丁、橘；adj. 橘色的
Oranges can help to lower the risk for many diseases. 柳丁有助於降低罹患許多疾病的風險。

15 pa·pa·ya
/ pə`paɪə /

n. 木瓜
Dried **papaya** is best stored in cool and dry conditions. 乾燥的木瓜最好存放在陰冷乾燥的環境。

16 peach
/ pitʃ /

n. 桃子
We cannot wait for July and the wonderful **peaches** and ice cream that will be available!
我們等不及六月了，會有很棒的桃子和冰淇淋。

17 pear
/ pɛr /

n. 梨子

I found these **pears** still too firm to eat.
我發現這些梨子吃起來還太硬。

18 pine·ap·ple
/ ˋpaɪnˏæpl /

n. 鳳梨

The couple gifted my family **pineapple** cake from a Hong Kong outlet.
這對夫婦贈送我家購自香港購物中心的鳳梨酥。

19 pine
/ paɪn /

n. 松樹

The training base is located in the middle of a **pine** forest. 訓練基地座落於一處松樹林的中央。

20 straw·ber·ry
/ ˋstrɔbɛrɪ /

n. 草莓

This **strawberry** jam is made following a simple old-fashioned recipe.
這草莓果醬是遵照簡單的古法食譜製作的。

21 straw
/ strɔ /

n. 稻草、吸管

I found the receptionist had little pieces of **straw** in her hair. 我發現接待員頭髮上有幾小片稻草。

22 ber·ry
/ ˋbɛrɪ /

n. 莓果、漿果

The mountain climber survived in the forest by eating **berries** and drinking rainwater.
登山客藉著吃莓果、喝雨水在森林裡存活下來。

23 tan·ge·rine
/ ˋtændʒəˏrin /

n. 橘子

Tangerines are rich in vitamin C and beta-carotene. 橘子含有很多維他命 C 和 beta 胡蘿蔔素。

24 mel·on
/ ˋmɛlən /

n. 瓜、甜瓜

In Australia, **melons** are grown mainly in warmer northern areas.
在澳洲，甜瓜主要種植於較溫暖的北部地區。

19

第 20 章

Restaurant

餐飲

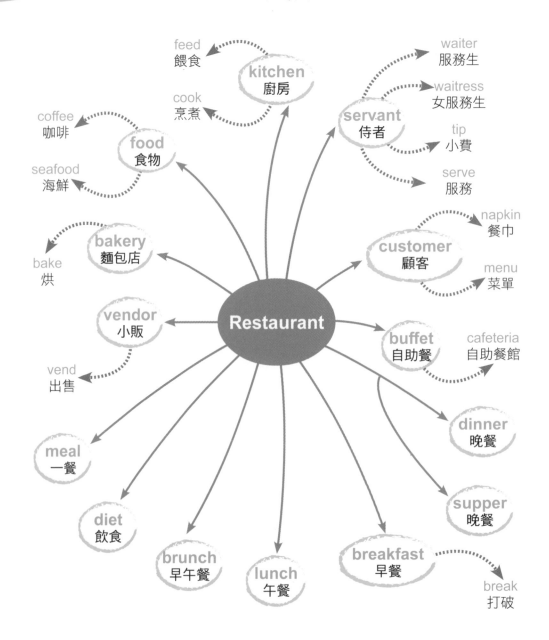

feed
餵食

kitchen
廚房

waiter
服務生

cook
烹煮

waitress
女服務生

servant
侍者

coffee
咖啡

tip
小費

food
食物

serve
服務

seafood
海鮮

bakery
麵包店

customer
顧客

napkin
餐巾

bake
烘

menu
菜單

vendor
小販

Restaurant

buffet
自助餐

cafeteria
自助餐館

vend
出售

dinner
晚餐

meal
一餐

supper
晚餐

diet
飲食

breakfast
早餐

brunch
早午餐

lunch
午餐

break
打破

MP3

1 res·tau·rant / ˋrɛstərənt /

n. 餐廳　➕ cus·tom·er / ˋkʌstəmɚ / *n.* 顧客

The lawyer is one of the regular customers of the Japanese restaurant.

律師是日本料理店的常客之一。

2 wait·er / ˋwetɚ /

n. 服務生

The head waiter handed me the menu and took my order.　服務生領班遞給我菜單，隨後幫我點餐。

3 wait·ress / ˋwetrɪs /

n. 女服務生

➕ tip / tɪp / *n.* 小費、訣竅

The couple left a big tip for the friendly waitress.

這對夫婦給友善的女服生金額不少的小費。

4 serve / sɝv /

v. 服務、供應

A big dinner buffet will be served during the Christmas party.

我們會在耶誕派對提供一頓豐盛的自助餐當作晚餐。

5 ser·vant / ˋsɝvənt /

n. 侍者、僕人

Public servants should be polite to the people they serve.　公務員應該對他們所服務的民眾有禮貌。

6 men·u / ˋmɛnju /

n. 菜單

Tiramisu cake is one of the most popular items on our dessert menu.

提拉米蘇是我們甜點菜單中人氣最旺的品項之一。

7 nap·kin / ˋnæpkɪn /

n. 餐巾

When setting a formal table, you should place the napkin on the dinner plate.

正式擺盤時，你要將餐巾放在餐盤上面。

8 buf·fet / ˋbʌfɪt /

n. 自助餐

My family usually chooses to dine at a buffet on Sunday evening.

我家週日晚上經常選擇吃自助餐。

20

9 **caf·e·te·ri·a** / ˌkæfə`tɪrɪə /

n. 自助餐館　➕ din·ner / `dɪnə / *n.* 晚餐

This evening, Dad called the **cafeteria** and asked them to send up four **dinners**.

今天晚上，爹地打電話給自助餐館叫他們外送四份晚餐。

10 **cof·fee** / `kɔfɪ /

n. 咖啡

I would rather drink black **coffee** without cream or sugar.　我寧願喝不加奶油或糖的黑咖啡。

11 **sup·per** / `sʌpə /

n. 晚餐

We had an early **supper** before heading for the airport.　我們在前往機場之前提早用晚餐。

12 **break·fast** / `brɛkfəst /

n. 早餐　➕ break / brek / *v.* 打破

Many people love having a quick **breakfast** sandwich on hand.

許多人喜歡匆匆隨手拿一份早餐三明治吃。

13 **lunch** / lʌntʃ /

n. 午餐

Today, I had a light **lunch** in the office, an appetizer, a main course, and dessert.

今天，我在辦公室以輕午餐果腹，包括一份開胃菜、一份主食及甜點。

14 **brunch** / brʌntʃ /

n. 早午餐

I had **brunch** with my classmates at the cafeteria on campus.　我跟同學在校園自助餐館吃早午餐。

15 **di·et** / `daɪət /

n. 飲食；*v.* 節食

My wife is on a **diet** to lose weight.

我老婆為了減重而節食。

16 **meal** / mil /

n. 一餐

A three-course **meal** commonly begins with vegetables.　一餐三菜時，通常是先出蔬菜。

17 **vend·or** / `vɛndə /

n. 小販　➕vend / vɛnd / *v.* 出售、販賣
The child's grandfather has been working as a street **vendor** for the past few years.
孩子的祖父在過去幾年都以街頭小販謀生。

18 **bak·er·y** / `bekərɪ /

n. 麵包店
Mom bought a loaf of whole wheat bread from the **bakery** on the street corner.
媽媽在街角麵包店買了一條全麥麵包。

19 **bake** / bek /

v. 烘、烤
Mom made milk shakes while the cake was **baking** in the oven.　媽媽趁蛋糕在爐子裡烤的空檔做奶昔。

20 **food** / fud /

n. 食物
My cat is not willing to eat canned **food** when it is not really fresh.
罐頭食品只要不新鮮，我的貓咪就不吃。

21 **sea·food** / `si,fud /

n. 海鮮
The manager ordered a **seafood** pizza as a snack.
經理點了海鮮披薩當點心。

20

22 **feed** / fid /

n. 餵食、以……為食物
In spring, black bears will **feed** on grass roots or insects.　春天時，黑熊以草根及昆蟲維生。

23 **cook** / kʊk /

v. 烹煮；*n.* 廚師
Nancy and her husband **cooked** a delicious dinner for their relatives.
南西及她的先生為親戚料理一頓美味的晚餐。

24 **kitch·en** / `kɪtʃɪn /

n. 廚房
My sister was busy making chocolate cupcakes in the **kitchen**.　我妹妹在廚房忙著做巧克力杯子蛋糕。

第 21 章

Food

食物

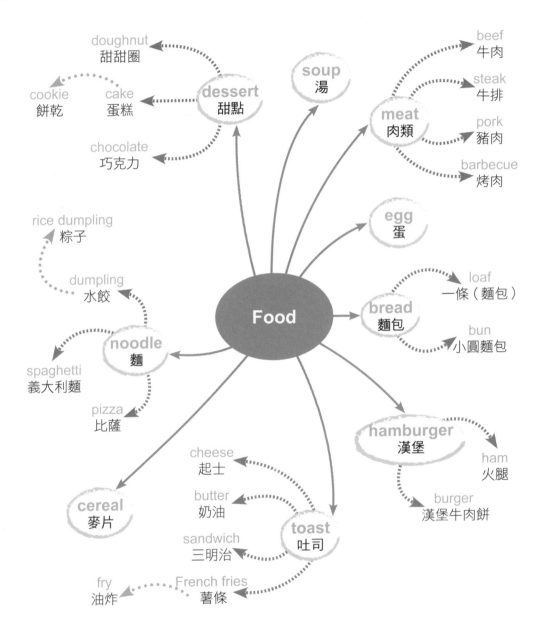

doughnut 甜甜圈
cookie 餅乾
cake 蛋糕
chocolate 巧克力
dessert 甜點
soup 湯
meat 肉類
beef 牛肉
steak 牛排
pork 豬肉
barbecue 烤肉
egg 蛋
rice dumpling 粽子
dumpling 水餃
noodle 麵
spaghetti 義大利麵
pizza 比薩
Food
bread 麵包
loaf 一條（麵包）
bun 小圓麵包
hamburger 漢堡
ham 火腿
burger 漢堡牛肉餅
cereal 麥片
cheese 起士
butter 奶油
sandwich 三明治
toast 吐司
fry 油炸
French fries 薯條

MP3

1 meat
/ mit /

***n.* 肉類**

We usually pair red **meat** with red wine, and white meat with white wine.

我們通常是紅肉搭配紅酒，白肉搭配白酒。

2 beef
/ bif /

***n.* 牛肉**

My host family had roast **beef** and Yorkshire pudding for lunch today.

今天我的寄宿家庭午餐吃烤牛肉及約克夏布丁。

3 steak
/ stek /

***n.* 牛排**

I had a T-Bone **steak** in this restaurant, and it tasted better than any steak I have had anywhere else.

我在這家餐廳享用丁骨牛排，比我去過的任何其他餐廳還要好吃。

4 pork
/ pork /

***n.* 豬肉**

This canned chopped ham is made of **pork** from Japan.　罐裝火腿切片是用來自日本的豬肉製成。

5 bar·be·cue
/ `bɑrbɪkju /

***n.* 烤肉**

The private courtyard is ideal for summer **barbecues**.

這處私人庭園是夏天烤肉的理想地點。

6 egg
/ ɛg /

***n.* 蛋、卵**

My daughter eats a hard-boiled **egg** for breakfast every single day.　我女兒每天吃一顆煎蛋當早餐。

7 bread
/ brɛd /

***n.* 麵包**

➕ soup / sup / *n.* 湯

The taxi driver had a quick meal of **bread** and corn **soup**.　計程車司機以麵包及玉米濃湯快速解決一餐。

8 loaf
/ lof /

***n.* 一條（麵包）**

Mom bought two **loaves** of bread and two packs of ham because they were on sale.

媽媽買二條麵包及二包火腿，因為促銷。

21

9 **bun** / bʌn /

n. 小圓麵包

➕ ham·burg·er / ˋhæmbɝgɚ / n. 漢堡

Many housewives like to make **hamburger buns** at home. 許多家庭主婦喜歡在家做漢堡麵包。

10 **ham** / hæm /

n. 火腿

The meat made from a pig is called pork, **ham** or bacon. 豬製成的肉稱作豬肉、火腿或培根。

11 **burg·er** / ˋbɝgɚ /

n. 漢堡牛肉餅

I want some ketchup with my **burger**.
我要一些番茄醬搭配我的漢堡牛肉餅。

12 **toast** / tost /

n. 吐司；v. 烤、烘

➕ but·ter / ˋbʌtɚ / n. 奶油

➕ cheese / tʃiz / n. 起司

The man covered his **toast** with a thick layer of **butter**. 男子在吐司上抹一層厚厚的奶油。

13 **sand·wich** / ˋsændwɪtʃ /

n. 三明治

The secretary just had a ham and cream **sandwich** for lunch today.
祕書今天只吃一個火腿奶油三明治當午餐。

14 **French fries** / frɛntʃ / / fraɪz /

n. 薯條

It is €2 for a big pack of **French fries** with sauce.
一大包薯條加醬料是二歐元。

15 **fry** / fraɪ /

v. 油炸、油煎

It is healthier to steam food than to **fry** it, although fried food may taste better.
食物蒸的比炸的健康，雖然油炸食物嚐起來較美味。

16 **ce·re·al** / ˋsɪrɪəl /

n. 麥片；adj. 穀類的

I ususally eat whole-grain breakfast **cereal** and drink fresh milk in the morning.
早上我經常吃全穀早餐麥片、喝鮮奶。

17 noo·dle
/ `nud! /

n. 麵

My brother ate a bowl of instant noodles and went to sleep last night.
昨晚我弟弟吃了一碗泡麵之後才去睡覺。

18 spa·ghet·ti
/ spə`gɛtɪ /

n. 義大利麵

It is easy to make meaty spaghetti sauce at home.
在家調製拌了肉的義大利麵醬很容易。

19 piz·za
/ `pitsə /

n. 比薩

We divided the seafood pizza among the four of us.　我們將海鮮比薩分給我們四人。

20 dump·ling
/ `dʌmplɪŋ /

n. 水餃　➕ rice dumpling　粽子

Mom bought a pack of frozen pork dumplings with green onion from the supermarket.
媽媽從超級市場買了一包冷凍豬肉水餃及青蔥。

21 des·sert
/ dɪ`zɝt /

n. 甜點

➕ dough·nut / `do,nʌt / **n. 甜甜圈**

Germans call jelly doughnuts Berliners, a traditional dessert offered to celebrate New Year's Eve.
德國人將果醬甜甜圈稱作柏林人，是一種慶祝除夕的傳統甜點。

22 cake
/ kek /

n. 蛋糕

Mrs. Lin cut the cake into four pieces and gave each child a slice.
林太太將蛋糕切成四塊，每個小孩給一塊。

23 cook·ie
/ `kʊki /

n. 餅乾

My niece usually bakes handmade cookies in her free time.　我姪女經常在空閒時烘培手工餅乾。

24 choco·late
/ `tʃɑkəlɪt /

n. 巧克力

I bought a pack of chocolate cupcakes from a vendor in the street.
我在街頭攤販買了一包巧克力杯子蛋糕。

21

第 22 章

Sauce, Drink and Kitchenware

調味、飲料、餐具

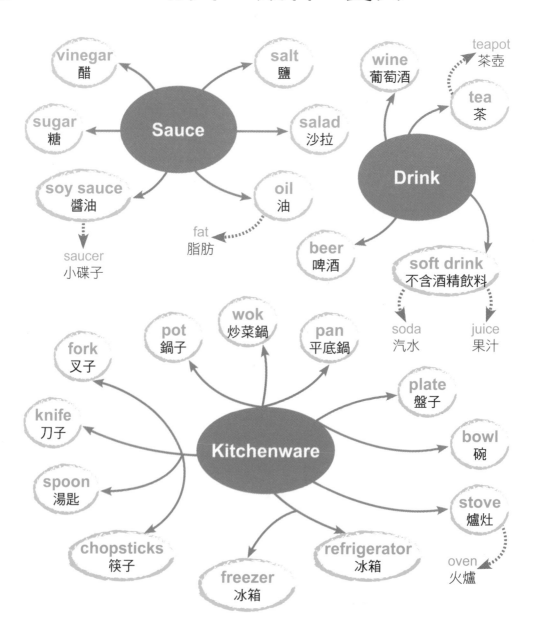

MP3

1 salt
/ sɔlt /

n. 鹽

Generally speaking, most people eat far too much salt in their diet.

一般來說，大多數人在飲食中吃進太多的鹽巴。

2 sal·ad
/ `sæləd /

n. 沙拉

Their jacket potatoes will be served with a fresh healthy mixed salad.

帶皮馬鈴薯有搭配一份新鮮又健康的綜合沙拉。

3 oil
/ ɔɪl /

n. 油

➕ vin·e·gar / `vɪnɪgɚ / *n.* 醋

Would you like olive oil and vinegar on your green salad? 你的蔬菜沙拉要淋上橄欖油及醋嗎？

4 wine
/ waɪn /

n. 酒、葡萄酒

Many people love cooking red meat with wine because they pair perfectly.

許多人喜愛以紅酒料理紅肉，因為它們真的是絕配。

5 sug·ar
/ `ʃʊgɚ /

n. 糖

The manager added two spoonfuls of sugars into his black tea. 經理加了二匙糖到他的紅茶裡面。

6 fat
/ fæt /

n. 脂肪；*adj.* 肥的

A diet high in animal fat is not good for your health.

動物性脂肪含量高的飲食對健康不好。

7 soy sauce
/ sɔɪ / / sɔs /

n. 醬油

Soy sauce is a brown, salty liquid used as a seasoning in some Asian dishes.

醬油是一種棕色、鹽味的液體，作為一些亞洲菜餚的調味料。

8 sau·cer
/ `sɔsɚ /

n. 小碟子

➕ tea / ti / *n.* 茶

The waiter served the oolong tea in cups with saucers.

服務生端出裝在杯子裡搭配小碟子的烏龍茶。

9 **tea·pot** / ˋti‚pɑt /

n. 茶壺

The hunter placed the **teapot** by the side of the fireplace.　獵人將茶壺放在壁爐旁邊。

10 **pot** / pɑt /

n. 鍋子

The boss asked his assistant to make a **pot** of green tea with fresh water.

老闆要助理用淡水沖泡一壺綠茶。

11 **wok** / wɑk /

n. 炒菜鍋

Before adding vegetables, the cook heated some cooking oil in a **wok** for a while.

放入蔬菜前，廚師把炒菜鍋裡的食用油熱一下。

12 **pan** / pæn /

n. 盤、平底鍋

➕ov·en / ˋʌvən / *n.* 火爐

The trainee placed the cake **pan** in the **oven** for half an hour.　實習生將蛋糕盤放進烤箱半小時。

13 **stove** / stov /

n. 爐灶、爐灶

The cook indicated to me how to turn on and control the gas **stove**.

廚師指示我如何開瓦斯爐和控制它。

14 **plate** / plet /

n. 盤子

The salad plate is the next larger in size to the bread-and-butter **plate**.

沙拉盤的大小僅次於奶油麵包盤。

15 **re·fri·ge·ra·tor** / rɪˋfrɪdʒə‚retə /

n. 冰箱

Mom stored some fruit juice in the **refrigerator**.

媽媽在冰箱裡放了一些果汁。

16 **freez·er** / ˋfrizə /

n. 冰箱、冷藏室

Freezing food when hot will increase the temperature of the **freezer**.

食物還溫熱時就加以冷藏會增加冰箱的溫度。

17

fork
/ fɔrk /

n. 叉子　➕knife / naɪf / *n.* 刀子
They ate fried chicken with a **knife** and **fork**, so they didn't get their hands greasy.
他們用刀子及叉子吃炸雞，所以手不會油膩膩的。

18

spoon
/ spun /

n. 湯匙
Westerners use the soup **spoon** from the side, and Asians from the front.
西方人從側面使用湯匙，亞洲人則是從前端。

19

chop·sticks
/ `tʃɑp,stɪks /

n. 筷子
The Chinese people use a pair of **chopsticks** to pick up their food.　中國人使用一雙筷子夾起食物。

20

bowl
/ bol /

n. 碗
The baker put the flour and baking powder into a mixing **bowl**.
麵包師傅將麵粉及烘焙粉倒入攪拌碗。

21

soft drink
/ sɔft / / drɪŋk /

n. 不含酒精飲料
Artificial sweeteners are added into almost all the **soft drinks**.
幾乎所有不含酒精的飲料都添加人工甘味劑。

22

drink
/ drɪŋk /

n. 飲料、一杯；*v.* 喝　➕juice / dʒus / *n.* 果汁
Would you like a **drink** of fresh orange **juice**?
你要來一杯新鮮柳橙汁嗎？

23

so·da
/ `sodə /

n. 汽水
My cousin has never been a big **soda** drinker.
我表弟從來就不是個很愛喝汽水的人。

24

beer
/ bɪr /

n. 啤酒
After the practice, soccer players sat and chatted over a few **beers**.
練習之後，足球選手們坐著喝啤酒聊天。

第 23 章

Clothes

衣飾

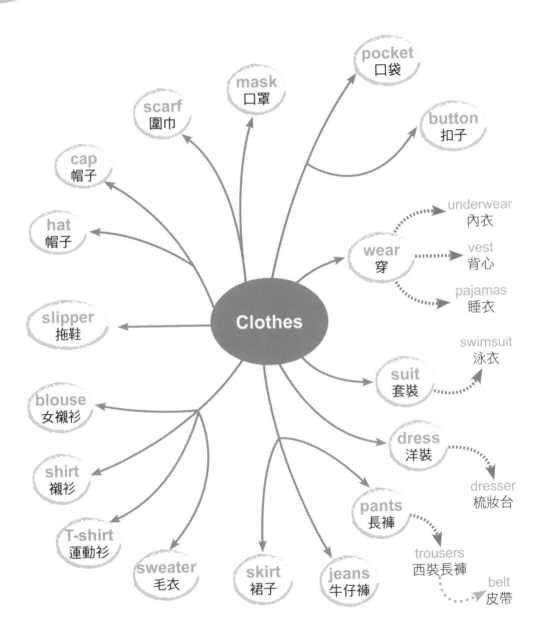

MP3

1 clothes
/ kloz /

n. 衣服

I make it a habit to iron my clothes before packing them.

我習慣收起衣服前先燙過。

2 wear
/ wɛr /

v. 穿

The Japanese usually wear black at weddings.

日本人通常穿著黑色服裝出席婚禮。

3 un·der·wear
/ ˋʌndəˏwɛr /

n. 內衣

The vendor was fined for selling underwear on the sidewalk.

那個小販因為在人行道賣內衣而被開罰單。

4 vest
/ vɛst /

n. 背心

Last night, my roommate hung his vest in the washroom.

昨夜，我的室友將他的背心掛在洗衣間。

5 dress
/ drɛs /

n. 洋裝；v. 給……穿衣

Police cadets have to get dressed in their uniforms within three minutes.

警校生必須在三分鐘內穿好制服。

6 dress·er
/ ˋdrɛsə /

n. 梳妝台

Mrs. Lin arranged objects on the dresser after she put on her makeup.

林太太化妝之後把梳妝台上的化妝品擺好。

7 shirt
/ ʃɜt /

n. 襯衫

Linda's husband is trying on a shirt in the fitting room.

琳達的先生正在試衣間試穿一件襯衫。

8 skirt
/ skɜt /

n. 裙子

The uniform skirt should be knee-length or a little above the knee.

制服裙子的長度應該到膝蓋或上面一點點。

23

9 **T-shirt**
/ `ti,ʃɝt /

n. 運動衫
This young guy had his own face printed on his **T-shirt**.
這個年輕小伙子把自己的臉部圖案印在運動衫上面。

10 **suit**
/ sut /

n. 套裝、一套；*v.* 適合
The experienced tailor made a **suit** for me last month.
那位經驗豐富的裁縫師上個月幫我做了一件套裝。

11 **swimsuit**
/ `swɪmsut /

n. 泳衣
I bought surfboards and **swimsuits** for my vacation in Thailand.
我買了泰國度假會用到的衝浪板及泳衣。

12 **blouse**
/ blaʊz /

n. 女襯衫
Miss Lin ordered a lace **blouse** and skirt set on an online shopping site.
林小姐在購物網站上訂了一套蕾絲襯衫和裙子。

13 **sweat·er**
/ `swɛtɚ /

n. 毛衣
The man shopped for a deep V-neck **sweater** online.
男子上網買了一件深 V 領的毛衣。

14 **scarf**
/ skɑrf /

n. 圍巾
The vendor wore a wool **scarf** around his neck to protect against the cold.
為了保護自己不受風寒，小販脖子上戴著羊毛圍巾。

15 **pants**
/ pænts /

n. 長褲
The boy had a new pair of **pants** on when he got out of his room.
男孩走出他的房間時，穿著一條新長褲。

16 **trou·sers**
/ `traʊzɚz /

n. 西裝長褲
My son needs a new pair of **trousers** to go with this shirt.　我兒子需要一條西裝褲來搭配這件襯衫。

17 jeans
/ dʒinz /

n. 牛仔褲

➕ belt / bɛlt / *n.* 皮帶
I need to wear a **belt** with these blue **jeans**.
我需要繫上一條皮帶來搭這件藍色牛仔褲。

18 pa·ja·mas
/ pə`dʒæməs /

n. 睡衣
After spending time in the comfortable spa, the guest wore Japanese-style **pajamas**.
舒服的泡湯之後，那位客人穿上日式睡衣。

19 mask
/ mæsk /

n. 口罩、面具；*v.* 偽裝
The trainee was asked to wear a protective **mask** on his face.　受訓學員被要求臉上戴著防護面具。

20 cap
/ kæp /

n. 帽子
The coach put on his baseball **cap** and took a seat on the bench.
教練戴上棒球帽，在長凳上找位子坐下。

21 hat
/ hæt /

n. 帽子
The mechanic usually goes out in the hot sun without a **hat**.　技工經常不戴帽子頂著火熱太陽外出。

22 slip·per
/ `slɪpɚ /

n. 拖鞋
The foreign student is becoming accustomed to wearing a pair of blue and white **slippers**.
那位外國學生逐漸習慣穿藍白拖。

23 but·ton
/ `bʌtn /

n. 扣子、按鈕
Press the Play **button** to play the recorded music.
按下播放鈕才能播放錄製的音樂。

24 pock·et
/ `pɑkɪt /

n. 口袋
The recorder is small enough to fit into my shoulder **pocket**.　這部錄音機夠小，可以放進我的側肩口袋。

23

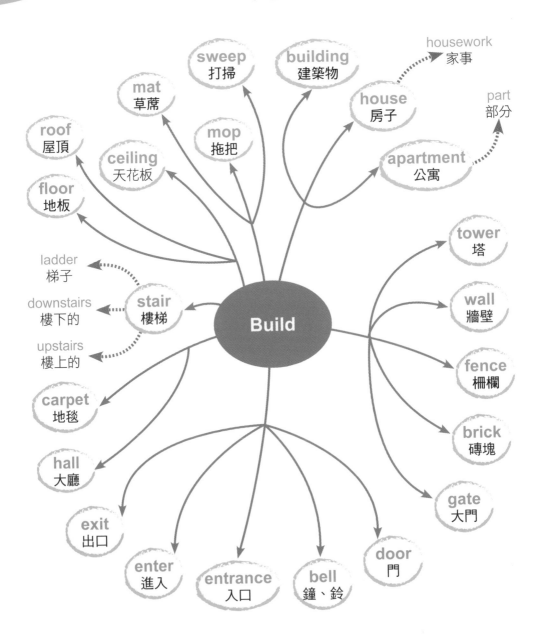

第 24 章

Build

建築

MP3

1 build / bɪld /

v. 建築、建造；***n.*** 身材

My boss planned to build a hotel on the edge of town with a beautiful view. 我的老闆打算在小鎮邊緣建造一間擁有美麗視野的飯店。

2 build·ing / `bɪldɪŋ /

n. 建築、建築物

➕ door / dor / ***n.*** 門

The stranger broke into the office building by the side door. 那名陌生人從側門潛入辦公大樓。

3 house / haʊs /

n. 房子、住宅；***v.*** 提供房子

The Lin family rent a three-story house with a two-car garage near the station.
林家人在車站附近租一棟三層樓的雙車庫房子。

4 house·work / `haʊs,wɝk /

n. 家事

Kids should be trained to do the occasional bit of housework. 孩子應該訓練偶而作點家事。

5 a·part·ment / ə`partmənt /

n. 公寓

The sidewalks around the apartment building were in poor repair before.
公寓大樓周圍的人行道以前都疏於維修。

6 tow·er / `taʊɚ /

n. 塔、高樓

I am afraid of heights, so I won't go up the tower.
我懼高，所以我不要上去那座塔。

7 wall / wɔl /

n. 牆壁、障壁

To get into the factory, the bad guy climbed over an eight-foot wall.
為了進入工廠，歹徒越過一道八英尺的牆壁。

8 fence / fɛns /

n. 柵欄、籬笆

I saw a black cat walking along the top of the fence.
我看見一隻黑貓沿著柵欄上端走著。

9 brick
/ brɪk /

n. 磚塊、積木

The fireplace in the living room was made of **bricks**.
客廳的壁爐是用磚塊砌成的。

10 gate
/ get /

n. 大門、登機門

The sign on the **gate** said "Private Property - No Admittance."
大門上的標誌寫著「私人宅邸，請勿進入」。

11 bell
/ bɛl /

n. 鐘、鈴、門鈴

All of the church **bells** rang out to signal the end of the war.　所有教堂的鐘聲響起，宣示戰爭結束。

12 en·trance
/ ˋɛntrəns /

n. 入口、入學

➕ car·pet / ˋkɑrpɪt / *n.* 地毯；*v.* 鋪地毯

The volunteers have fitted a red carpet in the **entrance** area and made welcome signs.
志工在入口處鋪設紅毯，設立歡迎標誌。

13 en·ter
/ ˋɛntɚ /

n. 進入、加入

Tourists have to clear customs before they **enter** the country.　觀光客進入一個國家之前必須通關。

14 ex·it
/ ˋɛksɪt /

n. 出口、通道；*v.* 離開

I saw the manager arrive at the hall, and then I made a quick **exit**.
我看見經理抵達大廳，隨後快速離去。

15 hall
/ hɔl /

n. 大廳、走廊

➕ part / pɑrt / *n.* 部分、角色；*v.* 使分開

The musician will take **part** in the concert at the village **hall** next week.
下週該音樂家將參與鄉公所的音樂會。

16 stair
/ stɛr /

n. 樓梯、階梯

My aunt fell down some **stairs** and broke both her ankles.
我阿姨從幾個階梯上摔下來，兩邊踝關節都摔斷了。

17 down·stairs / ˌdaʊnˈstɛrz /

adj. 樓下的；*adv.* 在樓下

I jumped out of bed and rushed downstairs when the earthquake hit.

地震來襲時，我跳下床然後往樓下衝。

18 up·stairs / ˈʌpˈstɛrz /

adj. 樓上的；*adv.* 在樓上

The chair's office is two floors upstairs from the English Department.

主任辦公室在英語系辦樓上二層。

19 lad·der / ˈlædɚ /

n. 梯子、階梯

The repairman climbed up a ladder that almost reached the ceiling.

維修工人登上一座幾乎觸及天花板的梯子。

20 cei·ling / ˈsilɪŋ /

n. 天花板、最高限度

There is a big black spider on the ceiling.

天花板上有一隻黑色的大蜘蛛。

21 roof / ruf /

n. 屋頂、車頂

Most of the churches have pitched roofs.

大多數的教堂有斜屋頂。

22 floor / flor /

n. 地板、樓層

➕ mop / mɑp / *n.* 拖把；*v.* 用拖把拖洗

My roommate and I take turns mopping the bathroom floor every other day.

我的室友和我每二天輪流用拖把拖洗浴室地板。

23 mat / mæt /

n. 草蓆、墊子；*v.* 鋪草蓆

Mrs Lin left a note on the door mat before she left the house.　林太太出門前在門墊上留一張字條。

24 sweep / swip /

v. 打掃、襲擊

The students were asked to sweep the classroom floor before the class started.

學生被要求上課前打掃教室地板。

第 25 章

Room

房間

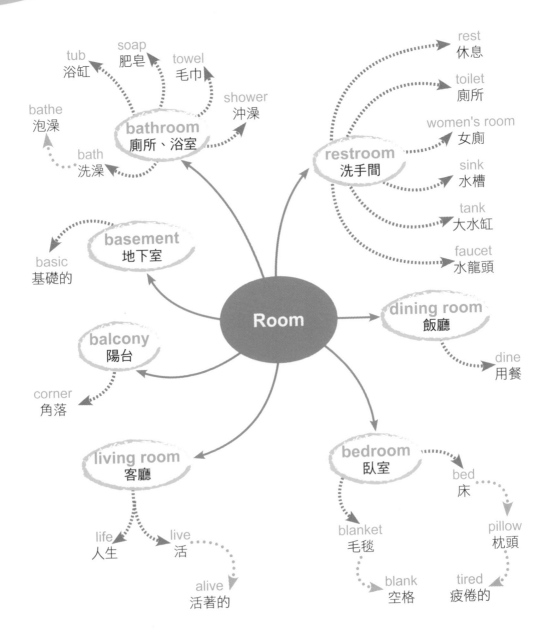

MP3

1 bath·room
/ ˈbæθˌrum /

n. 廁所、浴室

➕ sink / sɪŋk / *n.* 水槽、洗臉盆；*v.* 下沉

The cat must have gotten into the house through the **bathroom** window.

那隻貓一定是從浴室的窗戶進到房子裡的。

---

2 bath
/ bæθ /

n. 洗澡、泡澡

My husband usually takes a cold **bath** after exercising.　我先生常在運動之後洗冷水澡。

---

3 bathe
/ beð /

v. 泡澡、沐浴

The universe is **bathed** in a sea of radio waves.

全世界都壟罩在無線電波海之中。

---

4 show·er
/ ˈʃaʊɚ /

n. 沖澡

The sink mirror steamed up gradually during my **shower**.

洗手台上的鏡子在我沖澡時慢慢地蒙上一層霧氣。

---

5 tub
/ tʌb /

n. 浴缸、盆

I cannot wait to sink into a comfortable hot **tub** at the end of a tiring day.

疲憊的一天結束時，我迫不及待要沉入舒服的熱水浴缸裡。

---

6 tank
/ tæŋk /

n. 大水缸、儲水池、坦克

There is a **tank** of live lobsters in front of the seafood restaurant.

海鮮餐廳前面擺著一大缸的生猛龍蝦。

---

7 fau·cet
/ ˈfɔsɪt /

n. 水龍頭

The monkey turned on the **faucet** and got a drink of water.　猴子轉開水龍頭喝水。

---

8 tow·el
/ ˈtaʊəl /

n. 毛巾

The waitress used a paper **towel** to soak up the coffee spill.　女服務生用紙巾擦去溢出的咖啡。

25

9 soap
/ sop /

n. 肥皂
This liquid **soap** is very gentle to your skin.
液體肥皂對你的皮膚很溫和。

10 restroom
/ ˈrɛstruːm /

n. 洗手間、廁所 ➕ rest / rɛst / n.；v. 休息
Generally speaking, women spend two times as long in the **restroom** as men do.
一般而言，女士在洗手間要比男士多花二倍的時間。

11 toi·let
/ ˈtɔɪlɪt /

n. 廁所、馬桶
The lady was using the **toilet** when her smartphone rang.　那位女子的手機響起時，她正在洗手間裡。

12 women's room
/ ˈwɪmɪn / / rum /

n. 女廁
There is a long line of ladies waiting in front of the **women's room**.
女廁前面有大排長龍的女士等候著。

13 dining room
/ ˈdaɪnɪŋ / / rum /

n. 飯廳
Join us for a continental breakfast in our **dining room** tomorrow morning.
明天早上跟我們一起在自家飯廳享用歐陸早餐。

14 dine
/ daɪn /

v. 用餐
The couple **dined** by candlelight in the hotel restaurant tonight.
那對夫婦今晚在飯店的餐廳享用燭光晚餐。

15 bed
/ bɛd /

n. 床 ➕ bedroom / ˈbɛd͵rʊm / n. 臥室
My daughter didn't get out of **bed** until lunchtime today.　今天我女兒一直到要吃午餐時才起床。

16 pil·low
/ ˈpɪlo /

n. 枕頭
➕ tired / taɪrd / adj. 疲倦的
Last night, I was very **tired** and fell asleep as soon as my head hit the **pillow**.
昨晚我非常疲憊，一上床碰到枕頭就睡著了。

17 **blan·ket**
/ ˈblæŋkɪt /

n. 毛毯
My son covered up our pet dog with a blanket while it was sleeping.
我兒子在我們家的狗睡覺時為牠蓋上毛毯。

18 **blank**
/ blæŋk /

n. 空格
Please sign your name in the blank space at the bottom of the form. 請在表格底下的空格處簽名。

19 **live**
/ lɪv /

v. 活；*adj.* 現場的
➕ life / laɪf / *n.* 人生、生命 ➕ living room 客廳
Living a simple life may be a good way to achieving happiness.
過著簡樸生活也許是成就幸福的一帖良方。

20 **a·live**
/ əˈlaɪv /

adj. 活著的
The patient has been kept alive on life-support machines for a few days.
病人靠著維生機器維持了幾天生命。

21 **base·ment**
/ ˈbesmənt /

n. 地下室
There are a lot of precious objects stored in the basement of the building.
大樓地下室有大量的珍貴收藏品。

22 **ba·sic**
/ ˈbesɪk /

adj. 基礎的、初步的
The dance teacher taught children some basic dance steps in the gym.
舞蹈老師在體育館教導孩童一些基本舞步。

23 **bal·con·ny**
/ ˈbælkənɪ /

n. 陽台、包廂
We chatted over tea on the hotel balcony until midnight. 我們在飯店陽台泡茶聊天直到午夜。

24 **cor·ner**
/ ˈkɔrnɚ /

n. 角落
The goats are all in one corner of the farm.
山羊都在農場裡的一處角落。

25

第 26 章

Furniture

傢俱

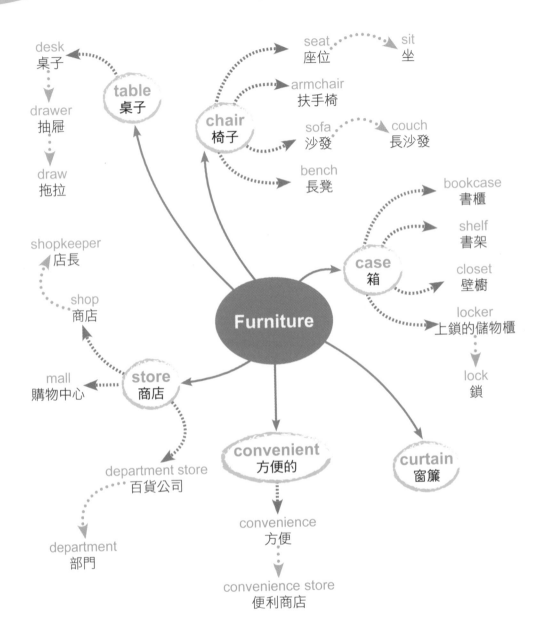

desk
桌子

table
桌子

drawer
抽屜

draw
拖拉

seat
座位

sit
坐

chair
椅子

armchair
扶手椅

sofa
沙發

couch
長沙發

bench
長凳

bookcase
書櫃

shelf
書架

case
箱

closet
壁櫥

locker
上鎖的儲物櫃

lock
鎖

shopkeeper
店長

shop
商店

Furniture

mall
購物中心

store
商店

convenient
方便的

curtain
窗簾

department store
百貨公司

convenience
方便

department
部門

convenience store
便利商店

MP3

1 fur·ni·ture
/ `fɝnɪtʃɚ /

n. 傢俱
The bed is the only piece of furniture in the poor guy's bedroom.
床是那名窮人臥室裡唯一的一件傢俱。

2 ta·ble
/ `tebl /

n. 桌子、表
A group of college students sat around the dinner table, talking about their vacation plan.
一群大學生圍坐餐桌前，談論他們的假期計畫。

3 desk
/ dɛsk /

n. 桌子、書桌
The desks in the office are arranged in rows of six.
辦公室的桌子排成一列六張。

4 drawer
/ `drɔɚ /

n. 抽屜
Spoons and ladles were found in the right-hand drawer. 湯匙及勺子在右手邊抽屜被找到。

5 draw
/ drɔ /

v. 拖拉、畫
The kid is drawing a curve at the bottom of the page. 孩童正在頁面底下畫一條曲線。

26

6 chair
/ tʃɛr /

n. 椅子、主席；*v.* 主持會議
➕ seat / sit / *n.* 座位；*v.* 使就坐
You need to make sure the patient has been fully seated in the chair.
你必須確定病患已完全坐在椅子上。

7 arm·chair
/ `arm,tʃɛr /

n. 扶手椅
My grandfather just fell asleep in the armchair on the balcony. 我祖父剛剛在陽台的扶手椅上睡著了。

8 sit
/ sɪt /

v. 坐、坐落於
➕ so·fa / `sofə / *n.* 沙發
The kids sat side by side on the sofa watching the video. 孩子們並排坐在沙發上看錄影帶。

9 couch / kaʊtʃ /

n. 長沙發、睡椅
The landlady added an armchair directly across from the **couch**.
女房東在長沙發正對面加了一張扶手椅。

10 bench / bɛntʃ /

n. 長凳、席位
There is a senior sitting on the park **bench** and reading a newspaper.
有一位長者坐在公園長凳上看報紙。

11 book·case / `bʊk,kes /

n. 書櫃
In my room, there is a **bookcase** against the right wall. 我的房間裡有一座書櫃靠著右邊牆壁。

12 case / kes /

n. 箱、盒、外殼
My new laptop came in a big packing **case**.
我的新筆電裝在一個大箱子裡面。

13 shelf / ʃɛlf /

n. 書架、架子
There are **shelves** on the wall from floor to ceiling, full of books.
牆壁從地板到天花板都是書架，裝了滿滿的書。

14 clos·et / `klɑzɪt /

n. 壁櫥、衣櫥
Many tools are kept in the storage **closet** under the stairs. 許多工具存放在樓梯下方的儲物壁櫥裡面。

15 lock·er / `lɑkɚ /

n. 可上鎖的儲物櫃
I left my luggage in a **locker** in the station and went to look around the city.
我將行李放在車站儲物櫃後，就到市區四處逛逛。

16 lock / lɑk /

n. 鎖；*v.* 上鎖
If you close the door, it will **lock** by itself.
你若是關上門，它就會自動鎖上。

17 cur·tain
/ `kɝtn /

n. 窗簾、門簾

The trainee drew the **curtains** tight and the room turned dark. 實習生拉上窗簾，房間便暗了下來。

18 convenience store
/ kənˋvinjəns / / stor /

n. 便利商店

➕ con·ve·ni·ence / kənˋvinjəns / *n.* 方便

➕ store / stor / *n.* 商店；*v.* 貯存

There are **convenience stores** every few blocks in cities in Taiwan.
台灣的都市每幾個街區就有便利商店。

19 con·ve·ni·ent
/ kənˋvinjənt /

adj. 方便的、合宜的

The supermarket has very **convenient** hours of operation. 超級市場的營業時間讓人很方便。

20 department store
/ dɪˋpartmənt / / stor /

n. 百貨公司

The **department store** is having a big summer sale. 這家百貨公司正在舉行夏季大拍賣。

21 de·part·ment
/ dɪˋpartmənt /

n. 部門、系

The repair **department** is located in the basement of the building. 維修部門位於大樓地下室。

22 mall
/ mɔl /

n. 購物中心

The company is planning to open a shopping **mall** in the redevelopment zone.
公司規畫在重劃區開一家購物中心。

23 shop
/ ʃap /

n. 商店；*v.* 購物

My uncle is running a car repair **shop** in town now.
我叔叔目前在鎮上經營一家汽車維修店。

24 shop·keep·er
/ ˋʃap͵kipɚ /

n. 店長、店經理

The **shopkeeper** is off duty today.
店長今天休假。

26

第 27 章

Traffic

交通

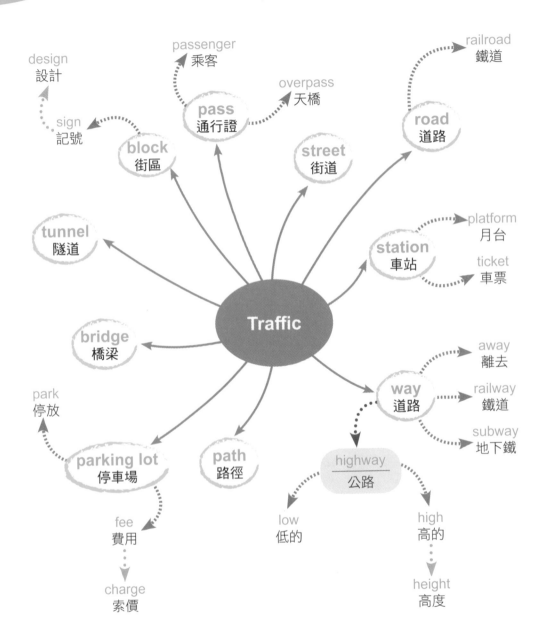

- design 設計
- sign 記號
- passenger 乘客
- overpass 天橋
- railroad 鐵道
- block 街區
- pass 通行證
- street 街道
- road 道路
- tunnel 隧道
- station 車站
- platform 月台
- ticket 車票
- bridge 橋梁
- **Traffic**
- park 停放
- way 道路
- away 離去
- railway 鐵道
- subway 地下鐵
- parking lot 停車場
- path 路徑
- highway 公路
- low 低的
- high 高的
- fee 費用
- charge 索價
- height 高度

1 traf·fic
/ `træfɪk /

n. 交通、交通量；*v.* 非法交易
The tour group got stuck in traffic for a couple of hours.　旅行團塞在車陣中兩三個小時。

2 block
/ blɑk /

n. 街區、積木；*v.* 阻塞
My homeroom teacher and I live on the same block.　我的導師跟我住在同一街區。

3 street
/ strit /

n. 街道
While walking down the street, I saw an accident between a car and a motorcycle.
沿著街道走的時候，我看見一起汽車及機車的事故。

4 road
/ rod /

n. 道路
There is a florist shop on the other side of the road.
道路對面有一家花店。

5 rail·road
/ `rel,rod /

n. 鐵道
➕ sta·tion / `steʃən / *n.* 車站、電視臺；*v.* 部署
You need to check the railroad timetable before you leave for the station.
你前往車站前要先查列車時刻表。

6 rail·way
/ `rel,we /

n. 鐵道
➕ bridge / brɪdʒ / *n.* 橋梁；*v.* 連結
The railway bridge crossing the river is up to two kilometers long.　跨越河流的鐵道橋梁長達二公里。

7 way
/ we /

n. 道路、方法
I saw a car accident on the way home from work yesterday.　昨天我在下班途中看見一起車禍。

8 a·way
/ ə`we /

adv. 離去、在遠方
The airport is located 12 kilometers away from the city center.　機場位於距離市中心 12 英哩處。

27

9 **sub·way**
/ `sʌb,we /

n. 地下鐵
In Brooklyn, New York, there is a subway museum in a **subway** station.
在紐約布魯克林，一處地鐵站有一座地鐵博物館。

10 **high·way**
/ `haɪ,we /

n. 公路
➕ o·ver·pass /,ovɚ`pæs / **n. 天橋、高架橋；n. 越過**
Highway police set up a checkpoint on the **overpass** to check passing vehicles.
公路警察在高架橋設立檢查站以檢查來往車輛。

11 **high**
/ haɪ /

adj. 高的；adv. 向高處、強烈地、高聲地
I placed the dog food on a **high** shelf where my Labrador retriever can't get at it.
我將狗食放在高的廚櫃上面，那地方我的黃金獵犬拿不到。

12 **height**
/ haɪt /

n. 高度
The helicopter was flying at a **height** of 500 meters at that time. 直升機當時的飛行高度是 500 英呎。

13 **low**
/ lo /

adj. 低的、低聲的、貶低的
The shopping mall offers the **lowest** prices in town.
這家賣場提供鎮上最低價商品。

14 **be·low**
/ bə`lo /

adv. 在下面；prep. 在下面、低於
The temperature may drop to five degrees **below** zero tonight. 今晚溫度可能降至零下五度。

15 **tun·nel**
/ `tʌn! /

n. 隧道、涵洞；v. 打通隧道
This high-speed train is to pass through the **tunnel** under the English Channel.
這部高速火車即將穿越英吉利海峽底下的隧道。

16 **pass**
/ pæs /

n. 通行證、護照；v. 通過、及格
I showed my boarding **pass** to an airport employee when I stepped into the airplane.
步向飛機時，我向一位機場員工出示登機證。

17 pas·sen·ger
/ `pæsndʒɚ /

n. 乘客　➕fee / fi / *n.* 費用、服務費；*v.* 付費
Overweight air **passengers** will be charged additional **fees** for their weight.
體重過重的飛機乘客將被收取重量的額外費用。

18 tick·et
/ `tɪkɪt /

n. 車票、罰單
The backpacker bought a one-way **ticket** to Seattle.　背包客買一張前往西雅圖的單程車票。

19 charge
/ tʃɑrdʒ /

n. 索價
The Japanese restaurant **charges** surprisingly high prices for its food.
那間日本餐廳所提供的餐點需收取極高的費用。

20 path
/ pæθ /

n. 路徑、小徑
The hikers followed the **path** until they got to the tree house.　徒步旅行的人順著小徑直到抵達樹屋。

21 plat·form
/ `plæt,fɔrm /

n. 月台、講台、平台
The next train for Taipei will depart from **platform** two.　下一班往台北的火車將於第二月台開出。

27

22 sign
/ saɪn /

n. 記號、標誌；*v.* 簽名
I **signed** a contract with a lawyer to deal with the car accident.　我與一名律師簽下一紙處理車禍的合約。

23 parking lot
/ `pɑrkɪŋ / / lɑt /

n. 停車場
➕park / pɑrk / *v.* 停放；*n.* 公園
The mall **parking lot** is full now.
購物中心的停車場目前車位已滿。

24 de·sign
/ dɪ`zaɪn /

n. 設計、圖案；*v.* 設計
This furniture was **designed** by a college student.
這件傢俱是一位大學生設計的。

第 28 章

Transportation

交通工具

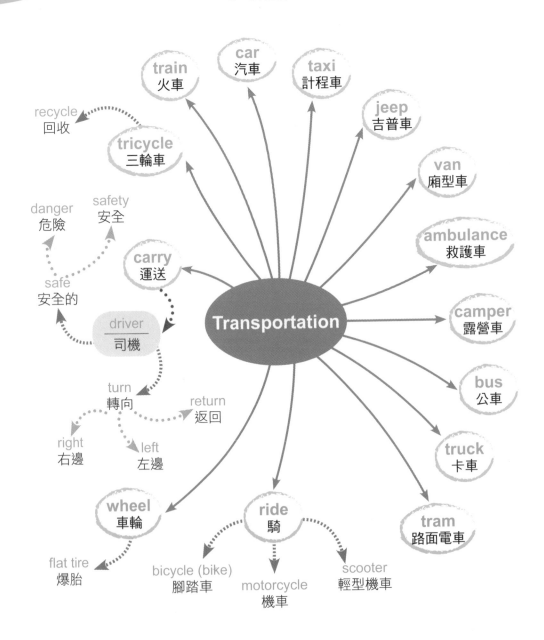

MP3

1 car
/ kɑr /

n. 汽車、車廂
Before taking your car on a long trip, oil, water and tires should be checked first.
長途旅行之前，油、水及輪胎都應先檢查過。

2 car·ry
/ ˋkærɪ /

v. 攜帶、運送
The bridge carries traffic across the river from the city to the countryside.
該座橋梁將車輛從市區跨越河流帶往鄉村。

3 tax·i
/ ˋtæksɪ /

n. 計程車
The woman jumped into a taxi and rushed to the hospital.　婦人躍上計程車趕往醫院。

4 jeep
/ dʒip /

n. 吉普車
The man was driving an open-top four-wheel-drive jeep along the riverbank.
男子開著敞篷四輪傳動吉普車沿著河岸飆去。

5 van
/ væn /

n. 廂型車
We had better make a reservation for our return to airport by van.　我們最好預定返回機場的廂型車。

6 am·bu·lance
/ ˋæmbjələns /

n. 救護車
The injured man has been sent to the nearby hospital by ambulance.
受傷男子已被救護車送至附近醫院。

7 camp·er
/ ˋkæmpɚ /

n. 露營車、露營者
There are a variety of services available for campers on the campsite.
這個露營區有各種公共設施供露營者使用。

8 bus
/ bʌs /

n. 公車
I missed the school bus this morning, so my father gave me a ride to school.
我今早錯過校車，因此我父親開車送我去學校。

28

9

truck
/ trʌk /

n. 卡車
Long-distance **truck** drivers often use their own
radio channel to talk to one another.
長途卡車司機時常使用自己的無線電頻道互通訊息。

10

train
/ tren /

n. 火車；*v.* 訓練
There is a dining car on the **train** where passengers
can get wonderful meals.
火車上有用餐車廂，乘客可以在那裡享用美食。

11

tram
/ træm /

n. 路面電車
I saw the backpacker hopping off the **tram** in front
of the museum.
我看見那名背包客在博物館前從路面電車跳下去了。

12

scoot·er
/ `skutɚ /

n. 輕型機車
➕ ride / raɪd / *n.* 騎、搭乘；*v.* 騎馬、乘坐
My godson has never **ridden** a **scooter** on the
road.　我乾兒子從未騎輕型機車上路過。

13

mo·tor·cy·cle
/ `motɚ͵saɪkl /

n. 機車
It will cost a lot to rent a **motorcycle** with a driver in
this area.　這地區租車又含司機的費用很高。

14

bicycle（bike）
/ `baɪsɪkl /

n. 腳踏車
Tom got on his **bicycle** and rode off soon after the
practice was over.
練習一結束，湯姆就躍上自己的單車很快騎走了。

15

tri·cy·cle
/ `traɪsɪkl /

n. 三輪車
The couple's three-year-old loves his blue **tricycle**.
那對夫婦的三歲孩子喜愛他的藍色三輪車。

16

re·cy·cle
/ ri`saɪkl /

v. 回收、使再循環
Objects such as glass, metal and paper should be
recycled as much as possible.
玻璃、金屬及紙類等物品應當盡量回收。

 MP3

17 wheel
/ hwil /

***n.* 車輪、輪子、方向盤**
The rider tried to move forwards but the front **wheel** was locked.　騎士試著往前，但是前輪被鎖住了。

18 flat tire
/ flæt / / taɪr /

***ph.* 爆胎**
➕driver / `draɪvɚ / *n.* 司機
The jeep **driver** got a **flat tire** after driving over a nail.　吉普車司機輾過一根鐵釘後爆了一個輪胎。

19 turn
/ tɝn /

***n.* 轉向、轉彎；*v.* 轉動、轉彎**
The wheels started to turn after the engineer **turned** on the switch again.
工程師再一次打開開關後輪子開始轉動。

20 re·turn
/ rɪ`tɝn /

***v.* 返回、歸還；*n.* 報答、收益**
Mrs. Lin's son **returned** home after two years of travelling.　林太太的兒子在旅行二年之後返家。

21 left
/ lɛft /

***n.* 左邊；*adj.* 左邊的；*adv.* 向左**
First, you need to take a **left** turn at the intersection ahead.　首先，你必須要在前方十字路口左轉。

22 right
/ raɪt /

***n.* 右邊、權力；*adj.* 右邊的、正確的；*adv.* 向右**
There is a bookshelf on the **right** side of the end table.　茶几右邊有一個書櫃。

23 dan·ger
/ `dendʒɚ /

***n.* 危險**
After the operation, the patient is now out of **danger**.　手術之後，病患目前脫離險境。

24 safe·ty
/ `seftɪ /

***n.* 安全**
➕safe / sef / *adj.* 安全的
The police are concerned for the **safety** of the kids and seniors in the house.
警方關心屋子裡面孩童及老人家的安全。

28

第 29 章

School

學校教育

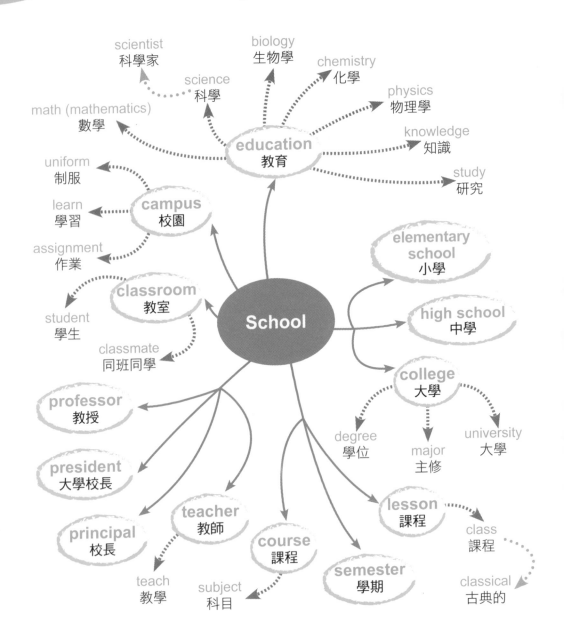

scientist 科學家
biology 生物學
chemistry 化學
science 科學
physics 物理學
math (mathematics) 數學
knowledge 知識
education 教育
uniform 制服
study 研究
campus 校園
learn 學習
assignment 作業
elementary school 小學
classroom 教室
student 學生
high school 中學
classmate 同班同學
School
college 大學
professor 教授
degree 學位
major 主修
university 大學
president 大學校長
lesson 課程
principal 校長
teacher 教師
course 課程
class 課程
semester 學期
classical 古典的
teach 教學
subject 科目

MP3

1 school
/ skul /

n. 學校、學院

➕ u·ni·form / `junə,fɔrm / n. 制服；adj. 一致的
The school uniform looks smart and is comfortable to wear. 學校制服看起來很活潑，而且穿起來很舒適。

2 knowl·edge
/ `nɑlɪdʒ /

n. 知識、了解、消息
The engineer has a limited knowledge of robots.
該名工程師對機器人的了解有限。

3 math
(mathematics)
/ mæθ /
/ ˌmæθəˈmætɪks /

n. 數學　➕ sci·ence / `saɪəns / n. 科學
My science teacher did some pure math research in his junior year in college.
我的科學老師在大三時做了一些純數學的研究。

4 sci·en·tist
/ `saɪəntɪst /

n. 科學家
Social scientists study the behavior and relationships of people in societies.
社會科學家研究人們在社會上的行為及關係。

5 bi·ol·o·gy
/ baɪ`ɑlədʒɪ /

n. 生物學
Human biology is a field of biology which focuses on humans.
人類生物學是一個以人類為焦點的生物學領域。

6 chem·is·try
/ `kɛmɪstrɪ /

n. 化學　➕ phys·ics / `fɪzɪks / n. 物理學
In the midterm test, I passed my physics exam, but I failed chemistry.
這次期中考我的物理過了，但化學沒過。

7 sub·ject
/ `sʌbdʒɪkt /

n. 科目、主題　➕ high school n. 中學
In my high school days, my favorite subjects were chemistry and physics.
中學時期，我最喜愛的科目是化學及物理。

8 course
/ kors /

n. 課程、路線　➕ se·mes·ter / sə`mɛstə / n. 學期
My younger sister took a course in modern hairdressing last semester.
我妹妹上學期修了一門現代美髮的課程。

29

9 **les·son** / ˈlɛsn̩ /

n. 課程、教訓

My mom will arrange for me to have roller-skating **lessons** next month.
下個月我媽媽要幫我排直排輪課。

10 **class** / klæs /

n. 課程、班級

Hank missed his physics **class** the day before yesterday. 漢克前天沒上到物理課。

11 **class·room** / ˈklæs,rʊm /

n. 教室　⊕ stu·dent / ˈstjudnt / *n.* 學生

The **students** put up posters on the wall of the science **classroom**.
學生在科學教室的牆上張貼海報。

12 **class·mate** / ˈklæs,met /

n. 同班同學

My **classmate**, Tom, got dressed in his soccer uniform. 我同學湯姆穿著他的足球制服。

13 **ma·jor** / ˈmedʒɚ /

n.；v. 主修；*adj.* 主要的
⊕ teach·er / ˈtitʃɚ / *n.* 教師

The **teacher majored** in special education at college. 這位老師大學主修特殊教育。

14 **teach** / titʃ /

v. 教學、教導
⊕ clas·si·cal / ˈklæsɪk! / *adj.* 古典的

My aunt has been **teaching classical** music at a local art school for ten years.
我嬸嬸在當地一所藝術學校教了十年的古典音樂。

15 **learn** / lɝn /

v. 學習、得知

I've **learned** a lot about computers since I started working for this company.
進這家公司以來，電腦方面我學到了很多。

16 **as·sign·ment** / əˈsaɪnmənt /

n. 作業、任務

I have a lot of reading **assignments** to complete before the end of the semester.
學期結束前我有很多閱讀作業要完成。

17 ed·u·ca·tion
/ ˌɛdʒʊˈkeʃən /

n. 教育
It's important for children and teenagers to get a good education.
獲得良好教育對兒童及青少年是重要的。

18 cam·pus
/ ˈkæmpəs /

n. 校園；adj. 校園的
All the freshmen will have to live on campus.
所有的新生都會住校。

19 elementary school
/ ˌɛləˈmɛntərɪ /

n. 小學
Spanish is used as a second language in this private elementary school.
西班牙文在這所私立小學作為第二語言使用。

20 col·lege
/ ˈkɑlɪdʒ /

n. 大學、學院
➕ stud·y / ˈstʌdɪ / n. 研究；v. 學習
My cousin studied modern European history at college.　我表哥大學念的是現代歐洲史。

21 u·ni·ver·si·ty
/ ˌjunəˈvɝsətɪ /

n. 大學
➕ de·gree / dɪˈgri / n. 學位、程度
In this company, almost all the employees have university degrees.
在這家公司，幾乎所有員工都有大學學位。

22 pro·fes·sor
/ prəˈfɛsɚ /

n. 教授
The assistant professor got his PhD degree in Electrical Engineering from National Taiwan University.　助教在台灣大學取得電機博士學位。

23 pres·i·dent
/ ˈprɛzədənt /

n. 大學校長、總統、總裁
The new president is an expert in early childhood education.　新任校長是一位早期兒童教育專家。

24 prin·ci·pal
/ ˈprɪnsəp! /

n. 校長；adj. 首要的
The principal has long been viewed as part of the school culture.
長久以來，校長一直被視為學校文化的一部分。

29

第 30 章

Language
語言文字

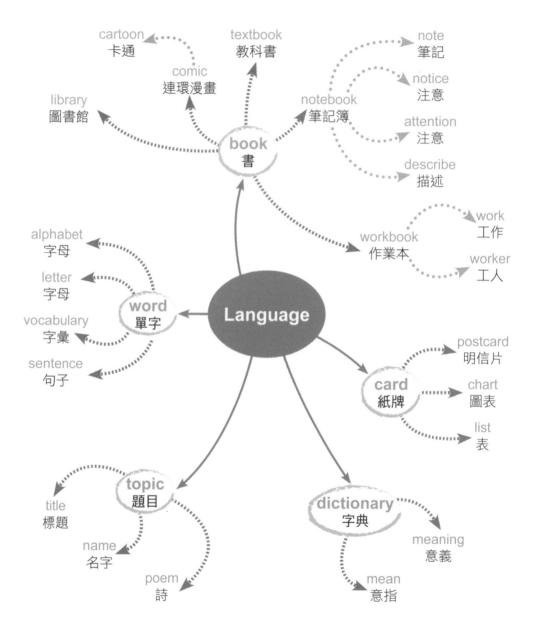

MP3

1
lan·guage
/ `læŋgwɪdʒ /

n. 語言、表達方式
➕ al·pha·bet / `ælfə,bɛt / *n.* 字母
The Roman alphabet is based on the Latin language.　羅馬字母是以拉丁文為基礎。

2
let·ter
/ `lɛtɚ /

n. 字母、信
I folded the thank-you letter in half and put it in an envelope.　我將感謝函對折，然後放入信封。

3
vo·cab·u·la·ry
/ və`kæbjə,lɛrɪ /

n. 字彙
The test is designed for learners of French to check their vocabulary size.
該測驗是為檢視法語學習者的字彙量而設計。

4
word
/ wɚd /

n. 單字、話
Your essay should be more than three thousand words long.　你的論文長度要超過 3000 字。

5
dic·tion·a·ry
/ `dɪkʃən,ɛrɪ /

n. 字典
Try to guess what the word means before you look it up in the dictionary.
用字典查閱單字之前先試著猜出字義。

6
sen·tence
/ `sɛntəns /

n. 句子、判決；*v.* 判決
➕ mean·ing / `minɪŋ / *n.* 意義
Actually, I don't quite understand the meaning of this sentence.
事實上，我不是很了解這個句子的意思。

7
mean
/ min /

v. 意指；*adj.* 卑鄙的
I have no idea what this sign means.
我不知道這標誌是什麼意思。

8
top·ic
/ `tɑpɪk /

n. 題目、標題
Let's return to the topic of public health networks.
讓我們回到公共衛生網絡的主題。

9 **ti·tle** / ˋtaɪt! /

n. 標題、題目
The author's name will be printed below the **title**.
作者姓名將印在書名底下。

10 **name** / nem /

n. 名字、名稱；*v.* 命名
Please write your full **name** and address on this form. 請在這份表格寫下你的全名及地址。

11 **com·ic** / ˋkɑmɪk /

n. 連環漫畫；*adj.* 連環漫畫的
➕ book / bʊk / *n.* 書；*v.* 預訂
A number of adults still enjoy reading **comic books** in their free time.
許多成人仍喜愛在空閒時候看漫畫書。

12 **note·book** / ˋnot͵bʊk /

n. 筆記簿
➕ note / not / *n.* 筆記、註釋；*v.* 註釋
Don't forget to add these **notes** to your **notebook**.
別忘了將這些筆記加到你的筆記簿。

13 **no·tice** / ˋnotɪs /

n. 公告、通知；*v.* 注意
There is a large **notice** on the wall saying " No Photography ".
牆上有一個大公布欄，上面寫著「禁止攝影」。

14 **at·ten·tion** / əˋtɛnʃən /

n. 注意、照料
The health food advertisements focused their **attention** on senior adults.
健康食品的廣告完全聚焦於老年人。

15 **text·book** / ˋtɛkst͵bʊk /

n. 教科書
➕ work·book / ˋwɝk͵bʊk / *n.* 作業本
There is a **workbook** to go with the **textbook**.
這本教科書有搭配一本作業本。

16 **work** / wɝk /

n. 工作、工藝品；*v.* 工作、運作
➕ work·er / ˋwɝkɚ / *n.* 工人
Those part-time **workers** have already done most of the **work**. 那些兼職人員已完成大部分的工作。

 MP3

17 li·bra·ry / `laɪ,brɛrɪ /

n. 圖書館

Sam usually studies in the university **library** on the weekend. 山姆經常週末時在大學圖書館念書。

18 card / kɑrd /

n. 紙牌、卡片

My neighbor came over to chat and play **cards** last night. 昨晚我鄰居過來聊天打牌。

19 post·card / `post,kɑrd /

n. 明信片

I will send my cousin a **postcard** as soon as I get to the university in Japan.

我一抵達日本的大學，就會寄一張明信片給我表弟。

20 car·toon / kɑr`tun /

n. 卡通

My niece likes to wear a T-shirt with **cartoon** characters on it.

我姪女喜歡穿上面印有卡通人物的 T 恤。

21 chart / tʃɑrt /

n. 圖表；*v.* 繪製圖表

According to the medical **chart**, my daughter is two kilograms underweight.

根據醫學圖表，我女兒較標準重量輕二公斤。

22 list / lɪst /

n. 表、名冊；*v.* 列表

It's a good idea to make a shopping **list** before going to the store.

去商店之前先列購物清單是個好主意。

23 po·em / `poɪm /

n. 詩

The poet will recite two of his recent **poems** during the interview. 該名詩人在訪談時朗誦二首近期詩作。

24 de·scribe / dɪ`skraɪb /

v. 描述、描述

The shoplifter was **described** as a short bearded man weighing about 80 kilograms.

有人描述扒手是一名留鬍子的男子，體重約 80 公斤。

第 31 章

Stationery

文具

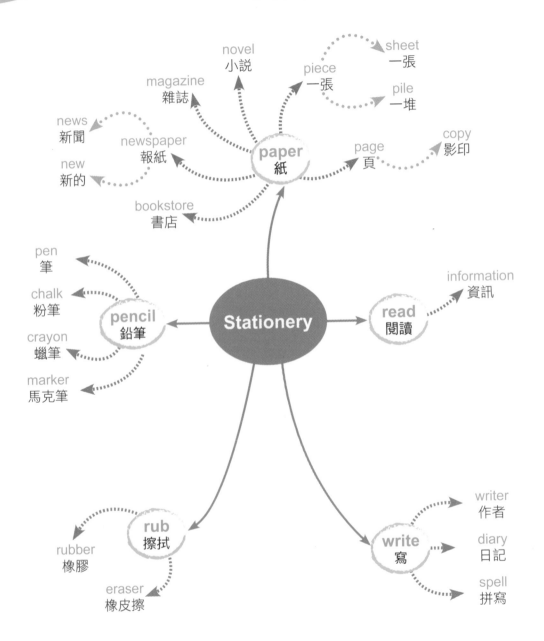

novel 小説

magazine 雜誌

piece 一張

sheet 一張

pile 一堆

news 新聞

newspaper 報紙

new 新的

bookstore 書店

paper 紙

page 頁

copy 影印

pen 筆

chalk 粉筆

crayon 蠟筆

marker 馬克筆

pencil 鉛筆

Stationery

read 閱讀

information 資訊

rubber 橡膠

rub 擦拭

eraser 橡皮擦

write 寫

writer 作者

diary 日記

spell 拼寫

1 sta·tion·e·ry
/ `steʃənˌɛrɪ /

n. 文具、信紙　➕ pen·cil / `pɛns! / *n.* 鉛筆
Mom bought me a dozen of **pencils** from the new **stationery** store.
媽媽從新開幕的文具店買了一打鉛筆給我。

---

2 news·pa·per
/ `njuzˌpepə /

n. 報紙
To keep up with the latest styles, Tina usually reads the fashion pages in the **newspapers**.
為了趕上最新潮流，緹娜經常瀏覽報紙的時尚版。

---

3 news
/ njuz /

n. 新聞、消息
I have had no **news** of my cousin since she left for England.
自從我表妹前往英國，一直都沒有她的音訊。

---

4 new
/ nju /

adj. 新的
The new development project will generate at least 800 **new** jobs.
該新開發案將創造至少 800 個新工作機會。

---

5 nov·el
/ `nɑv! /

n. 小說；*adj.* 新奇的
The writer's latest **novel** is selling really well.
該名作家的最新小說非常暢銷。

---

6 piece
/ pis /

n. 一張、一則新聞
The kid tore a small **piece** off the edge of the paper.
孩童從紙張的邊緣撕下一小片。

---

7 sheet
/ ʃit /

n. 一張、床單
Children were asked to write answers on a blank **sheet** of paper.
孩子們被要求將答案寫在空白紙上。

---

8 pile
/ paɪl /

n. 一堆；*v.* 堆放
The clerk drew a piece of paper from the very bottom of the **pile**.
職員從紙堆最底下抽出一張紙。

31

9 page / pedʒ /

n. 頁　➕ mag·a·zine / ˌmægəˈzin / *n.* 雜誌、期刊
The engineer's photo appeared on the front **page** of the science **magazine**.
該名工程師的照片出現在科學雜誌的扉頁。

10 cop·y / ˈkɑpɪ /

v. 影印、複製；*n.* 一份
The assistant has made ten **copies** of this chart for tomorrow's meeting.
助理已經影印十份明天會議要用的圖表。

11 book·store / ˈbʊkˌstor /

n. 書店
College students usually buy their textbooks from the **bookstore**.
大學生經常從書店買他們的教科書。

12 pa·per / ˈpepɚ /

n. 紙、論文
These postcards were printed on recycled **paper**.
這些明信片是用再生紙印製的。

13 pen / pɛn /

n. 筆、鋼筆
My ball-point **pen** seems to be running out of ink.
我的原子筆似乎快沒墨水了。

14 chalk / tʃɔk /

n. 粉筆
The professor picked up a piece of **chalk** and drew a chart on the blackboard.
教授拾起一支粉筆，然後在黑板上畫了一個圖表。

15 cray·on / ˈkreən /

n. 蠟筆
The artist usually creates artwork with **crayons**.
該名藝術家常以蠟筆創作藝術作品。

16 mark·er / ˈmɑrkɚ /

n. 馬克筆、書籤
The kid drew a doughnut shape on the board with a purple **marker**.
那位孩子用一枝紫色馬克筆在板子上畫一個甜甜圈的形狀。

17 **rub·ber**
/ `rʌbə / /

n. 橡膠、橡皮擦
The teacher used a **rubber** to erase the numbers on the corner of the board.
老師用板擦擦去黑板角落的數字。

18 **rub**
/ rʌb /

v. 擦拭
➕ e·ras·er / ɪ`resə / *n.* 橡皮擦、板擦
The student was told to **rub** out his mistakes with an **eraser**.
該名學生被告知要用橡皮擦拭去他錯誤的地方。

19 **write**
/ raɪt /

v. 寫、寫信
The man **wrote** a letter of thanks to the doctor after he left the hospital.
男子出院之後寫了一封感謝信給那位醫師。

20 **writ·er**
/ `raɪtə /

n. 作者、作家
The poet is also a well-known **writer** of children's poems. 該名詩人是知名的兒童詩作者。

21 **read**
/ rid /

v. 閱讀、顯示
The driver pulled over to **read** the road sign at the side of the road. 為了看路旁的標誌，司機把車開到路邊。

22 **spell**
/ spɛl /

v. 拼寫；n. 符咒
Shakespeare usually **spelled** his own name differently.
莎士比亞常將自己的名字拼成不一樣的形式。

23 **in·for·ma·tion**
/ ˌɪnfə`meʃən /

n. 資訊、詢問處
Please contact our branch office in Tokyo for further **information**.
若需進一步資訊，請聯繫我們的東京分公司。

24 **di·a·ry**
/ `daɪərɪ /

n. 日記
My wife has been keeping a **diary** since college days. 我太太從大學時期就一直寫日記。

Art

藝術

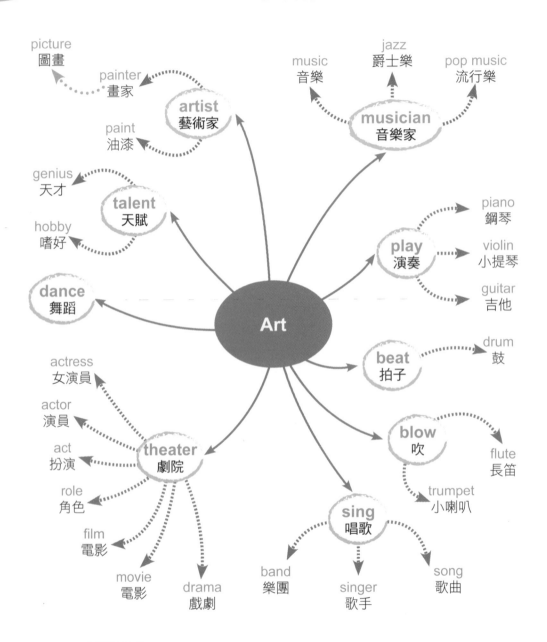

picture 圖畫

painter 畫家

artist 藝術家

paint 油漆

genius 天才

talent 天賦

hobby 嗜好

dance 舞蹈

music 音樂

jazz 爵士樂

pop music 流行樂

musician 音樂家

piano 鋼琴

play 演奏

violin 小提琴

guitar 吉他

Art

beat 拍子

drum 鼓

actress 女演員

actor 演員

act 扮演

role 角色

film 電影

theater 劇院

blow 吹

flute 長笛

trumpet 小喇叭

sing 唱歌

movie 電影

drama 戲劇

band 樂團

singer 歌手

song 歌曲

MP3

1 art
/ ɑrt /

n. 藝術、技術、人文科學

My nephew received a Master of **Arts** degree two years ago.
我姪子在兩年前拿到文學碩士學位。

2 art·ist
/ ˋɑrtɪst /

n. 藝術家

The **artist's** works will be on display at the museum next month.
藝術家的作品將於下個月在博物館展出。

3 paint
/ pent /

n. 油漆、塗料；*v.* 油漆、繪畫

➕ paint·er / ˋpentɚ / *n.* 畫家、油漆工

The **painter painted** the fence light blue for the senior couple.
油漆工為老夫婦將圍牆漆成淡藍色。

4 pic·ture
/ ˋpɪktʃɚ /

n. 圖畫、照片

The tourist took many **pictures** of the old temple from different angles.
觀光客從不同角度拍攝許多張古廟的照片。

5 theater
/ ˋθɪətɚ /

n. 劇院、戲劇、電影院

The famous dancer directed several of the plays performed in the children's **theater**.
知名舞蹈家指導過幾部在兒童劇院演出的戲劇。

6 dra·ma
/ ˋdrɑmə /

n. 戲劇、劇本

My niece will play a pop star in the music **drama**.
我姪女將在音樂劇中扮演一名流行歌手。

7 play
/ ple /

v. 演奏、比賽；*n.* 戲劇、劇本

➕ mu·sic / ˋmjuzɪk / *n.* 音樂

The local **music** group will **play** modern music during the film festival.
當地音樂團體將在電影節期間演奏現代音樂。

8 mu·si·cian
/ mjuˋzɪʃən /

n. 音樂家

The famous **musician** will make music for the art festival.　該知名音樂家將為藝術節編寫音樂。

32

9 mov·ie / `muvɪ /

n. 電影

➕ film / fɪlm / *n.* 電影、影片；*v.* 拍成影片

The **movie** was **filmed** in eight different countries in only 60 days.　該部電影以不到六十天的時間在八個不同國家拍攝完成。

10 role / rol /

n. 角色、作用

My cousin played the leading **role** in the school play.　我表妹在學校戲劇裡扮演主角。

11 act / ækt /

v. 扮演、表現；*n.* 行為、行動

The stubborn guy never **acts** on others' advice. 那個頑固的傢伙從不對別人的建議採取行動。

12 ac·tor / `æktɚ /

n. 演員

Henry wins the Leading **Actor** award for his role as a political activist in the film. 哈利因在電影中扮演一位政運人士，而獲得了最佳男演員的獎項。

13 ac·tress / `æktrɪs /

n. 女演員

Jennifer Lawrence is said to be the highest paid **actress** in Hollywood. 珍妮佛羅倫斯據說是好萊塢最高薪的女演員。

14 dance / dæns /

n. 舞蹈；*v.* 跳舞　➕ pop music *n.* 流行樂

Break **dance** and **pop music** are popular with teenagers.　霹靂舞及流行樂受到青少年的歡迎。

15 sing / sɪŋ /

v. 唱歌、鳴叫　➕ song / sɔŋ / *n.* 歌曲、歌謠

The boy **sang** two **songs** while playing the guitar at the school concert. 男孩在學校音樂會上和著吉他唱了兩首歌。

16 sing·er / `sɪŋɚ /

n. 歌手　➕ band / bænd / *n.* 樂團、橡皮圈

The **band's** female lead **singer** is a college student. 樂團女主唱是一名大學生。

17 beat
/ bit /

n. 拍子；*v.* 打擊、打敗
➕ drum / drum / *n.* 鼓；*v.* 打鼓
➕ jazz / dʒæz / *n.* 爵士樂
These elementary school students enjoy beating jazz drums. 這些小學生喜愛演奏爵士鼓。

18 flute
/ flut /

n. 長笛
My uncle learned to play the Chinese flute while in the army. 我叔叔在部隊時學會吹笛子。

19 trum·pet
/ `trʌmpɪt /

n. 小喇叭
➕ blow / blo / *v.* 吹
The cowboy tried to blow some notes on the trumpet. 牛仔試著吹了幾個小喇叭的音。

20 pi·an·o
/ pɪ`æno /

n. 鋼琴
My brother needs to practice the piano for at least an hour every day.
我弟弟每天至少要練鋼琴一個小時。

21 vi·o·lin
/ ˌvaɪə`lɪn /

n. 小提琴
➕ gui·tar / gɪ`tɑr / *n.* 吉他
My son plays both the violin and guitar beautifully.
我兒子小提琴及吉他都彈得很好。

22 tal·ent
/ `tælənt /

n. 天賦、天才
The couple planned to develop their only daughter's talent for painting.
這對夫婦計畫培養他們獨生女的繪畫天分。

23 ge·ni·us
/ `dʒinjəs /

n. 天才、天賦
Einstein has long been considered a mathematical genius.
長久以來，愛因斯坦一直被認為是一名數學天才。

24 hob·by
/ `hɑbɪ /

n. 嗜好、業餘愛好
My brother's main hobby is reading and listening to music. 我弟弟的主要嗜好是閱讀及聽音樂。

32

第33章　Color

顏色

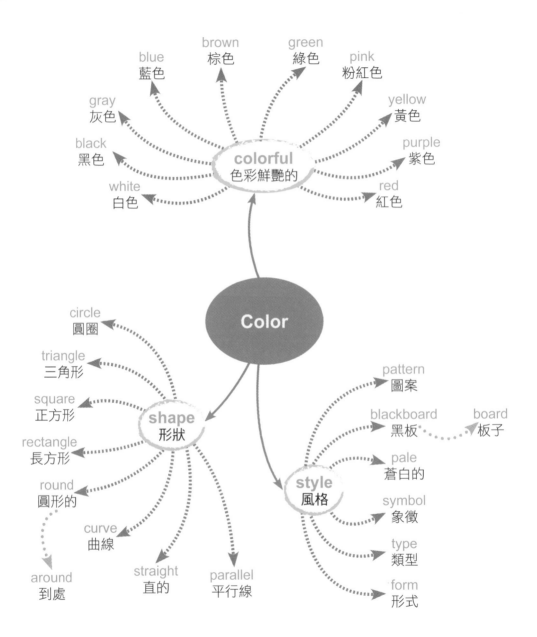

- blue 藍色
- brown 棕色
- green 綠色
- pink 粉紅色
- gray 灰色
- yellow 黃色
- black 黑色
- purple 紫色
- white 白色
- red 紅色
- colorful 色彩鮮艷的

Color

- circle 圓圈
- triangle 三角形
- square 正方形
- rectangle 長方形
- round 圓形的
- around 到處
- curve 曲線
- straight 直的
- parallel 平行線
- shape 形狀

- pattern 圖案
- blackboard 黑板
- board 板子
- pale 蒼白的
- symbol 象徵
- type 類型
- form 形式
- style 風格

 MP3

1 **col·or**
/ `kʌlə /

n. 顏色；*v.* 著色

The girl drew a triangle on the board and completely colored it dark blue.

女孩在黑板上畫了一個三角形，全部塗上深藍色。

2 **col·or·ful**
/ `kʌlə·fəl /

adj. 色彩鮮艷的

➕ pat·tern / `pætən / *n.* 圖案

All the actresses have to paint colorful patterns on their faces.

所有的女演員都必須在臉上畫上彩色圖案。

3 **white**
/ hwaɪt /

n. 白色；*adj.* 白色的

➕ black / blæk / *n.* 黑色；*adj.* 黑色的

Mix black and white and we get gray.

混合黑色及白色，就會得到灰色。

4 **black·board**
/ `blæk,bord /

n. 黑板

The office planned to change the blackboard into an electronic whiteboard.

辦公室計畫將黑板更換為電子白板。

5 **board**
/ bord /

n. 板子

Mom is cutting sweet potatoes on the cutting board.

媽媽正在砧板上切番薯。

6 **pale**
/ pel /

adj. 蒼白的

A couple of seniors were chatting over tea in the courtyard by pale winter sunlight.

幾位年長者在蒼白冬陽下的庭園泡茶聊天。

7 **gray**
/ gre /

n. 灰色；*adj.* 灰色的

It was a man dressed in gray who did the crime.

是一位身穿灰色衣服的男子犯案。

8 **blue**
/ blu /

n. 藍色；*adj.* 藍色的、憂鬱的

A light blue tablecloth will match perfectly with the indoor space.

一塊淺藍色桌巾將完美搭配室內空間。

33

9 **brown** / braʊn /

n. 棕色；*adj.* 棕色的
The white lace curtains in the windows are decorated with dark **brown** ropes.
窗戶上的白色蕾絲窗簾裝飾著深棕色拉繩。

10 **green** / grin /

n. 綠色；*adj.* 綠色的、無經驗的
Children sat in a circle on the **green** grass playing games. 孩子們坐在綠色草地上，圍成一圈玩遊戲。

11 **pink** / pɪŋk /

n. 粉紅色；*adj.* 粉紅色的
The lady smiled, pulled her **pink** woolly hat off before she stepped onto the stage.
步向舞台之前，女士微笑並摘下粉紅色羊毛帽。

12 **yel·low** / ˋjɛlo /

n. 黃色；*adj.* 黃色的
The motorcycle was hit when the motorcyclist ran through the **yellow** light.
機車騎士搶黃燈時被撞。

13 **pur·ple** / ˋpɝpl̩ /

n. 紫色；*adj.* 紫色的
The special guest wore a **purple** dress with a red hat. 特別來賓身穿一件紫色洋裝，搭配紅色帽子。

14 **red** / rɛd /

n. 紅色
➕ sym·bol / ˋsɪmbl̩ / *n.* 象徵、符號
Red is a well-known **symbol** of danger.
紅色是大家熟知的危險象徵。

15 **type** / taɪp /

n. 類型、樣式；*v.* 打字
My blood **type** is the same as my father's, but different from my mother's.
我的血型和我父親的一樣，但和我母親的不一樣。

16 **style** / staɪl /

n. 風格、文體
The classic black dress may be in **style** all the time. 古典的黑色洋裝可能永遠都很時尚。

17 **form** / fɔrm /

n. 形式、表格；*v.* 形成　➕ cir·cle / `sɝkl / *n.* 圓圈
The coach asked the team members to form a circle and join their hands.
教練要求隊員圍成一個圓圈並且手牽著手。

18 **shape** / ʃep /

n. 形狀　➕ tri·an·gle / `traɪˏæŋgl / *n.* 三角形
A triangle is a shape with three sides.
三角形是有三個邊的形狀。

19 **square** / skwɛr /

n. 正方形、廣場
The captain's office is a square-shaped room with a french window overlooking the lake.
警長辦公室是一個四方形的房間，有一個俯視湖泊的落地窗。

20 **rec·tan·gle** / rɛk`tæŋgl /

n. 長方形
The area of a rectangle is its width times its height.
長方形的面積是寬乘以高。

21 **curve** / kɝv /

n. 曲線、彎曲處；*v.* 使彎曲
➕ round / raʊnd / *adj.* 圓形的；*n.* 一回合
　　　　　　adv. 環繞地；*prep.* 圍繞、在周圍
The road curves round to the right at the downhill section.　這條路在下坡路段往右彎曲。

22 **around** / ə`raʊnd /

adv. 到處、周圍；*prep.* 圍繞、在四處
A crowd of people gathered around the scene of the traffic accident.　一群人聚集在車禍現場四周。

23 **straight** / stret /

adj. 直的；*adv.* 直接地
Go straight along this road and turn right at the traffic light.　沿著這條路直走，然後在紅綠燈右轉。

24 **par·al·lel** / `pærəˏlɛl /

n. 平行線；*adj.* 平行的
The student was asked to draw a pair of parallel lines on the board.
那名學生被要求在黑板上畫一組平行線。

第 34 章

Festival

節慶

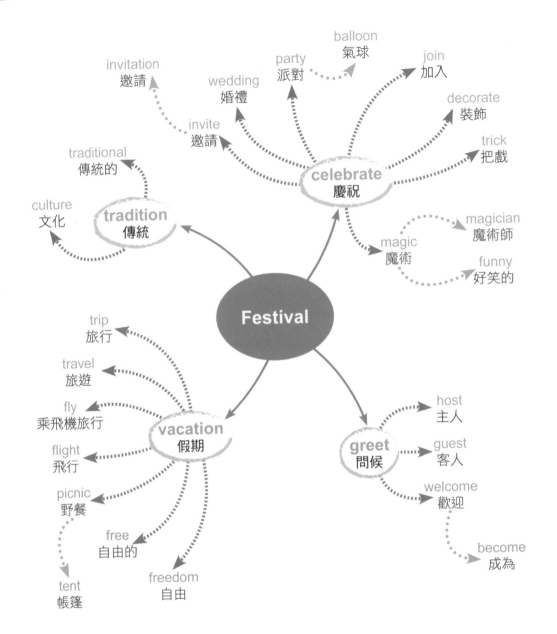

1 fes·ti·val
/ ˈfɛstəvl /

n. 節慶　➕ cel·e·brate / ˈsɛləˌbret / *v.* 慶祝
The traditional **festival** is **celebrated** at the end of spring every year.
人們在每年春末慶祝這個傳統節慶。

2 tra·di·tion
/ trəˈdɪʃən /

n. 傳統
This university has a long **tradition** of excellence in social sciences.
這所大學擁有傑出社會科學成就的傳統。

3 tra·di·tion·al
/ trəˈdɪʃənl /

adj. 傳統的
A number of family businesses still use **traditional** methods of management.
許多家庭企業沿用傳統的管理方法。

4 cul·ture
/ ˈkʌltʃə /

n. 文化
The host family helped me with the **culture** shock of being an exchange student in the UK.
寄宿家庭幫助我克服當英國交換學生時的文化衝擊。

5 dec·o·rate
/ ˈdɛkəˌret /

v. 裝飾
The baker **decorated** my birthday cake with stars made of sugar.
蛋糕師傅用糖做的星星裝飾我的生日蛋糕。

6 bal·loon
/ bəˈlun /

n. 氣球
Students blew **balloons** and hung them around the hallway.　學生們吹氣球，然後把它們掛在走廊上。

7 fun·ny
/ ˈfʌnɪ /

adj. 好笑的、可笑的
A **funny** thing happened in the classroom this afternoon.　今天下午教室裡發生了一件好笑的事情。

8 free
/ fri /

adj. 自由的、免費；*v.* 釋放
Please feel **free** to interrupt me if you have any questions.
如果有任何問題請隨時打斷我，不用太拘謹。

34

9 free·dom
/ ˈfridəm /

n. 自由
The government should strongly protect their people's **freedom** of speech.
政府應該強力保護人民的言論自由。

10 trick
/ trɪk /

n. 把戲；*v.* 惡作劇、戲弄
➕ ma·gic / ˈmædʒɪk / *n.* 魔術
The street performer showed people **magic tricks** at the entrance of the park.
街頭藝人在公園入口處表演魔術供人觀賞。

11 ma·gi·cian
/ məˈdʒɪʃən /

n. 魔術師   ➕ in·vite / ɪnˈvaɪt / *v.* 邀請
A female **magician** was **invited** to the kids' Christmas party.   一名女魔術師受邀到孩童的聖誕派對。

12 in·vi·ta·tion
/ ˌɪnvəˈteʃən /

n. 邀請
➕ wed·ding / ˈwɛdɪŋ / *n.* 婚禮
➕ par·ty / ˈpɑrtɪ / *n.* 派對
I am glad to accept your **invitation** to your **wedding party**.   我樂意接受你的婚禮派對邀請。

13 join
/ dʒɔɪn /

v. 加入、參與
I am working on my project now, but I'll **join** you later.   我正盡力完成我的工作，稍後就加入你們。

14 greet
/ grit /

v. 問候、迎接、打招呼
The hostess **greeted** each visitor with a friendly smile.   女主人笑容可掬地問候每一位拜訪者。

15 host
/ host /

n. 主人、主持人；*v.* 主持、主辦
The guests thanked the **host** for his warm hospitality.
賓客們感謝主人的溫馨款待。

16 guest
/ gɛst /

n. 客人、嘉賓
➕ welcome / ˈwɛlkəm / *n.* 歡迎、款待；*v.* 歡迎
        adj. 受歡迎的
The president will make a **guest** appearance at the **welcome** party.   總統將以嘉賓身分出席歡迎派對。

17 be·come
/ bɪˋkʌm /

v. 成為、變成

The issue of globalization has become increasingly important.　全球化的議題變得越來越重要。

18 va·ca·tion
/ veˋkeʃən /

n. 假期；*v.* 度假

I went on a vacation to the Middle East with my family last month.　上個月我和家人去中東度假。

19 trip
/ trɪp /

n. 旅行

My son's kindergarten took a field trip to learn about avocadoes.
我兒子的幼兒園去戶外教學以學習有關酪梨的知識。

20 trav·el
/ ˋtrævl̩ /

n. 旅遊；*v.* 旅行、傳導

Many people choose to travel during the low season when there are fewer tourists.
很多人選擇在觀光客較少的旅遊淡季旅行。

21 fly
/ flaɪ /

n. 蒼蠅；*v.* 飛、駕駛飛機、乘飛機旅行

Charles Lindbergh is the first person to fly across the Atlantic.
查爾斯·林德柏格是第一位飛過大西洋的人。

34

22 flight
/ flaɪt /

n. 飛行

Passengers have to check in at least two hours before the flight.
旅客必須在飛機起飛前二小時報到。

23 pic·nic
/ ˋpɪknɪk /

n. 野餐；*v.* 去野餐

My family went on a picnic on the beach last Sunday.
我家人上星期天參加了一場沙灘野餐。

24 tent
/ tɛnt /

n. 帳篷；*v.* 住帳蓬

I assume you need someone to help put the tent up.　我認為你需要有人幫忙把帳篷搭起來。

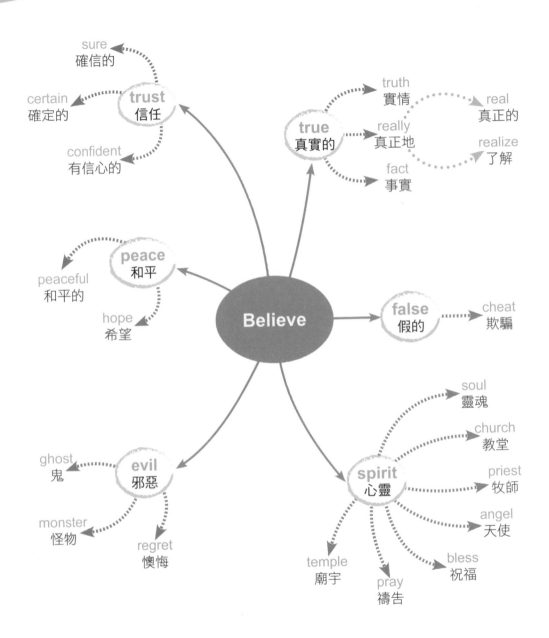

第 35 章

Believe

信仰

- sure 確信的
- certain 確定的
- confident 有信心的
- **trust** 信任
- **true** 真實的
  - truth 實情
  - really 真正地
  - fact 事實
  - real 真正的
  - realize 了解
- peaceful 和平的
- **peace** 和平
- hope 希望
- **Believe**
- **false** 假的
  - cheat 欺騙
- ghost 鬼
- **evil** 邪惡
- monster 怪物
- regret 懊悔
- **spirit** 心靈
  - soul 靈魂
  - church 教堂
  - priest 牧師
  - angel 天使
  - bless 祝福
  - pray 禱告
  - temple 廟宇

MP3

1 be·lieve
/ bɪˋliv /

v. 相信、信仰

I truly **believe** that the project will be a success.
我真的相信計畫會成功。

2 trust
/ trʌst /

n. 信任、信託；*v.* 信任

I'll never **trust** Tom again, because he has lied to me a couple of times.
我不會再信任湯姆了，因為他已對我説謊二三次。

3 sure
/ ʃʊr /

adj. 確信的；*adv.* 的確

I'm quite **sure** that I can read your mind.
我相當確定我能夠瞭解你的心。

4 cer·tain
/ ˋsɝtən /

adj. 確定的、某一

I used to get a drink of coffee in the morning, but I seem to have got out of the **certain** habit recently.
我以前早上都喝一杯咖啡，但最近似乎戒掉這習慣了。

5 con·fi·dent
/ ˋkɑnfədənt /

adj. 有信心的

The doctor seems to be **confident** that the patient will recover soon.
醫師對該名病患快速康復似乎是有信心的。

6 true
/ tru /

adj. 真實的；*adv.* 準確地

The drama was inspired by a **true** story.
該齣戲劇是受一個真實故事而激起靈感的。

7 truth
/ truθ /

n. 實情、真理

➕ real·ly / ˋrɪəlɪ / *adv.* 真正地

The man didn't tell the **truth** about what **really** happened. 男子未針對真實發生的事説實話。

8 real
/ ˋriəl /

adj. 真正的、現實的

Children should be taught to deal with the **real** world. 小孩應被教導如何應付真實的世界。

9 **rea·lize** / ˋrɪəˌlaɪz /

***v.* 了解、實現**

The student appeared embarrassed, as he **realized** his mistake.

那名學生一副尷尬的樣子，因為他知道自己的錯誤。

10 **fact** / fækt /

***n.* 事實、真相**

The spokesman seems to have misunderstood the **facts** of the situation.

發言人似乎誤解了局勢的真相。

11 **false** / fɔls /

***adj.* 假的、偽造的**

The lawyer was charged with making a **false** statement in court.　律師被控在法庭作偽證。

12 **cheat** / tʃit /

***v.* 欺騙、作弊**

The student was caught **cheating** on the test by copying from his classmate in front of him.

該名學生因抄襲前面的同學考試作弊而被抓。

13 **church** / tʃɝtʃ /

***n.* 教堂、禮拜堂**

The senior couple go to **church** on Sunday mornings.　那對年長的夫婦每週日早上都上教堂。

14 **priest** / prist /

***n.* 牧師、神父**

➕bless / blɛs / *v.* 祝福

The **priest blessed** the food before passing it around the children.

牧師將食物傳給孩童之前先行祝福。

15 **pray** / pre /

***v.* 禱告、懇求**

The couple have been **praying** that their daughter will come back safe and sound.

這對夫妻一直在為他們的女兒平安歸來而禱告。

16 **spir·it** / ˋspɪrɪt /

***n.* 心靈、精神**

➕e·vil / ˋivl̩ / *n.* 邪惡；*adj.* 邪惡的

The elder is believed to have gained the magical power to cast out **evil spirits**.

一般相信該名長老曾經擁有驅趕惡靈的魔力。

17 soul / sol /

n. 靈魂、心靈　➕ peace / pis / *n.* 和平、安寧
The former president suffered greatly while he was alive, and now let us hope his **soul** is at **peace**.
前任校長在世時受盡艱辛，現在讓我們希望他的靈魂安息。

18 peace·ful / `pisfəl /

adj. 和平的、安寧的
In the area, these people have been living together in **peaceful** co-existence for centuries.
在這地區，這些民族一向和平共處，持續好幾世紀之久。

19 an·gel / `endʒ! /

n. 天使
The fashion model has the face of an **angel**.
該名時裝模特兒擁有天使的臉孔。

20 tem·ple / `tɛmp! /

n. 廟宇、神殿
My family visited an ancient **temple** located in the village during the Chinese New Year.
我家人於春節期間走訪位於村落的古廟。

21 ghost / gost /

n. 鬼、幽靈
A group of believers are burning **ghost** money in the courtyard of the temple.
一群信眾在廟埕燒金紙。

22 mon·ster / `mɑnstɚ /

n. 怪物
The captain of the ship has been searching for sea **monsters** for a long time.
長久以來，船長一直在找尋海中的怪物。

23 hope / hop /

n.；v. 希望、期待
I am **hoping** you'll feel better soon.
我一直期待你能早日康復。

24 re·gret / rɪ`grɛt /

n. 懊悔；*v.* 遺憾
The general has already expressed deep **regret** for what happened to the soldiers.
將軍對士兵們的遭遇表示深切的懊悔。

35

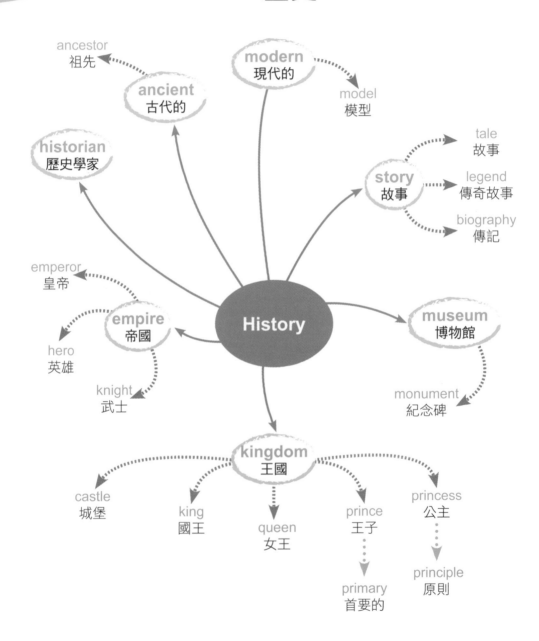

第 36 章

History

歷史

ancestor
祖先

ancient
古代的

modern
現代的

model
模型

historian
歷史學家

story
故事

tale
故事

legend
傳奇故事

biography
傳記

emperor
皇帝

empire
帝國

History

museum
博物館

hero
英雄

knight
武士

monument
紀念碑

kingdom
王國

castle
城堡

king
國王

queen
女王

prince
王子

primary
首要的

princess
公主

principle
原則

1 his·to·ry
/ ˈhɪstərɪ /

n. 歷史、病歷

The patient's family has a **history** of high blood pressure.　病患的家屬有高血壓病史。

2 his·to·ri·an
/ hɪsˈtorɪən /

n. 歷史學家

Most **historians** believe that history will repeat itself.　大多數歷史學家相信歷史會重演。

3 an·cient
/ ˈenʃənt /

adj. 古代的

Odysseus has been long thought of as the smartest of the **ancient** Greek heroes
奧狄塞長久以來被認為是古代希臘英雄中最聰明的。

4 an·ces·tor
/ ˈænsɛstə /

n. 祖先、先驅

The priest's **ancestors** came over from Ireland in the 12th century.
牧師的祖先在十二世紀從愛爾蘭過來。

5 sto·ry
/ ˈstorɪ /

n. 故事、樓層

My cousin made up a ghost **story** and told it in his class this morning.
我表弟今早在班上編了一個鬼故事並講給大家聽。

6 tale
/ tel /

n. 故事、傳說

" Goldilocks and the Three Bears " is a well-known fairy **tale**.
〈歌蒂拉與三隻熊〉是一知名的童話故事。

7 le·gend
/ ˈlɛdʒənd /

n. 傳奇故事、傳奇文學、傳奇人物

The opera is based on an ancient **legend** in Iceland.　該齣歌劇是根據冰島的一個古老傳奇故事。

8 bi·og·ra·phy
/ baɪˈɑgrəfɪ /

n. 傳記

The journalist is writing the **biography** of the former president.
那位記者正在寫一本關於前任總統的傳記。

36

9 **mon·u·ment** / `mɑnjəmənt /

n. 紀念碑、紀念館

In front of the main entrance stands a **monument** to a great American naval commander.

主要入口前佇立一座美國偉大海軍司令的紀念碑。

10 **mu·se·um** / mju`zɪəm /

n. 博物館

It is not a good idea to see all of the art **museums** in one visit.

參觀一趟就看遍所有藝術博物館的想法不好。

11 **cas·tle** / `kæs! /

n. 城堡

Last week, a group of tourists visited the ruined **castle** overlooking the sea.

上星期，一群觀光客參訪這座俯視大海的廢棄城堡。

12 **king·dom** / `kɪŋdəm /

n. 王國

The king ruled his **kingdom** with a strong hand.

該名國王強硬地統治他的王國。

13 **king** / kɪŋ /

n. 國王

Modern **kings** and queens have a title, but without real power.

現代的國王及女王只有頭銜，但無實質權力。

14 **queen** / `kwin /

n. 女王、皇后

The **queen** will pay a formal visit to the country next month.　女王下個月將正式訪問該國家。

15 **prince** / prɪns /

n. 王子

The evil queen cast a spell on the **prince** and he turned into a swan.

惡毒的皇后對王子下咒，他隨即變成一隻天鵝。

16 **prin·cess** / `prɪnsɪs /

n. 公主

The prince and **princess** got married and lived in a beautiful castle.

王子與公主結婚，住在一座美麗的城堡。

17 pri·ma·ry
/ `praɪ,mɛrɪ /

adj. 首要的、最初的、初等教育的

The government's **primary** concern is to protect the environment from being polluted.

政府首要關心的事是保護環境免於遭受汙染。

18 prin·ci·ple
/ `prɪnsəp! /

n. 原則、主義

Zimbabwe, a country in Southern Africa, is run on socialist **principles**.

辛巴威是一個位於非洲南部的國家，實行社會主義。

19 he·ro
/ `hɪro /

n. 英雄

Macbeth, a great villain, is also one of Shakespeare's great tragic **heroes**.

馬克白是一名大惡棍，也是莎士比亞的偉大悲劇英雄之一。

20 knight
/ naɪt /

n. 武士

In this fairy tale, the princess is rescued by a brave **knight**.

這一童話故事中，公主被一名英勇的武士所拯救。

21 em·pire
/ ɛmpaɪr /

n. 帝國

The castle ruins are a distant reminder of a vanished **empire**.

這些城堡廢墟是消失帝國的久遠提醒。

22 em·pe·ror
/ `ɛmpərə /

n. 皇帝

Constantine was the first **emperor** to declare Christianity as a national religion.

康士坦丁是第一位宣布基督教為國教的帝王。

23 mod·el
/ `mɑd! /

n. 模型、模特兒；*v.* 製模；*adj.* 模範的

The government created an education system on the Finland **model**.

政府做出一套芬蘭模式的教育體制。

24 mod·ern
/ `mɑdən /

adj. 現代的、時髦的

Space travel has become a wonder of **modern** science. 太空旅行已成為現代科學的一項奇蹟。

36

第 37 章

Sports

運動

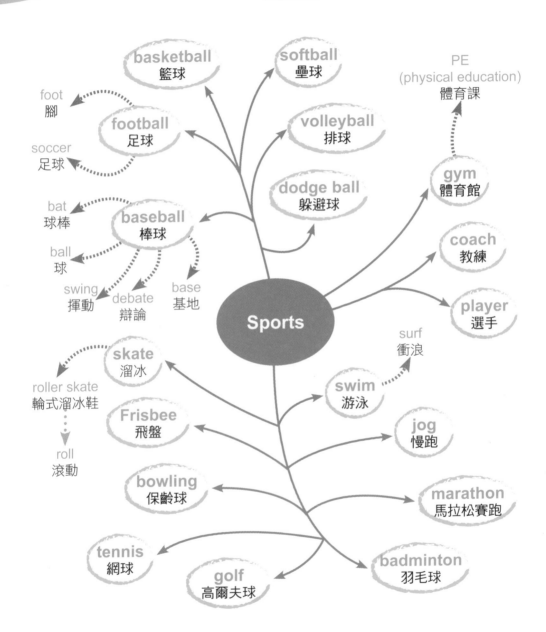

MP3

1 sports
/ spɔrts /

n. 運動
It is important for teenagers to play **sports** in their free time. 青少年在空閒時間運動很重要。

2 bas·ket·ball
/ ˈbæskɪtˌbɔl /

n. 籃球　➕ foot / fʊt / *n.* 腳
The injured **basketball** player will be walking on both **feet** within two weeks.
受傷的籃球選手將可以在兩週內用雙腳走路。

3 foot·ball
/ ˈfʊtˌbɔl /

n. 足球
Actually, my husband is not a big **football** fan.
事實上，我先生不是個超級足球迷。

4 soc·cer
/ ˈsɑkɚ /

n. 足球
➕ coach / kotʃ / *n.* 教練、巴士；*v.* 訓練
The **coach** coached the school **soccer** team from 2012 to 2016. 那位教練從 2012 年到 2016 年一直負責訓練足球校隊。

5 play·er
/ ˈpleɚ /

n. 選手、播放器
Tony is one of the leading **players** on the school soccer team. 東尼是足球校隊的主力選手之一。

6 base·ball
/ ˈbesˌbɔl /

n. 棒球
➕ bat / bæt / *n.* 球棒、蝙蝠；*v.* 擊打
The boy put a **bat**, a mitten and a couple of **baseballs** into his sports bag.
男孩將一支球棒、一副手套及兩顆棒球放進運動袋。

7 de·bate
/ dɪˈbet /

n. 辯論、辯論會
Over the years, we have had a lot of **debates** about the testing system for teenagers.
幾年來，我們對青少年考試制度一直有很多爭論。

8 base
/ bes /

n. 基地、基礎
The helicopter finally flew back to the **base** and landed safety. 直升機終於飛回基地並且安全降落。

9
ball
/ bɔl /

n. 球、舞會　➕ swing / swɪŋ / *v.* 揮動；*n.* 鞦韆
The player **swang** the bat, but the **ball** hit him.
選手揮棒，但球卻打到他。

10
soft·ball
/ ˈsɔft͵bɔl /

n. 壘球
My classmate will continue to play on the school's
softball team next semester.
我同學下學期將繼續留在壘球校隊打球。

11
vol·ley·ball
/ ˈvɑlɪ͵bɔl /

n. 排球
The national **volleyball** game will be played during
this weekend.　全國排球比賽將在這週末開打。

12
dodge ball
/ dɑdʒ bɔl /

n. 躲避球
➕ PE（physical education）　*n.* 體育課
In today's **PE** class, our class played **dodge ball**
on the sports field.
今天體育課，我們班在運動場打躲避球。

13
bad·min·ton
/ ˈbædmɪntən /

n. 羽毛球
The player's father is her coach, and he began to
teach her how to play **badminton** when she was a
kid.　選手的父親自己當教練，從小就開始教她如何
打羽毛球。

14
golf
/ gɑlf /

n. 高爾夫球
My boss usually plays a round of **golf** on the
weekend.　我老闆經常在週末打一回合的高爾夫球。

15
tennis
/ ˈtɛnɪs /

n. 網球
The **tennis** match between Hank and Jerry lasted
more than four hours.
漢克和傑瑞的網球比賽打了四個多小時。

16
bowl·ing
/ ˈbolɪŋ /

n. 保齡球
My roommate loves to go to the **bowling** alley on
Saturday nights.
我的室友喜歡在週六晚上去保齡球館。

17 skate / sket /

n. 溜冰

The ice on the lake is thick enough to skate on.
湖面的冰夠厚，可以在上面溜冰。

18 roller skate / `rolɚ sket /

n. 輪式溜冰鞋；*v.* 輪式溜冰

➕ roll / rol / *v.* 滾動；*n.* 捲餅

The winner will receive a new pair of roller skates as the prize.
獲勝者將獲得一雙輪式溜冰鞋作為獎品。

19 Fris·bee / `frɪzbi /

n. 飛盤

My dog can jump high to catch the Frisbee from me. 我的狗狗能跳得高高地接住我扔出去的飛盤。

20 swim / swɪm /

n. ；*v.* 游泳

The sailor swam to reach the island in the middle of the lake. 水手游泳橫越湖泊，游向中央的小島。

21 surf / sɝf /

n. 海浪；*v.* 衝浪

I spent hours surfing websites, searching for the information needed.
我花好幾小時瀏覽網站，尋找需要的資料。

22 jog / dʒɑg /

n. ；*v.* 慢跑

I'll go for a jog with my cousin in the park this afternoon. 今天下午我要跟表妹在公園裡慢跑。

23 mar·a·thon / `mærə,θɑn /

n. 馬拉松賽跑；*adj.* 馬拉松的

My uncle ran his first marathon in just under two hours.
叔叔首次參加馬拉松比賽就在二小時內跑完全程。

24 gym / dʒɪm /

n. 體育館、健身房

My father goes to the gym at least twice a week.
我父親一週至少去兩次健身房。

37

第 38 章

Action

動作

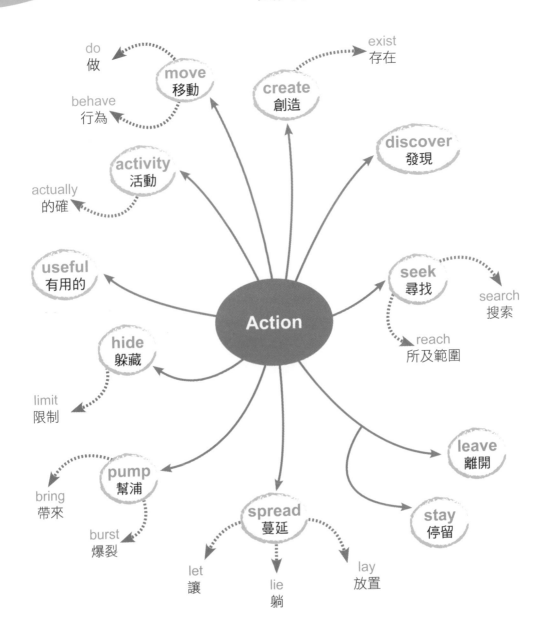

do
做

behave
行為

move
移動

create
創造

exist
存在

activity
活動

discover
發現

actually
的確

useful
有用的

seek
尋找

search
搜索

Action

reach
所及範圍

hide
躲藏

limit
限制

leave
離開

bring
帶來

pump
幫浦

stay
停留

burst
爆裂

spread
蔓延

let
讓

lie
躺

lay
放置

MP3

1 ac·tion
/ ˈækʃən /

v. 動作、行為、作用
Leaders of African nations must take immediate **action** against AIDS.
非洲國家領袖必須採取立即行動對抗愛滋病。

2 ac·tiv·i·ty
/ ækˈtɪvətɪ /

n. 活動、行動
Participation in extracurricular **activities** will allow students to enjoy positive interactions with others.
參與課外活動將使學生喜愛與他人正向互動。

3 ac·tu·al·ly
/ æktʃʊəlɪ /

adv. 的確、真實地
The witness explained what **actually** happened to the police. 目擊者向警方說明真實的經過情形。

4 move
/ muv /

n. 移動；*v.* 移動、遷移、提議
Don't look back but just keep **moving** forward.
不要回頭看，只要一直往前行動。

5 be·have
/ bɪˈhev /

v. 行為、表現
You had better **behave** yourself during the meal.
用餐時你最好守規矩一點。

6 do
/ du /

v. 做、完成
Using the smartphone in bed will **do** harm to your eyes. 在床上使用手機將傷害你的眼睛。

7 cre·ate
/ krɪˈet /

v. 創造、創作
The characters "Snoopy" and "Charlie Brown" were **created** by Charles Schulz.
史努比及查理布朗等角色是查爾斯‧舒茲創造的。

8 ex·ist
/ ɪgˈzɪst /

v. 存在、生存
I think no life on earth can **exist** without water.
我想如果沒有水，地球上沒有生命能夠存在。

9 dis·cov·er
/ dɪsˈkʌvə /

v. 發現、找到
The shopkeeper **discovered** the clerk stealing money from the tip box.
店長發現那名員工從小費箱裡偷錢。

38

10
seek
/ sik /

v. 尋找、請求、試圖
The man was trying to **seek** a pardon from His Majesty the King.　男子一直試著請求殿下的寬恕。

11
search
/ sɝtʃ /

n. 搜索、搜尋；*v.* 搜查、搜索
The customer **searched** through his pockets for the parking ticket.　那名顧客為了停車券找遍他的口袋。

12
reach
/ ritʃ /

n. 所及範圍；*v.* 抵達、伸手可及、取得聯繫
I have been trying to **reach** the repairman on the phone all day.
我一整天一直試著以電話聯絡維修人員。

13
spread
/ sprɛd /

n.；*v.* 蔓延、使擴散
Due to the strong wind, the forest fire **spread** very fast.　由於強風，森林大火快速蔓延。

14
bring
/ brɪŋ /

v. 帶來、導致
The sad news **brought** tears to my eyes.
悲傷的消息為我的雙眼帶來淚水。

15
pump
/ pʌmp /

n. 幫浦；*v.* 抽送
The heart **pumps** blood to all parts of the body.
心臟抽送血液到身體所有部位。

16
burst
/ bɝst /

n. 爆裂；*v.* 迸裂
The woman **burst** into tears the moment she got the sad news about her son.
婦人獲悉關於他兒子的悲傷消息時，不禁潸然淚下。

17
leave
/ liv /

n. 假；*v.* 離開、遺留、使保留
My husband didn't **leave** the house until ten o'clock this morning.　我先生一直到今天早上十點才出門。

MP3

18 stay
/ ste /

n. 停留；*v.* 停留、保持

We need to develop the ability to **stay** calm in a difficult situation.

我們必須培養在艱困情勢中保持冷靜的能力。

19 lay
/ le /

n. 放置、產卵

A crew responsible for decorations are **laying** a new carpet in the hall now.

一組裝潢工人正在大廳鋪新地毯。

20 hide
/ haɪd /

v. 躲藏、掩飾；*n.* 獸皮

My brother used to **hide** comic books under his pillow. 我弟弟以前會將漫畫書藏在枕頭底下。

21 lie
/ laɪ /

v. 躺、說謊；*n.* 謊言

The warship has been **lying** on the seabed for almost one century.

那艘戰艦在海底一直躺了將近一個世紀。

38

22 lim·it
/ `lɪmɪt /

n. 限制、範圍；*v.* 限制

The coach set a time **limit** of ten minutes for the physical ability test.

教練為體適能測驗設定十分鐘的時間限制。

23 let
/ lɛt /

v. 讓、出租

Tom promised not to **let** his parents down again.

湯姆承諾不再使他的父母憂傷。

24 use·ful
/ `jusfəl /

adj. 有用的、有效的

This App will provide **useful** information about local services.

這款手機應用程式將提供有關當地公共設施的有效資訊。

第 39 章

Exam

測驗競賽

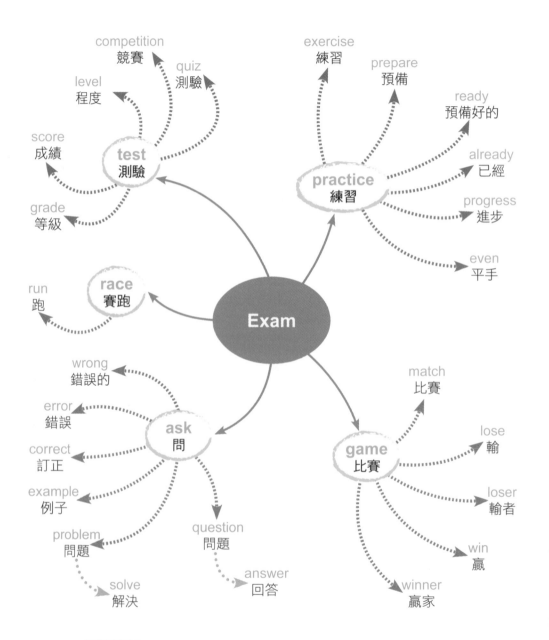

MP3

1 ex·am
(examination)
/ ɪg͵zæmə`neʃən /

n.;v. 測驗、測試

➕ test / tɛst / n.;v. 試驗、測試
The new student will have to take the French placement **exam**.
那名新學生將必須參加法語分級測驗。

2 quiz
/ kwɪz /

n. 測驗、智力競賽

The professor gave his students a **quiz** in biology this morning.　今天早上教授給學生們一次生物學小考。

3 competition
/ ͵kɑmpə`tɪʃən /

n. 競賽

➕ grade / gred / n. 等級、分數
I am sure I will get a good **grade** on the next **competition**.　相信我下次競賽會有好成績。

4 lev·el
/ `lɛvl /

n. 程度、水平線;adj. 水平的

The new English writing class is for advanced **level** students.
新的英文寫作班是為進階程度的學生而開。

5 game
/ gem /

n. 比賽、遊戲

The teacher masters teaching sentences through playing board **games**.
該位老師專精於透過桌遊教句子。

6 match
/ mætʃ /

n. 比賽、火柴盒;v. 相配

➕ lose / luz / v. 輸、失去
Tom felt down when he **lost** the tennis **match** to his friend, Jack.
湯姆在網球比賽輸給他的朋友傑克時感到沮喪。

7 los·er
/ `luzɚ /

n. 輸者、失主

The **losers** of both games will play against each other for third place.
二場都輸的球隊將互相廝殺爭取第三名。

8 win
/ wɪn /

n.;v. 贏

Brazil first **won** the FIFA World Cup in 1958.
巴西於 1958 年首次贏得世足賽冠軍。

39

9 win·ner
/ `wɪnɚ /

n. 贏家、獲勝者

✚ run / rʌn / *v.* 跑、經營

The **winner ran** through the finish line carrying his national flag! 獲勝者攜帶自己的國旗跑過終點線。

10 race
/ res /

n. 賽跑、比賽

My cousin will take part in a **race** competition in Green Island next week.

我表弟下星期將參加在綠島的一場賽跑。

11 prac·tice
/ `præktɪs /

n. 練習、實施；*v.* 練習、訓練

Both players had a few **practice** shots before they started their game.

開始比賽之前，二位選手做了幾次射擊練習。

12 ex·er·cise
/ `ɛksɚ,saɪz /

n. 練習、運動、演習；*v.* 鍛鍊、運動

Jack hasn't done much **exercise** all week, so he will go for a swim this afternoon.

傑克一整個星期都沒什麼運動，所以他今天下午要去游泳。

13 pre·pare
/ pre·pare /

v. 預備、籌備

Tom spent a lot of time **preparing** for this interview.

湯姆花很多時間準備面試。

14 read·y
/ `rɛdɪ /

adj. 預備好的、願意的

My five-year-old son is **ready** for kindergarten.

我的五歲兒子預備要上幼兒園了。

15 al·read·y
/ ɔl`rɛdɪ /

adv. 已經

The police have **already** headed to the crime scene.

警方已前往刑案現場。

16 pro·gress
/ prə`grɛs /

n. 進步、進度；*v.* 進展

The student is not making much **progress** with his English writing. 該名學生的英文寫作進步不多。

17 e·ven
/ `ivən /

adj. 平手；*adv.* 甚至
➕ score / skor / *n.* 成績、二十；*v.* 得分
The **score** at the end of the first half of the match was **even** at two goals each.
比賽上半場二隊分數是二比二平手。

18 solve
/ salv /

v. 解決；*v.* 溶解
➕ prob·lem / `prabləm / *n.* 問題、習題
We need to **solve** the pipe **problem** as soon as possible. 我們必須儘快解決管路問題。

19 ques·tion
/ `kwɛstʃən /

n. 問題；*v.* 質問
➕ an·swer / `ænsə / *n.* 回答、答案；*v.* 回答、回應
The **answer** to this **question** can be found on these websites. 這問題的答案可以在這些網站上找到。

20 ask
/ æsk /

v. 問、要求
The buyer was **asked** to sign an agreement with the house owner. 買家被要求與屋主簽一份合約。

21 ex·am·ple
/ ɪg`zæmp! /

n. 例子、榜樣
Tom decided to follow the **example** of his grandfather and study medicine.
湯姆決定跟隨他祖父的榜樣攻讀醫藥學。

22 cor·rect
/ kə`rɛkt /

v. 訂正、矯正；*adj.* 正確的
I am not sure if I have the **correct** information.
我不確定是否掌握到正確資訊。

23 er·ror
/ `ɛrə /

n. 錯誤、過失
The manager realized he might have made a deadly **error** in judgment.
經理了解他可能已經犯下一個判斷上的致命錯誤。

24 wrong
/ rɔŋ /

adj. 錯誤的、犯罪的；*adv.* 錯誤地、犯罪地
The police got me **wrong** and believed my accuser.
警察誤會了我，反而相信了指控者。

39

Time

時間

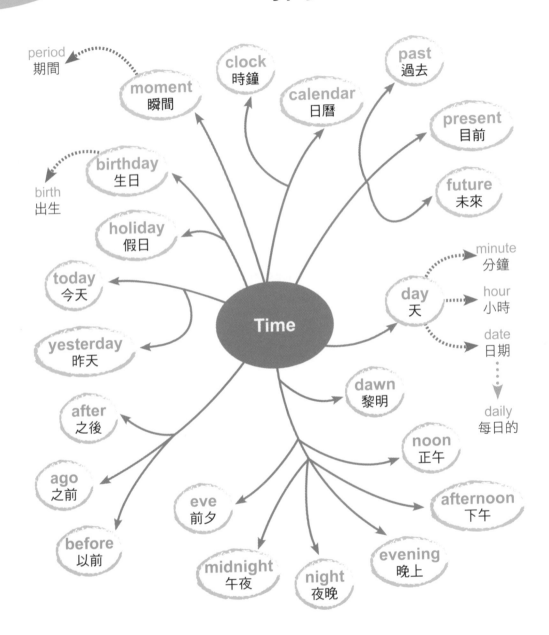

1 time / taɪm /

n. 時間、次、倍

It takes a long time to get from Moscow to Sydney.
從莫斯科到雪梨要花很長的時間。

2 mo·ment / ˈmomənt /

n. 瞬間、重要時刻

The moment Jack entered the basement he heard a loud noise coming from a corner.
傑克一進入地下室，就聽到角落傳來的巨響。

3 pe·ri·od / ˈpɪrɪəd /

n. 期間、週期

The special training will be carried out over a six-week period. 特訓將以六週為一期課程來實施。

4 clock / klɑk /

n. 時鐘

Sailors continued searching for the treasure on the island around the clock.
船員持續日以繼夜地尋找島上的寶藏。

5 cal·en·dar / ˈkæləndɚ /

n. 日曆、行事曆

➕ date / det / n. 日期、約會

The secretary wrote the date of the visit in her calendar. 祕書將參訪日期寫進行事曆。

6 past / pæst /

n. 過去；adj. 過去的；adv. 經過

In the past few years, the government has been working hard to deal with the unemployment problem.
過去幾年來，政府一直在努力解決失業問題。

7 pres·ent / ˈprɛznt /

n. 目前、禮物；adj. 現在的、出席的

At present, I am working as an Assistant Professor in the History Department at the University of Toronto. 目前我是多倫多大學歷史系的助理教授。

8 fu·ture / ˈfjutʃɚ /

n. 未來；adj. 未來的

Some species of green plants will disappear from Earth in the near future. 某些種類的綠色植物將在不久的將來從地球上消失。

9 min·ute
/ ˈmɪnɪt /

n. 分鐘、會議記錄

The chair professor arrived at the meeting hall ten **minutes** late. 客座教授晚了十分鐘抵達會議廳。

10 hour
/ haʊr /

n. 小時

The practice for the match lasted for three and half **hours**. 比賽練習持續了三個半小時。

11 dawn
/ dɔn /

n. 黎明、曙光

The wanted thief was found dead at **dawn** today. 遭通緝的竊賊被發現已於今天破曉時身亡。

12 af·ter·noon
/ ˈæftəˈnun /

n. 下午

Mrs. Lin usually walks her dog around the park in the late **afternoon**.
林太太經常傍晚時在公園周圍遛狗。

13 af·ter
/ ˈæftə /

prep. ; conj. 之後

Many people just keep on working day after day, week **after** week.
許多人就是日復一日、一週過一週地持續工作。

14 noon
/ nun /

n. 正午

Hotel guests have to check out by twelve **noon**.
飯店房客必須在正午十二點之前退房。

15 a·go
/ əˈgo /

adv. 之前

The dinosaurs died out 65 million years **ago**.
恐龍在六千五百萬年前滅絕。

16 eve·ning
/ ˈivnɪŋ /

n. 晚上

The test screening will be held in the student activity center this **evening**.
試映會今晚將在學生活動中心舉行。

17 eve
/ iv /

n. 前夕
The half marathon runner felt sick on the eve of the race. 該名半馬選手在比賽前夕感到身體不適。

18 night
/ naɪt /

n. 夜晚 ➕ be·fore / bɪˋfor / *prep.*；*conj.* 以前
My roommate began to cough the night before.
我的室友前晚開始咳嗽。

19 mid·night
/ ˋmɪd‚naɪt /

n. 午夜
The backpacker didn't arrive at the hostel until after midnight. 背包客一直到午夜過後才抵達民宿。

20 day
/ de /

n. 天、白天 ➕ to·day / təˋde / *n.* 今天
The city government will have a hearing three days from today.
市政府將於今天起算的三天後舉行一場聽證會。

21 yes·ter·day
/ ˋjɛstə‚de /

n. 昨天
The basketball player had an operation on his left knee the day before yesterday.
前天該位籃球選手左膝開刀。

22 birth·day
/ ˋbɝθ‚de /

n. 生日 ➕ birth / bɝθ/ *n.* 出生
The birthday boy blew out the candles on the birthday cake. 壽星男孩吹熄生日蛋糕上的蠟燭。

23 hol·i·day
/ ˋhɑlə‚de /

n. 假日
Christmas is observed as a national holiday in Korea. 在韓國，耶誕節被當成國定假日在慶祝。

24 dai·ly
/ ˋdelɪ /

adj. 每日的、日常的
Soccer plays an important role in the daily life of people in Brazil.
足球在巴西人的日常生活中扮演重要的角色。

40

第 41 章

Date

日期

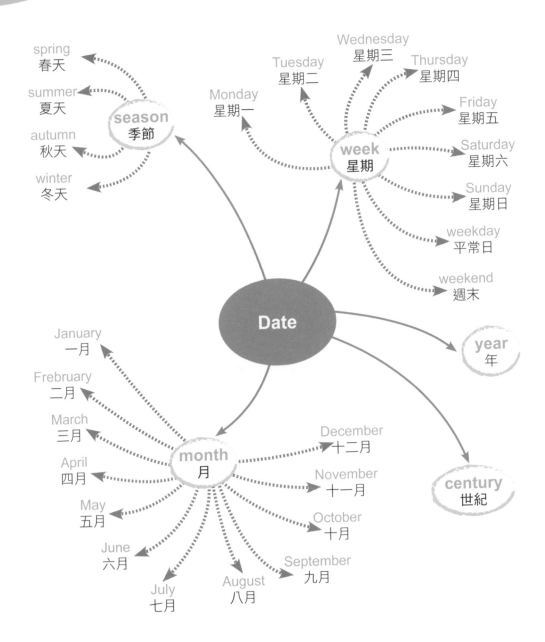

spring
春天

summer
夏天

autumn
秋天

winter
冬天

season
季節

Monday
星期一

Tuesday
星期二

Wednesday
星期三

Thursday
星期四

Friday
星期五

Saturday
星期六

Sunday
星期日

weekday
平常日

weekend
週末

week
星期

Date

year
年

century
世紀

January
一月

Frebruary
二月

March
三月

April
四月

May
五月

June
六月

July
七月

August
八月

September
九月

October
十月

November
十一月

December
十二月

month
月

170 MP3

1 sea·son
/ ˋsizn /

n. 季節 ➕ week·day / ˋwik͵de / *n.* 平常日

During the high season, the store is open until 9 p.m. on weekdays and 10 p.m. on weekends.

旺季期間，這家店平日開到晚上九點，週末開到晚上十點。

2 spring
/ sprɪŋ /

n. 春天、溫泉 ➕ au·tumn / ˋɔtəm / *n.* 秋天

These birds will stay around this lake from the beginning of autumn to the end of spring.

這些飛禽將從初秋到春末一直停留在湖泊附近。

3 sum·mer
/ ˋsʌmɚ /

n. 夏天

Snails will become active and busy after a cooling summer shower. 一場涼爽的夏季陣雨之後，蝸牛的活動力增強而顯得忙碌。

4 win·ter
/ ˋwɪntɚ /

n. 冬天

There is nothing more warming on a cold winter's day than a big mug of hot chocolate.

在冬季寒冷的日子，再沒有什麼東西比一大杯熱巧克力更令人溫暖。

5 Mon·day
/ ˋmʌnde /

n. 星期一

My first nephew was born on a Monday.

我第一個姪子是星期一出生的。

6 Tues·day
/ ˋtjuzde /

n. 星期二

➕ Sep·tem·ber / sɛpˋtɛmbɚ / *n.* 九月

The fall quarter will begin on Tuesday, September 25th. 秋季班將於九月二十五日，星期二開始。

7 Wednes·day
/ ˋwɛnzde /

n. 星期三

The work has to be completed by next Wednesday.

這工作必須於下週三之前完成。

8 Thurs·day
/ ˋθɝzde /

n. 星期四

An important sports event will start this Thursday.

一項重要的運動賽事將於本週四開始。

41

9 Fri·day / ˋfraɪˌde /

n. 星期五　＋ Ju·ly / dʒuˋlaɪ / *n.* 七月

The south coast matched a record temperature for **July** heat record last **Friday**, reaching 120 degrees.　上週五南部海岸創下七月高溫紀錄，達到華氏 120 度。

10 week·end / ˋwikˋɛnd /

n. 週末

Sam spent the **weekend** traveling around the city with his classmates.

山姆將週末花在跟他的同學在市區四處旅行。

11 Sat·ur·day / ˋsætɚde /

n. 星期六

My father has worked in the factory the last three **Saturdays**.

我父親過去三個星期六都在工廠工作。

12 Sun·day / ˋsʌnde /

n. 星期日

In London, it is not easy to get an elegant meal in a restaurant on a **Sunday** night.　在倫敦，星期日晚上要在餐廳享用一頓美食是不容易的。

13 week / wik /

n. 星期　＋ Jan·u·a·ry / ˋdʒænjʊˌɛrɪ / *n.* 一月

My husband has been going to the gym once a **week** since **January**.

我先生從一月開始就一週去一次健身房。

14 Feb·ru·a·ry / ˋfɛbrʊˌɛrɪ /

n. 二月

I will get my master's degree in economics in **February** next year.

我將於明年二月拿到經濟學碩士學位。

15 March / mɑrtʃ /

n. 三月　＋ year / jɪr / *n.* 年

March is one of the driest months of the **year** in this area.　三月是這地區一年中最乾燥的月份之一。

16 cen·tu·ry / ˋsɛntʃʊrɪ /

n. 世紀

The historian visited the ruins of the temple which was built in the 5th **century** BC.

歷史學家造訪建於西元前五世紀的神殿廢墟。

17 A·pril / `eprəl /

n. 四月

The graduation trip will start on the 10th of **April**.
畢業旅行在四月十日出發。

18 May / me /

n. 五月

Mother's Day falls on the second Sunday of **May**.
母親節在五月第二個週日。

19 June / dʒun /

n. 六月

We can't go on holiday in **June** because my parents-in-law are coming to stay with us.
我們無法六月去度假，因為我公婆要來跟我們暫住。

20 Au·gust / `ɔgəst /

n. 八月

The yearly celebration event on **August** 21st will be cancelled.　八月二十一日的年度慶祝活動即將取消。

21 Oc·to·ber / ɑk`tobə /

n. 十月

I have to wait until **October** to cancel the rental contract.　我要等到十月才能解除租約。

22 No·vem·ber / no`vɛmbə /

n. 十一月

The contract will have been signed by the end of **November**.　合約將於十一月底前簽訂。

23 De·cem·ber / dɪ`sɛmbə /

n. 十二月

It is really a busy **December** for the gift company.
對禮品公司來説，這真是一個忙碌的十二月。

24 month / mʌnθ/

n. 月

The Lin family's housewarming party will be held later this **month**.
林家的喬遷派對將於這個月下旬舉行。

41

第 42 章

Sequence

順序始末

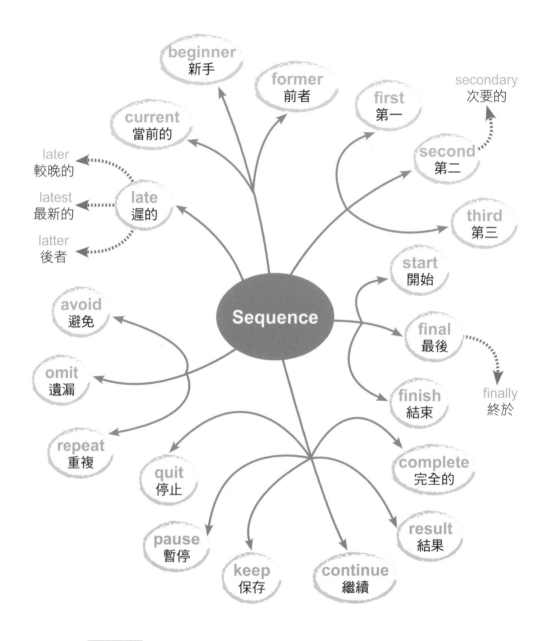

beginner
新手

former
前者

first
第一

secondary
次要的

second
第二

current
當前的

later
較晚的

latest
最新的

late
遲的

latter
後者

third
第三

start
開始

final
最後

finally
終於

Sequence

finish
結束

avoid
避免

omit
遺漏

complete
完全的

repeat
重複

result
結果

quit
停止

pause
暫停

keep
保存

continue
繼續

MP3

1 late
/ let /

adj. 遲的、晚期的、已故的；*adv.* 晚地
Hank and several of his friends talked over tea late into the night.
漢克的幾位朋友泡茶聊天到夜晚。

2 lat·er
/ `letɚ /

adj. 較晚的、以後的；*adv.* 較晚地、以後
We will discuss this topic in detail in a later chapter.
我們將於以後的章節詳細討論這個主題。

3 lat·est
/ `letɪst /

adj. 最新的、最先進的
The nice-looking lady is dressed in the latest fashion from Paris.
那位貌美的女士穿著來自巴黎的最新時裝。

4 lat·ter
/ `lætɚ /

n. 後者；*adj.* 後面的、末尾的
The patient will start to lose weight in the latter stages of cancer.
病患在癌症末期會開始體重減輕。

5 start
/ start /

n. 開始、開端；*v.* 開始工作、開動
The speaker started with the idea that aging is a social problem in modern society.
演講者以老化是現代社會的社會問題為開始。

6 cur·rent
/ `kɝənt /

n. 水流、氣流、電流，*adj.* 當前的、現行的
These words are no longer in current use.
這些字當前不再使用了。

7 be·gin·ner
/ bɪ`gɪnɚ /

n. 新手、初學者
The chess guide is a little difficult for a beginner.
該份棋藝指南對初學者有點難。

8 for·mer
/ `fɔrmɚ /

n. 前者；*adj.* 較早的
The former president will give a speech in the House of Commons next week.
前任總統將於下週前往下議院發表演説。

42

9 **first** / fɝst /

n. 第一者；*adj.* 第一的；*adv.* 首先、第一

My friend, Sam, missed the **first** ten minutes of the film.　我的朋友山姆錯過影片的前十分鐘。

10 **sec·ond** / `sɛkənd /

adj. 第二、僅次於第一的；*n.* 秒

My cousin is **second** to none in physics in her class.　我表弟的物理是班上的箇中翹楚。

11 **sec·ond·a·ry** / `sɛkən,dɛrɪ /

adj. 次要的、中學的

Many people believe freedom is just **secondary** to making a living.
許多人相信自由僅次於謀生。

12 **third** / θɝd /

n. 三分之一；*adj.* 第三的

Each employee will be paid on the **third** week of each calendar month.
每一位員工將於每一日曆月的第三週領到薪資。

13 **fi·nal** / `faɪn! /

adj. 最後的；*n.* 決賽

The leader of the school soccer team scored a goal in the **final** minute.
足球校隊隊長在最後一分鐘進一球。

14 **fi·nal·ly** / `faɪn!ɪ /

adv. 終於、最後

After days of searching, the special team **finally** found the missing mountain climber.
幾天的搜尋之後，特勤隊伍終於尋獲走失的登山客。

15 **fin·ish** / `fɪnɪʃ /

n. 結束、比賽最後階段；*v.* 完成、結束、獲得名次

The volleyball team from Ukraine **finished** second in the finals.　烏克蘭排球隊在決賽中獲得第二名。

16 **com·plete** / kəm`plit /

adj. 完全的、十足的；*v.* 使完整、完工

The old wooden church on the edge of the forest took over five years to **complete**.
森林邊緣的那座古老木造教堂花了五年多才完成。

17 re·sult / rɪˋzʌlt /

n. 結果、成績；*v.* 發生、產生

The new green energy plan will result in new hires for the company.

新綠能計畫將促使公司招聘新員工。

---

18 con·tin·ue / kənˋtɪnjʊ /

v. 繼續

The club members continued their discussion until midnight. 社團成員持續討論直到半夜。

---

19 keep / kip /

v. 保存、經營、飼養

You had better keep an account of how much you're spending. 你最好將花費多少錢記帳。

---

20 pause / pɔz /

n. 暫停、休止符；*v.* 暫停

The assistant pressed the pause button on the video machine. 助理按下錄影機的暫停鍵。

---

21 quit / kwɪt /

v. 停止、辭職

At each visit to his doctor, the man was advised to quit smoking.

每次去看診，醫師總是勸那名男子要戒菸。

---

22 a·void / əˋvɔɪd /

v. 避免、逃避

You should avoid making the same mistakes over and over again. 你應當避免一再犯下相同的錯誤。

---

23 o·mit / oˋmɪt /

v. 遺漏、刪除

The trainee was reminded to omit the three names from the bottom of the list.

有人提醒實習生從名單底部刪除三個名字。

---

24 re·peat / rɪˋpit /

n. 重複、重播節目；*v.* 重複

I will ask more than one child to repeat after me.

我會要求多於一名孩童跟著我唸。

42

第 43 章

Space

空間

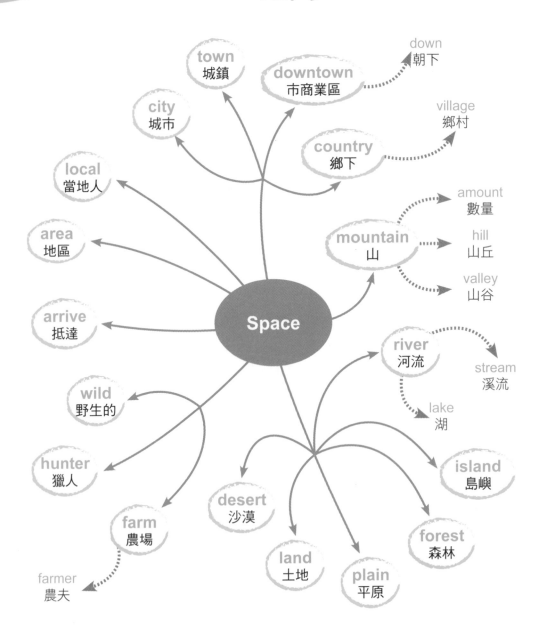

MP3

1 space / spes /

n. 空間、太空

We need to make some space for these collected objects. 我們得留一些空間給這些收集的物品。

---

2 ar·e·a / ˈɛrɪə /

n. 地區、面積

The science park covers an area the size of 20 soccer fields.
科學園區涵蓋 20 個足球場面積大小的區域。

---

3 lo·cal / ˈlokl /

n. 當地人、慢車；*adj.* 當地的、局部的

My cousin joined a local rock-climbing club three weeks ago.
我表弟三個星期前參加一個當地的攀岩社團。

---

4 cit·y / ˈsɪtɪ /

n. 城市

To look for better work, many young people choose to move to cities from countrysides.
為了找到較好的工作，許多年輕人選擇從鄉下移居至城市。

---

5 down·town / ˌdaʊnˈtaʊn /

n. 市商業區；*adj.* 在市中心的；*adv.* 在市商業區

My uncle is working in an office tower in downtown Vancouver.
我叔叔在溫哥華市中心的一棟辦公大樓上班。

---

6 down / daʊn /

prep. 朝下、沿著；*n.* 羽絨；*adj.* 心情低落的；*adv.* 在遠方

I really need to lie down on the sofa for a while.
我真的需要在沙發躺下來一會兒。

---

7 town / taʊn /

n. 城鎮、市鎮、市中心

The Dean of Medicine is out of town on business this week. 醫學系主任這星期出城洽公。

---

8 coun·try / ˈkʌntrɪ /

n. 鄉下、國家

Argentina is my roomate's native country, but he has been living in Hong Kong since his childhood.
阿根廷是我室友的祖國，但他從小就一直住在香港。

43

9

vil·lage
/ ˈvɪlɪdʒ /

n. 鄉村　　➕ moun·tain / ˈmaʊntn / *n.* 山

My uncle's fruit farm is a few kilometers south of the **moutain village**.

我叔叔的果園位於那座山區村落南邊幾公里處。

10

a·mount
/ əˈmaʊnt /

n. 數量、數額

A certain **amount** of salt in our diet is good for our health.　在我們飲食中的若干鹽分對健康是有助益的。

11

hill
/ hɪl /

n. 山丘　　➕ val·ley / ˈvælɪ / *n.* 山谷

From the **hill** top, we enjoyed a wonderful view to the whole **valley**.

從山頂上，我們欣賞了整個山谷的優美景致。

12

riv·er
/ ˈrɪvɚ /

n. 河流

The bridge across the **river** was closed to cars during the typhoon.

橫跨河川的橋梁於颱風期間禁止汽車行駛。

13

ar·rive
/ əˈraɪv /

v. 抵達

The journalist **arrived** at the art gallery just as it was closing.　新聞記者在美術館要關門的時候抵達。

14

stream
/ strim /

n. 溪流、趨勢

The mountain climbers walked across the **stream** one after another.

登山客一個接一個步行越過溪流。

15

lake
/ lek /

n. 湖

The biggest salt lake in Asia is the Sambhar Salt **Lake**.　亞洲最大的鹹水湖是桑珀爾鹽湖。

16

is·land
/ ˈaɪlənd /

n. 島嶼

Greenland the biggest **island** in the world.

格陵蘭島是世界上最大的島嶼。

17 | for·est
/ `fɔrɪst /

n. 森林
The campsite is set in the middle of a pine **forest**.
營區設立於一處松樹林中間。

18 | plain
/ plen /

n. 平原；*adj.* 樸素的、明確的
The high mountain rises more than three kilometers above the **plain**.
那座高山從平原升起超過三公里。

19 | land
/ lænd /

n. 土地
This kind of **land** is no good for growing sweet potatoes.　這類土地不適合種植甘薯。

20 | des·ert
/ `dɛzət /

n. 沙漠；*v.* 拋棄
There are a row of grass houses at the edge of the **desert**.　沙漠邊緣有一整排草屋。

21 | wild
/ waɪld /

adj. 狂野的、野生的
At the year-end party, everyone was **wild** with excitement.　尾牙宴中，每個人欣喜若狂。

22 | hunt·er
/ `hʌntə /

n. 獵人
Animals in the cat family are all amazing **hunters**.
貓科動物都是神奇獵手。

23 | farm
/ farm /

n. 農場；*v.* 耕種、養殖
The chef buys fresh **farm** produce from the market almost every day.
該名主廚幾乎每天都從市場採買新鮮農產品。

24 | farm·er
/ `farmə /

n. 農夫
Very few young people choose to be a **farmer** and work hard in the fields.
很少年輕人選擇當農夫在田裡辛苦工作。

43

第 44 章

Environment

環境

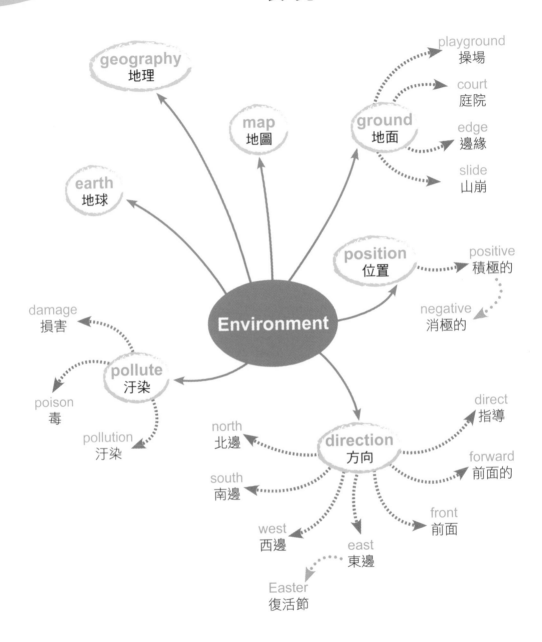

geography
地理

map
地圖

ground
地面

playground
操場

court
庭院

edge
邊緣

slide
山崩

earth
地球

position
位置

positive
積極的

negative
消極的

Environment

damage
損害

pollute
汙染

poison
毒

pollution
汙染

direction
方向

north
北邊

south
南邊

west
西邊

east
東邊

Easter
復活節

direct
指導

forward
前面的

front
前面

MP3

1 en·vi·ron·ment
/ ɪn`vaɪrənmənt /

n. 環境、周圍狀況

We need to do our part to protect the environment from being polluted.

我們必須盡本分保護環境免於遭受汙染。

2 earth
/ ɝθ /

n. 地球、泥土

The Earth takes about 365 days to go around the sun.　地球約 365 天繞行太陽一周。

3 ge·og·ra·phy
/ `dʒɪ`ɑgrəfɪ /

n. 地理

These geography majors visited Taroko Gorge on a geography field trip last week.

這些地理主修生上星期走訪太魯閣峽谷進行地理戶外教學。

4 map
/ mæp /

n. 地圖

The backpacker was reading the map on the cell phone during his ride on the bus.

背包客搭乘公車時一直看著手機上的地圖。

5 ground
/ graʊnd /

n. 地面、根據、領域

The ground has been frozen hard and is very difficult to dig.　地面已結凍變硬，很難挖鑿。

6 play·ground
/ `ple,graʊnd /

n. 操場、遊戲場

Many children like to play dodgeball on the playground after school.

許多孩子喜歡下課後在操場打躲避球。

7 court
/ kort /

n. 庭院、場地、法庭

I am going to watch a volleyball game in the local volleyball court.

我要去當地排球場觀看一場排球比賽。

8 slide
/ slaɪd /

n. 山崩、溜滑梯；*v.* 滑行

These cute pandas are fond of playing on the slide.　這些可愛的貓熊喜歡玩溜滑梯。

44

9

edge
/ ɛdʒ /

n. 邊緣
The sauce slipped off the **edge** of the table and dropped down onto the floor.
碟子從桌子邊緣滑落，掉到地板上。

10

po·si·tion
/ pə`zɪʃən /

n. 位置、職位；*v.* 定位
You need to learn how to locate your **position** on the map if you are lost.
你必須學會迷路時如何在地圖上找到自己的位置。

11

pos·i·tive
/ `pɑzətɪv /

adj. 積極的、正面的、陽極的
We need to develop a **positive** attitude toward life-long learning.　我們必須培養積極的終身學習態度。

12

neg·a·tive
/ `nɛgətɪv /

adj. 消極的、負面的、陰極的
A **negative** test result indicates the tests found no sign of infection.
陽性檢驗結果顯示未發現感染跡象。

13

di·rec·tion
/ də`rɛkʃən /

n. 指示、方向
The thief ran away in the **direction** of the train station.　小偷往車站方向跑走。

14

di·rect
/ də`rɛkt /

v. 指導、指揮；*adj.* 直接的、直達的
The lawyer took a **direct** flight to Northern California last night.　律師昨晚搭乘直航班機飛往北加州。

15

for·ward
/ `fɔrwə·d /

n. 前鋒；*adj.* 前面的；*adv.* 向前地
I am looking **forward** to seeing you again.
期待再次見到你。

16

front
/ frʌnt /

n. 前面；*adj.* 前面的
There is a picture of the waterfall on the **front** of the book.　書的前面有一幅瀑布的圖畫。

17 east
/ ist /

n. 東邊；*adj.* 東邊的；*adv.* 朝東

➕ west / wɛst / *n.* 西邊；*adj.* 西邊的；*adv.* 朝西
The town lies about five kilometers to the **east** of here. 那座小鎮位於此地東方大約五公里處。

18 Eas·ter
/ `istə /

n. 復活節

Students will get two weeks off school at **Easter**.
復活節期間學生有二星期不用上學。

19 south
/ saʊθ /

n. 南邊；*adj.* 南邊的；*adv.* 朝南

My family were travelling in the **south** of France this summer. 今年夏天我們家在法國南邊旅行。

20 north
/ nɔrθ /

n. 北邊；*adj.* 北邊的；*adv.* 朝北

Scotland is to the **north** of England.
蘇格蘭位於英格蘭北邊。

21 pol·lute
/ pə`lut /

v. 汙染

Oil from the ship **polluted** more than ten miles of the shoreline.
輪船漏出的油汙染了超過十英里的海岸線。

22 pol·lu·tion
/ pə`luʃən /

n. 汙染

Air **pollution** and water pollution are two of the main groups of the environmental pollution.
空氣汙染及水汙染是二種主要的環境汙染。

23 poi·son
/ `pɔɪzn /

n. 毒、毒藥、毒物

The liquid in the tube is a slow-acting deadly **poison**. 試管內的液體是一種緩慢的致命毒素。

24 dam·age
/ `dæmɪdʒ /

n.；v. 損害、損壞

Social development has already caused **damage** to the natural environment.
社會發展已對自然環境造成破壞。

44

第 45 章

Nature

自然

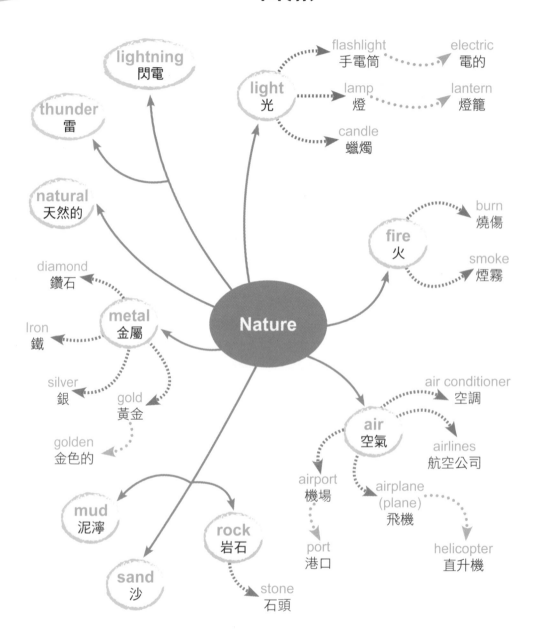

MP3

1 na·ture
/ `netʃɚ /

n. 自然、本質

Teenagers should get close to **nature** as often as possible. 青少年應該儘量接觸大自然。

2 nat·u·ral
/ `nætʃərəl /

n. 天然的、非人造的

Both my grandparents died from **natural** causes in their eighties.

我的祖父母都是八十多歲時死於自然因素。

3 light·ning
/ `laɪtnɪŋ /

n. 閃電

➕ thun·der / `θʌndɚ / *n.* 雷、雷聲

My dog was terrified by **thunder** and **lightning** last night. 昨夜我的狗狗被雷聲及閃電給嚇到了。

4 flash·light
/ `flæʃˌlaɪt /

n. 手電筒

➕ light / laɪt / *n.* 光；*v.* 點著、變亮；*adj.* 明亮的

In the forest, the hunter started a fire with a special **flashlight**. 在樹林中，獵人用特殊的手電筒生火。

5 e·lec·tric
/ ɪ`lɛktrɪk /

n. 電的 ➕ lamp / læmp / *n.* 燈

In this area, most street **lamps** can charge **electric** cars.

在這地區，大多數街燈都能提供電動汽車充電。

6 lan·tern
/ `læntɚn /

n. 燈籠

During the traditional festival, homes will be decorated with colorful paper **lanterns**.

在傳統節慶期間，家家戶戶都將裝飾彩色紙燈籠。

7 can·dle
/ `kænd! /

n. 蠟燭

The woman lit a white **candle** in memory of her neighbor who was killed in the attack.

那名婦人點燃一支白色蠟燭，紀念在攻擊事件中喪命的鄰居。

8 fire
/ faɪr /

n. 火；*v.* 開火、解雇

The historic building was badly damaged in the **fire**. 那棟歷史性的建築物在大火中嚴重毀損。

45

9 **burn** / bɝn /

n. 燒傷；*v.* 燃燒、燙傷、燒錄

A woman and her two children were **burned** to death in the old apartment.

一名婦人及她的二名幼童在舊公寓中被燒死。

10 **smoke** / smok /

n. 煙霧、吸菸；*v.* 抽菸

My grandfather used to **smoke** half a pack of cigarettes a day.

我祖父以前經常一天抽掉半包香菸。

11 **air conditioner** / ɛr / / kən`dɪʃənə /

n. 空調

Several mechanics repaired the **air conditioner** system in the building this morning.

今天早上幾位技術人員維修大樓空調系統。

12 **air·line** / `ɛr,laɪn /

n. 航空公司

The young student decided to book a low-cost **airlines** flight to Singapore.

那名年輕學生決定訂廉價航空班機到新加坡。

13 **air·plane (plane)** / `ɛr,plen /

n. 飛機

The **airplane** ticket price is much more expensive than the high-speed train.

機票價錢比高速列車昂貴得多。

14 **air·port** / `ɛr,port /

n. 機場

➕ port / port / *n.* 港口

It has been arranged for us to see you off at the **airport**.　我們已安排好要到機場為您送行。

15 **hel·i·cop·ter** / `hɛlɪkɑptə /

n. 直升機

The injured mountain climber was ferried to hospital by the **helicopter**.

受傷的登山客已由直升機載送至醫院。

16 **stone** / ston /

n. 石頭

The wall was made of **stone** and brick rather than wood.　這座牆壁是石頭及磚塊而不是木頭築成的。

17 rock
/ rɑk /

n. 岩石
The farmer found a huge poisonous snake hiding under the rock.
那名農人在岩石底下發現一條巨大的毒蛇。

18 met·al
/ ˋmɛtl̩ /

n. 金屬
The scientists have been tracing heavy metal pollution in the local environment.
這些科學家一直在追蹤當地環境的重金屬汙染。

19 gold·en
/ ˋgoldn /

adj. 金色的、黃金般的
The fashion model has bright golden hair.
那名時裝模特兒擁有亮麗金髮。

20 sil·ver
/ ˋsɪlvɚ /

n. 銀；*adj.* 銀質的、銀色的
Silver cleaners clean silver objects with chemicals.
銀器清潔員在用化學藥品清洗銀器。

21 i·ron
/ ˋaɪɚn /

n. 鐵、熨斗；*v.* 燙
The blacksmith always strike the iron while it is hot.
鐵匠總是趁鐵還火燙時敲打。

22 di·a·mond
/ ˋdaɪəmənd /

n. 鑽石
My grandfather struck it rich in the diamond business.
我祖父因鑽石生意而一夜致富。

23 sand
/ sænd /

n. 沙
Several kids are tracing patterns in the sand with sticks.　幾位孩童以棍子在沙子上描繪圖案。

24 mud
/ mʌd /

n. 泥濘
There was a camper stuck a foot deep in the mud on the hill.
一部吉普車在山丘上陷入泥濘一英尺深。

45

第 46 章

Weather

天氣

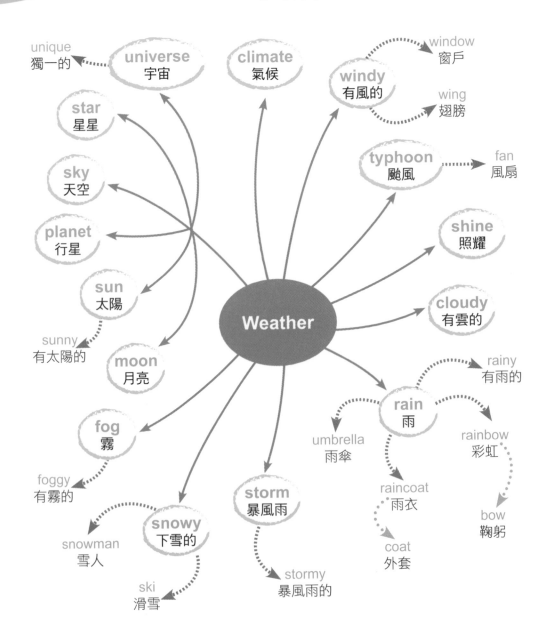

unique
獨一的

universe
宇宙

climate
氣候

windy
有風的

window
窗戶

wing
翅膀

star
星星

typhoon
颱風

fan
風扇

sky
天空

planet
行星

shine
照耀

sun
太陽

cloudy
有雲的

sunny
有太陽的

Weather

moon
月亮

rainy
有雨的

rain
雨

umbrella
雨傘

rainbow
彩虹

fog
霧

raincoat
雨衣

bow
鞠躬

foggy
有霧的

storm
暴風雨

coat
外套

snowman
雪人

snowy
下雪的

stormy
暴風雨的

ski
滑雪

MP3

1 u·ni·verse
/ ˈjunə͵vɝs /

n. 宇宙

Human beings are still seeking the knowledge of the universe. 人類仍在找尋宇宙的知識。

2 u·nique
/ juˈnik /

adj. 獨一的

The fingerprint is unique to each person.
每一個人的指紋都是獨特的。

3 star
/ star /

n. 星星、恆星、明星；*v.* 主演

➕ sky / skaɪ / *n.* 天空

Millions of bright stars can be seen in the clear desert sky during the summer months.
夏季月份期間，清澈的沙漠天空看得到數以百萬計的明亮星星。

4 plan·et
/ ˈplænɪt /

n. 行星 ➕ sun / sʌn / *n.* 太陽

In fact, there are several other planets moving around the Sun.
事實上，還有幾顆其他行星環繞太陽運行。

5 sun·ny
/ ˈsʌnɪ /

adj. 有太陽的 ➕ wind·y / ˈwɪndɪ / *adj.* 有風的

The weatherman said it was going to be sunny but windy tomorrow.
氣象預報員說明天將是晴朗有風的天氣。

6 win·dow
/ ˈwɪndo /

n. 窗戶 ➕ moon / mun / *n.* 月亮

The moon cast a white light into my bedroom through the window.
月亮拋出一道白光穿越窗戶進入我的臥室。

7 wing
/ wɪŋ /

n. 翅膀

The hummingbird can beat its wings at very high speed. 蜂鳥能以極高速度拍打翅膀。

8 ty·phoon
/ taɪˈfun /

n. 颱風

The ship sank to the bottom of the sea during a typhoon in August.
那艘船在八月的一個颱風期間沉入海底。

9

fan
/ fæn /

n. 風扇、狂熱愛好者

There is only a ceiling **fan** turning slowly in the room that is not air-conditioned.

無空調的房間裡只有一座吊扇慢慢地旋轉。

10

shine
/ ʃaɪn /

n. 光彩、光澤；*v.* 照耀

The dusk sunlight is **shining** through the curtains.

黃昏的陽光穿透窗簾。

11

cli·mate
/ `klaɪmɪt /

n. 氣候

The Andes mountain **climate** is one of the most changeable climates on Earth.

安地斯山脈的氣候是地球上變化最劇烈的氣候之一。

12

cloud·y
/ `klaʊdɪ /

adj. 有雲的

In Scotland, it is usually **cloudy** with wintry showers.

蘇格蘭的天氣通常多雲，伴有寒冷的陣雨。

13

rain
/ ren /

n. 雨；*v.* 下雨

➕ um·brel·la / ʌmˈbrɛlə / *n.* 傘

I put my **umbrella** up as I felt a few drops of **rain**.

我感覺到幾滴雨水時隨即撐開雨傘。

14

rain·y
/ `renɪ /

adj. 有雨的

We had two **rainy** days on holiday, but otherwise it was sunny.

我們度假時遇到二天下雨，但其他都是艷陽天。

15

rain·bow
/ `ren,bo /

n. 彩虹

There appeared a **rainbow** across the waterfall, and it slowly rose to the top.

一道彩虹跨過瀑布，並緩慢上升至頂端。

16

bow
/ bo /

n. 弓、鞠躬、蝴蝶結；*v.* 鞠躬

Believe it or not, the little girl can draw a strong **bow**. 信不信由你，那位小女孩能夠拉強弓。

17 **rain·coat** / `ren,kot /

n. 雨衣

Please take off your wet **raincoat** and hang it in the bathroom.　請脫掉你的濕雨衣，並且掛在浴室裡。

18 **coat** / kot /

n. 外套、塗上的一層；*v.* 塗上一層

Most children were wearing a heavy winter **coat** today.　今天大多數孩子都穿著厚重的冬天外套。

19 **storm** / stɔrm /

n. 暴風雨

The **storm** uprooted trees along the street and blew fences down.

這場暴風雨將路樹連根拔起，圍籬吹倒。

20 **storm·y** / `stɔrmɪ /

adj. 暴風雨的

The accident took place on a dark and **stormy** night this spring.

該起意外發生於今年春天的一個漆黑暴風雨夜晚。

21 **snow·y** / snoɪ /

adj. 下雪的

➕ snow·man / `sno,mæn / *n.* 雪人

My kids enjoy making a **snowman** in the courtyard on a **snowy** day.

我的孩子喜愛下雪的日子在庭院堆雪人。

22 **ski** / ski /

v. 滑雪

My friend was **skiing** down the hill very quickly behind me.

我的朋友飛快地往山丘滑雪下來，緊跟在我後面。

23 **fog** / fɑg /

n. 霧

A thick **fog** blanketed this area early this morning.
今天清晨，一陣濃霧覆蓋這整個地區。

24 **fog·gy** / `fɑgɪ /

adj. 有霧的

The field was covered with frozen ice crystals on a cold **foggy** winter day.

冬天一個寒冷起霧的日子，田野覆蓋著結凍的冰晶。

46

第 47 章

Water

水

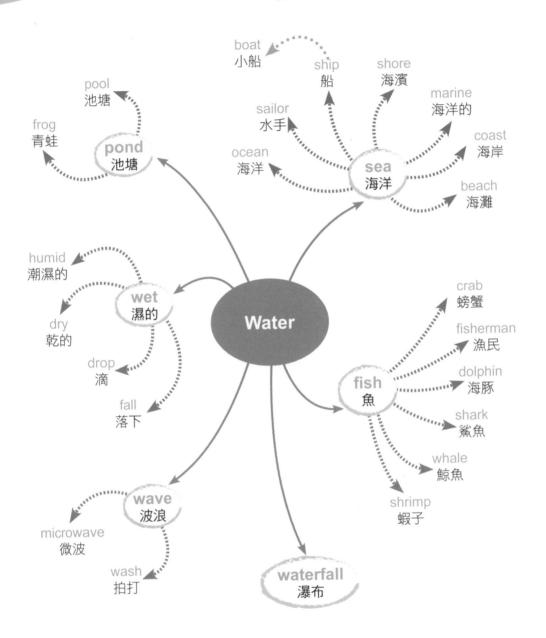

boat 小船

ship 船

shore 海濱

sailor 水手

marine 海洋的

ocean 海洋

coast 海岸

sea 海洋

beach 海灘

pool 池塘

frog 青蛙

pond 池塘

humid 潮濕的

dry 乾的

wet 濕的

drop 滴

fall 落下

Water

crab 螃蟹

fisherman 漁民

dolphin 海豚

fish 魚

shark 鯊魚

whale 鯨魚

shrimp 蝦子

microwave 微波

wave 波浪

wash 拍打

waterfall 瀑布

MP3

1 wa·ter
/ `wɔtɚ /

n. 水；*v.* 澆水

The average adult human body is 50 to 65 percent water. 成人身體平均含 50% 至 65% 的水分。

2 wa·ter·fall
/ `wɔtɚ,fɔl /

n. 瀑布

Victoria Falls is believed to be the largest waterfall in the world.

一般相信維多利亞瀑布是世界最大的瀑布。

3 wash
/ wɑʃ /

v. 洗、拍打

➕ wave / wev / *n.* 波浪；*v.* 揮手、擺動
The waves washed up the shore and brushed against my bare feet.

海浪拍打海岸，沖刷我赤著的腳。

4 mi·cro·wave
/ `maɪkro,wev /

n. 微波、微波爐

Mrs. Lin put the spaghetti in the microwave to heat it up. 林太太將義大利麵放進微波爐加熱。

5 wet
/ wɛt /

adj. 濕的、未乾的

During the art festival, the marching band got all wet in the summer shower.

藝術節期間，儀隊在夏季陣雨中淋得濕透了。

6 hu·mid
/ `hjumɪd /

adj. 潮濕的

The professor used to work in Singapore, a place with a hot and humid climate.

教授曾經在新加坡任職，那是一個氣候炎熱潮濕的地方。

7 dry
/ draɪ /

n. 乾的；*v.* 烘乾

After using the toilet, the man dried his hands with the hand dryer on the wall.

上完廁所，男子用牆上的手部烘乾機弄乾他的手。

8 drop
/ drɑp /

n. 滴；*v.* 掉落

The cook added a couple of drops of vegetable oil onto the bottom of the bowl.

廚師滴了兩三滴植物油到碗底。

47

9 **fall**
/ fɔl /

v. 落下、降低；*n.* 秋天

The cowboy **fell** off from the horse's back and was badly injured.　牛仔從馬背上摔下,身受重傷。

10 **pond**
/ pɑnd /

n. 池塘

Farmers were floating their boats on the **pond** growing water chestnuts.
種植菱角時農民們讓他們的船漂浮在池塘裡。

11 **pool**
/ pul /

n. 池塘、小水坑

The injured man was sent to the hospital and left a **pool** of blood on the ground.
受傷的男子被送進醫院,地上留下一灘血。

12 **frog**
/ frɑg /

n. 青蛙

Frogs can be found almost everywhere except in Antarctica.　除了南極,幾乎到處都有青蛙的蹤跡。

13 **sea**
/ si /

n. 海

➕ sail·or / ˋselə / *n.* 水手

The **sailors** were at **sea** for five days before reaching land.　船員回到陸地之前在海上漂流了五天。

14 **o·cean**
/ ˋoʃən /

n. 洋

➕ ship / ʃɪp / *n.* 船；*v.* 運送

The senior couple traveled across the **ocean** by **ship** this summer.
這對老夫婦今年夏天乘船橫越大洋。

15 **boat**
/ bot /

n. 小船、漁船

➕ shore / ʃɔr / *n.* 海濱

The two **boats** hit each other about two miles off **shore**.　兩艘船在距離海濱兩英里處相撞。

16 **ma·rine**
/ məˋrin /

n. 海軍陸戰隊士兵；*adj.* 海洋的

The organization works to educate people about pollution prevention in the **marine** environment.
該組織致力於教育人們有關海洋環境的汙染防治。

MP3

17 **coast** / kost /

n. 海岸

We are looking forward to traveling from **coast** to coast this autumn. 我們期待今年秋天遊遍全國各地。

18 **beach** / bitʃ /

n. 海灘、湖濱

My cousin has already signed up for a **beach** cleaning activity held this weekend.
我表弟已報名本週末舉辦的淨灘活動。

19 **crab** / kræb /

n. 螃蟹

A lot of Fiddler **crabs** are walking sideways around on the sand.
很多招潮蟹在沙灘上到處橫著走來走去。

20 **fish** / fɪʃ /

n. 魚、魚肉；*v.* 釣魚

➕ fish·er·man / ˈfɪʃəmən / *n.* 漁民
Fishermen in that area raise cormorants to catch **fish** for them.
這地區的漁民飼養鸕鶿，為了讓牠們幫忙抓魚。

21 **dol·phin** / ˈdɑlfɪn /

n. 海豚

Dolphins look like fish, but actually, they're mammals!
海豚看起來像魚，但事實上是哺乳動物。

22 **shark** / ˈʃɑrk /

n. 鯊魚

The swimmer survived a great white **shark** attack by digging into its eyes.
游泳者因為挖進大白鯊的眼睛而逃過一劫。

23 **whale** / hwel /

n. 鯨魚

A blue **whale** eats up to 3,000 kilograms of fish every day. 藍鯨每天吃重達 3000 公斤的魚。

24 **shrimp** / ʃrɪmp /

n. 蝦子

I especially enjoyed grilled **shrimp** with garlic butter and other seasonings.
我特別喜愛拌了大蒜奶油及其他醬料的烤蝦。

47

第 48 章

Politics

政治

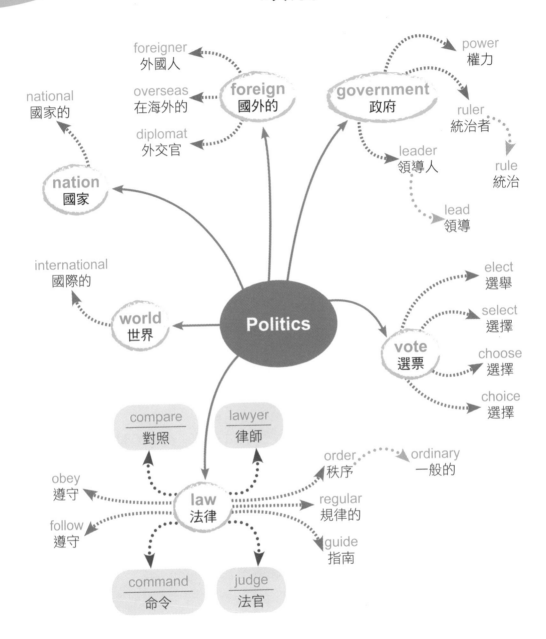

foreigner
外國人

overseas
在海外的

diplomat
外交官

foreign
國外的

national
國家的

nation
國家

government
政府

power
權力

ruler
統治者

rule
統治

leader
領導人

lead
領導

international
國際的

world
世界

Politics

elect
選舉

select
選擇

choose
選擇

choice
選擇

vote
選票

compare
對照

lawyer
律師

law
法律

order
秩序

ordinary
一般的

regular
規律的

guide
指南

obey
遵守

follow
遵守

command
命令

judge
法官

MP3

1 na·tion
/ `neʃən /

n. 國家　🔹 world / wɜld / *n.* 世界
All the nations of the world will face climate-change-related issues.
世界上的所有國家都將面對氣候變遷的相關議題。

2 na·tion·al
/ `næʃənl /

adj. 國家的、公立的
My nephew is still too young to vote in the national election.　我姪子還太年輕，無法在全國大選中投票。

3 in·ter·na·tion·al
/ ˌɪntə`næʃən! /

adj. 國際的
The Middle-Eastern country refused to sign an international arms-control agreement.
該中東國家拒絕簽屬國際限武協議。

4 for·eign
/ `fɔrɪn /

adj. 國外的、外來的
The current foreign exchange rate for Euros is : 100 EUR to USD 125.
目前對歐元的外匯匯率是 100 歐元兌換 125 美元。

5 for·eign·er
/ `fɔrɪnɚ /

n. 外國人
A relatively high percentage of people in this area are foreigners.
這地區有相當高百分比的人是外國人。

6 o·ver·seas
/ `ovɚ`siz /

adj. 在海外的、到國外的
The company is trying to open up overseas markets, especially in Southeast Asia.
該公司一直努力拓展海外市場，尤其是東南亞。

7 dip·lo·mat
/ `dɪpləmæt /

n. 外交官
The foreign diplomat will have been sent home by the end of this month.
該名外交官將於本月底之前派遣回國。

8 gov·ern·ment
/ `gʌvɚnmənt /

n. 政府
The central government will be more focused on basic public health projects.
中央政府將更加聚焦於公共衛生計畫。

48

9 pow·er
/ `paʊə /

n. 權力、力量　➕ rul·er / `rulə / *n.* 統治者、尺
Prince Günther is the last **ruler** in **power** in the German Confederation.
京特爾王子是德國邦聯最後一位執政的統治者。

10 rule
/ rul /

v. 統治、裁定；*n.* 規則、條例
➕ law / lɔ / *n.* 法律
The judge **ruled** that the well-known accountant had knowingly broken the **law**.
法官裁定該知名會計師蓄意違法。

11 law·yer
/ `lɔjə /

n. 律師
You had better check with a **lawyer** if you are not sure of your personal rights.
若對個人權利不確定，最好請教律師。

12 judge
/ dʒʌdʒ /

n. 法官；*v.* 判斷
The high-court **judge** has already pronounced a sentence on the case.
高等法院法官已針對該案件宣判。

13 vote
/vot /

n. 選票、表決、選舉；*v.* 投票、選舉
I am sure I will **vote** against the motion.
我確定我一定會投票反對該項提議。

14 se·lect
/ sə`lɛkt /

v. 選擇、挑選；*adj.* 精選的
That was **selected** as the best music app in 2018.
那是被挑選為 2018 年最佳的音樂應用程式。

15 e·lect
/ ɪ`lɛkt /

v. 選舉、推選　➕ lead·er / `lidə / *n.* 領袖、領導人
The senator was **elected** as **leader** of the ruling party.　該名議員獲選為執政黨揆。

16 lead
/ lid /

v. 領導、帶領；*n.* 鉛　➕ choose / tʃuz / *v.* 選擇
I think we've **chosen** the right person to **lead** the discussion.　我想我們選擇了適合帶領這場討論的人。

17 choice
/ tʃɔɪs /

n. 選擇、挑選、可選擇的東西

The manager had no **choice** but to accept the sales project. 經理別無選擇，只好接受該行銷計畫。

18 com·pare
/ kəm`pɛr /

v. 對照、比較

Compared with other metals, pure silver is the most conductive. 相較於其他金屬，純銀的導電性最佳。

19 com·mand
/ kə`mænd /

n. 命令、掌控、運用能力；v. 命令、指示

My secretary has an impressive **command** of the Spanish language.

我祕書的西班牙文造詣不同凡響。

20 or·di·na·ry
/ `ɔrdn,ɛrɪ /

adj. 一般的

The artist's paintings gave a vivid description of the lives of **ordinary** people.

該名藝術家的畫作生動描繪一般人們的生活。

21 or·der
/ `ɔrdɚ /

n. 秩序、命令；v. 訂購、命令

➕ o·bey / ə`be / v. 遵守

Employees must **obey orders** and carry out their assignments. 員工必須遵守命令，執行他們的任務。

22 fol·low
/ `falo /

v. 遵守、跟隨

I decided to **follow** the doctor's advice and quit drinking from now on.

我決定聽從醫師的建議，從現在起戒酒。

23 reg·u·lar
/ `rɛgjəlɚ /

adj. 規律的、定期的

The project clerks are asked to offer **regular** updates on their progress.

該計畫成員被要求定期更新他們的進度。

24 guide
/ gaɪd /

n. 指南、導遊；v. 指引、導遊

It's common practice in Europe to tip the tour **guide**. 給導遊小費是歐洲普遍的作法。

第49章

Society

社會

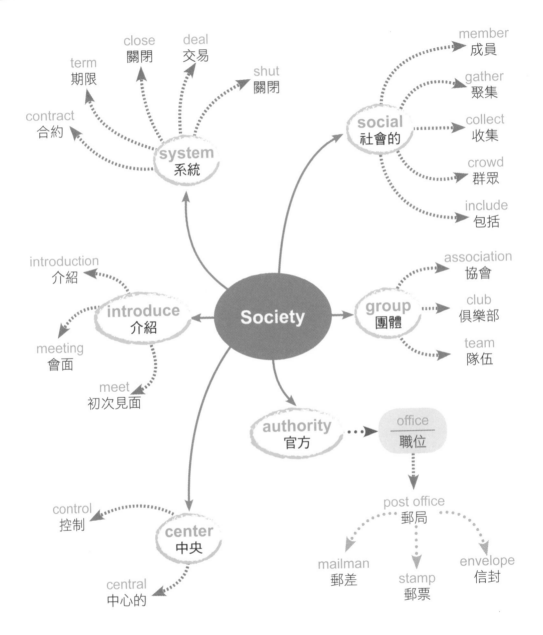

system 系統
close 關閉
deal 交易
shut 關閉
term 期限
contract 合約

social 社會的
member 成員
gather 聚集
collect 收集
crowd 群眾
include 包括

introduce 介紹
introduction 介紹
meeting 會面
meet 初次見面

group 團體
association 協會
club 俱樂部
team 隊伍

authority 官方
office 職位
post office 郵局
mailman 郵差
stamp 郵票
envelope 信封

center 中央
control 控制
central 中心的

MP3

1 society
/ səˋsaɪətɪ /

n. 社會、社團、組織
➕ mem·ber /ˋmɛmbɚ/ *n.* 成員、會員
My uncle has become a lifelong member of the society.　我叔叔已成為該組織的終身會員。

2 so·cial
/ˋsoʃəl/

adj. 社會的、群居的
In the last two months, I haven't attended any social gatherings.
過去二個月，我從未出席任何社交聚會。

3 as·so·ci·a·tion
/ ə,sosɪˋeʃən /

n. 協會、社團、關聯
I really want to thank you for all you have done for the association.
為了您們為協會的付出，我真的要感謝您們各位。

4 club
/ klʌb /

n. 俱樂部、社團
My cousin and I belong to the same unicycle club.
我表弟跟我同屬一個獨輪車社團。

5 au·thor·i·ty
/ əˋθɔrətɪ /

n. 官方、當局、權威
We have to report these pieces of driftwoods to the authorities.　我們必須向當局報告這些漂流木。

49

6 con·trol
/ kənˋtrol /

n. ；*v.* 控制、命令、管制
I think the shopkeeper needs to stay in control of her emotions.　我想該名店長需要控制自己的情緒。

7 of·fice
/ˋɔfɪs/

n. 職位、辦公室
➕ term / tɝm / *n.* 期限、學期、術語
The government is elected for a four-year term of office.　該政府贏得四年執政任期的選舉。

8 post office
/ post ˋɔfɪs /

n. 郵局
The post office opens from Monday to Friday and Saturday morning.
該郵局開放時間為週一至週五，以及週六上午。

9 **en·ve·lope** / `ɛnvə,lop /

n. 信封
The boy tore open the **envelope** from his host family with excitement.
那名男孩興奮地撕開寄自他住宿家庭的信封。

10 **stamp** / stæmp /

n. 郵票、戳記；*v.* 蓋上戳記、跺腳
The clerk forgot to stick a **stamp** on the envelope, but he mailed it out.
那名職員忘了在信封上貼郵票就寄出去了。

11 **mail·man** / `mel,mæn /

n. 郵差
The **mailman** delivered me a package from my cousin this afternoon.
今天下午郵差遞給我來自表弟的包裹。

12 **group** / grup /

n. 團體、組；*v.* 分組
➕ cen·ter / `sɛntə / *n.* 中央、中心；*v.* 以……為中心
The cheer leaders sang and danced in the **center** of a large **group**.
啦啦隊員在一大群人的中間又唱又跳。

13 **cen·tral** / `sɛntrəl /

adj. 中心的、中央的
The **central** government takes the lead while each level of government follows.
中央政府掌握領導地位，而其他各級政府則跟隨之。

14 **crowd** / kraʊd /

n. 群眾；*v.* 擁擠　➕ gath·er / `gæðə / *v.* 聚集、收集
A big **crowd gathered** to countdown to the beginning of the New Year on the square.
一大群人聚集在紐約的廣場倒數跨年。

15 **col·lect** / kə`lɛkt /

v. 收集
My grandfather started **collecting** coins since he was a college student.
我祖父自從大學時期就開始收集錢幣。

16 **team** / tim /

n. 隊伍、團隊
Hank is a faithful follower of his local soccer **team**.
漢克是他當地足球隊的忠實支持者。

17 **sys·tem** / `sɪstəm /

n. 系統、制度

➕ in·tro·duce / ˌɪntrə`djus / *v.* 介紹、引進

The factory has recently **introduced** a new management **system**.

該工廠最近引進一套新的管理系統。

18 **in·tro·duc·tion** / ˌɪntrə`dʌkʃən /

n. 介紹、引進

Company profits have doubled since the **introduction** of new production technology.

自從引進新生產技術之後，公司獲利翻倍。

19 **in·clude** / ɪn`klud /

v. 包括

The museum's collection **includes** works of modern art from all around the world.

該博物館的館藏包括來自世界各地的現代藝術作品。

20 **close** / klos /

v. 關閉、使結束

➕ meet·ing / `mitɪŋ / *n.* 會面、會議

The chairperson **closed** the review **meeting** with a short speech.　主席以簡短談話結束檢討會議。

21 **meet** / mit /

v. 初次見面、會面、達到

It's important to create a good impression when you **meet** a new customer.

與新客戶初次見面時，創造良好印象是重要的。

22 **shut** / ʃʌt /

v. 關閉

I can't get the bottom drawer to **shut** now.

現在我無法關上底層的抽屜。

23 **deal** / dil /

n. 交易、協議、大量；*v.* 買賣

The project contractor has made a **deal** with the the local government.

該專案承包商已與地方政府達成協議。

24 **con·tract** / kən`trækt /

n. 合約

The man will continue the rent **contract** for the next two years.　該名男子將繼續往後二年的租約。

49

第 50 章

Event

事件

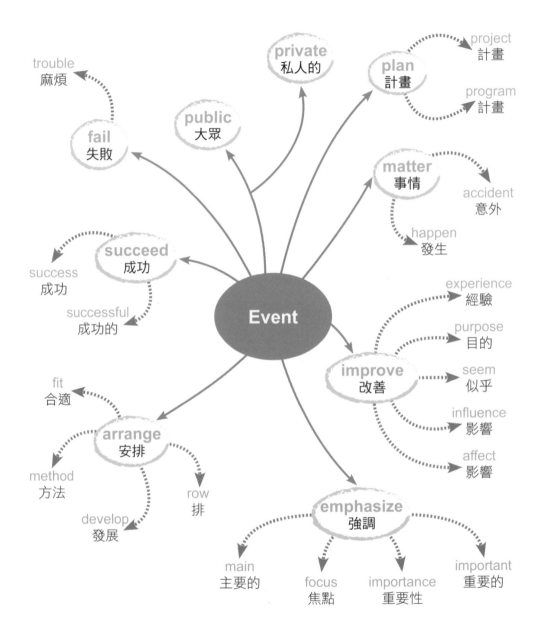

MP3

1 e·vent
/ ɪˋvɛnt /

n. 事件、事情、比賽項目

➕ pub·lic / ˋpʌblɪk / *n.* 大眾；*adj.* 公開的、公共的
Parking in this area will be free and open to the **public**, in the **event** of the strike.
罷工事件期間，該地區將免費開放給大眾停車。

2 pri·vate
/ ˋpraɪvɪt /

v. 私人的、私立的、隱私的

This meeting room is only used for **private** discussions. 這間會議室僅用於私人討論。

3 mat·ter
/ ˋmætɚ /

n. 事情、事件；*v.* 要緊

Employees are expected to deal with personal **matters** on their own time.
一般期望員工能在自己的時間處理私人事情。

4 ac·ci·dent
/ ˋæksədənt /

n. 意外、事故　➕ hap·pen / ˋhæpən / *v.* 發生
The **accident happened** so suddenly.
這起意外發生得很突然。

5 plan
/ plæn /

n. 計畫、平面圖；*v.* 規畫、打算

The local government **planned** to spend 10 million dollars on the project in this financial year.
地方政府計畫在這個財政年度為這項目花一千萬。

6 proj·ect
/ prəˋdʒɛkt /

n. 計畫、方案、工程、專案計畫；*v.* 投射

➕ ex·pe·ri·ence / ɪkˋspɪrɪəns / *n.* 經驗；*v.* 經歷
The new employee has had **experience** in managing large **projects**.
該名新員工已具管理大型計畫的經驗。

7 pro·gram
/ ˋprogræm /

n. 計畫、節目、程式；*v.* 程式設計

The computer has a **program** which corrects spelling and grammar errors.
這部電腦有訂正拼字及文法錯誤的程式。

8 pur·pose
/ ˋpɝpəs /

n. 目的、意圖、效用　➕ seem / sim / *v.* 似乎
There **seemed** to be no **purpose** to my master's degree. 我的碩士學位似乎毫無效益。

50

9 in·flu·ence
/ `ɪnflʊəns /

n. 影響、作用；*v.* 影響
Under the **influence** of his grandfather, Tom chose to major in Public Relations.
在祖父的影響之下，湯姆選擇主修公共關係。

10 af·fect
/ ə`fɛkt /

v. 影響、感染
Some illnesses will **affect** both humans and animals alike. 一些疾病將影響人類，動物也一樣。

11 em·pha·size
/ `ɛmfə,saɪz /

v. 強調、重視
➕ im·por·tant / ɪm`pɔrtnt / *adj.* 重要的、必需的
The president **emphasized** how **important** it is for college students to learn foreign languages.
校長強調大學生學習外語是多麼重要。

12 im·por·tance
/ ɪm`pɔrtns /

n. 重要性
The doctor emphasizes the **importance** of natural foods for those seeking good health.
醫師強調天然食品對那些尋求良好健康的人的重要性。

13 fo·cus
/ `fokəs /

n. 焦點、重點、聚焦；*v.* 聚焦、強調
Education has become the current **focus** of public debate. 教育已成為目前公共談論的焦點。

14 main
/ men /

adj. 主要的、最重要的
➕ im·prove / ɪm`pruv / *v.* 改善、改進
The **main** aim is to **improve** communications between the practice and its patients.
主要目標是改善診所與病患之間的溝通。

15 ar·range
/ `ə`rendʒ /

v. 安排、整理、排列
Judy's husband **arranged** the flowers in a vase for her this morning.
裘蒂的先生今天早上幫她將花插入花瓶裡。

16 row
/ raʊ /

n. 排；*v.* 划
The blocks of different shapes were set in a **row** on the board. 不同形狀的積木在板子上排成一列。

17 **de·vel·op**
/ dɪˋvɛləp /

v. 發展、培養、開發
I'm looking for a job through which I can **develop** my talents.
我正在找尋一份能夠藉此發揮自己天分的工作。

18 **meth·od**
/ ˋmɛθəd /

n. 方法
This natural **method** of growing eggplants never fails. 這個種植茄子的天然方法從未失敗。

19 **fit**
/ fɪt /

v. 合適、合身、可容納；*adj.* 健康的
These objects cannot **fit** into the suitcase.
這些物品無法裝進行李箱。

20 **suc·ceed**
/ səkˋsid /

v. 成功、繼承
My husband **succeeded** his father as president of the company. 我先生繼承他父親而擔任公司總裁。

21 **suc·cess**
/ səkˋsɛs /

n. 成功、成功的事物
The film has been a big box-office **success** in Asia.
這部電影在亞洲獲得票房佳績。

50

22 **suc·cess·ful**
/ səkˋsɛsfəl /

adj. 成功的
My parents are running a very **successful** study tour business.
我父母一直經營著非常成功的遊學事業。

23 **fail**
/ fel /

v. 失敗、不及格、未能
I would have **failed** to get through the difficulty but you tided me over.
要不是你讓我周轉，我就不能度過困難。

24 **troub·le**
/ ˋtrʌb! /

n. 麻煩、困境、問題；*v.* 使煩惱
The new computer system resulted in our current **troubles**. 新電腦系統造成目前的麻煩。

第 51 章

War

戰爭

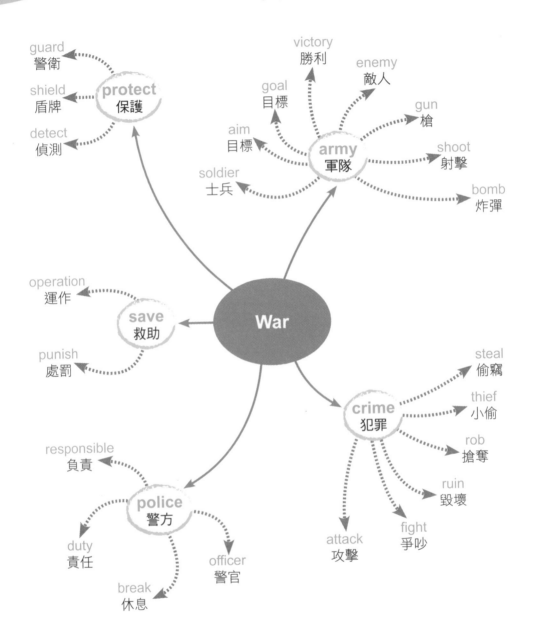

guard 警衛
shield 盾牌
detect 偵測
protect 保護

victory 勝利
goal 目標
enemy 敵人
aim 目標
gun 槍
army 軍隊
shoot 射擊
soldier 士兵
bomb 炸彈

operation 運作
save 救助
punish 處罰

War

steal 偷竊
thief 小偷
crime 犯罪
rob 搶奪
ruin 毀壞
attack 攻擊
fight 爭吵

responsible 負責
police 警方
duty 責任
break 休息
officer 警官

MP3

1 war
/ wɔr /

n. 戰爭、衝突
The Middle-Eastern country has been at war for the last few decades.
那個中東國家在過去數十年間一直處於戰爭狀態。

2 ru·in
/ ˋrʊɪn /

n. 毀壞、廢墟、破產；*v.* 毀壞、使破產
In fact, many medium and small-sized companies are on the edge of ruin.
事實上，許多中小企業正處於破產邊緣。

3 ar·my
/ ˋɑrmɪ /

n. 軍隊、陸軍、大群
The helicopter pilot will leave the army in two months. 該直升機駕駛將於二個月內退伍。

4 sol·dier
/ ˋsoldʒɚ /

n. 士兵
➕ guard / gɑrd / *n.* 警衛、守衛；*v.* 保衛、保護
Two armed soldiers are standing guard outside the castle. 二位武裝士兵在城堡外面站崗。

5 pro·tect
/ prəˋtɛkt /

n. 保護、防護
The down coat will protect you against the cold.
羽絨外套會保護你不受風寒。

6 shield
/ ˋʃild /

n. 盾牌、屏障物；*v.* 保護
The police held up their riot shields against the bullets. 警方舉起盾牌擋住子彈。

7 de·tect
/ dɪˋtɛkt /

n. 偵測、察覺
The alarm will go off by itself soon after smoke is detected. 煙一旦被偵測到，警鈴將自動響起。

8 aim
/ em /

n. 目標、意圖、瞄準；*v.* 瞄準
My grandfather's aim in life is to be a good journalist. 我爺爺的人生目標是成為一位好記者。

9 goal
/ gol /

n. 目標、分數、球門、進球得分
The young player scored three goals in the match against the Philadelphia Flyers.
該名年輕選手在與費城隊的比賽中射進三球。

51

10 vic·to·ry / `vɪktərɪ /

n. 勝利、成功

The school team won an easy **victory** against the other team in yesterday's match.

在昨天的比賽中，校隊擊敗另一隊，輕鬆贏得勝利。

11 en·e·my / `ɛnəmɪ /

n. 敵人

➕ fight / faɪt / *n.* 爭吵、打架；*v.* 搏鬥、擊敗、爭吵

They **fought** against the **enemy** army in the forest for three days. 他們在樹林裡與敵軍交戰三天。

12 at·tack / ə`tæk /

n. 攻擊、襲擊；*v.* 抨擊、責難

➕ crime / kraɪm / *n.* 犯罪

The gas **attack** is said to be a serious **crime** against humanity.

一般說來，毒氣攻擊是違反人道的嚴重罪刑。

13 steal / stil /

v. 偷竊　　➕ thief / θif / *n.* 小偷

The **thief stole** diamond rings amounting to one million dollars. 該名小偷偷走一枚價值一百萬元的鑽戒。

14 rob / rɑb /

v. 搶奪

The bad guy **robbed** the woman of her cellphone and a small amount of money.

那名歹徒搶走婦人的手機及小額金錢。

15 pun·ish / `pʌnɪʃ /

v. 處罰、懲罰

The iron company was **punished** with a $100 million fine for causing excessive air pollution.

該鋼鐵公司因為造成空氣汙染而被罰一百萬美元。

16 of·fi·cer / `ɔfəsə /

n. 警官、軍官、官員

The police **officer** fired a warning shot and then a single bullet into the jeep.

那名警官開槍警告，隨後一發子彈射向吉普車。

17 po·lice / pə`lis /

n. 警方　　➕ gun / gʌn / *n.* 槍

The British **police** do not carry **guns**.

英國警方不配槍。

18 shoot
/ ʃut /

v. 射擊、射殺、投球

The leader of the criminal gang has been **shot** dead in the gunfight.
該犯罪集團首腦已在槍戰中遭到擊斃。

19 bomb
/ bɑm /

n. 炸彈

A car **bomb** went off in the downtown area and killed more than ten people.
一個汽車炸彈在市中心區引爆，造成十多人死亡。

20 break
/ brek /

n. 休息；*v.* 打破、結束、違反

A man **broke** into the office while the security guard was on the phone.
一名男子趁安全警衛講電話時闖入辦公室。

21 du·ty
/ ˈdjutɪ /

n. 責任、義務、關稅

My cousin dropped by my house when I was off **duty** last weekend.
上週末我下班時，表弟到我家看我。

22 re·spon·si·ble
/ rɪˈspɑnsəb! /

adj. 負責、掌管

The section leader was held **responsible** for the loss.
科長負起損失責任。

23 op·e·ra·tion
/ ˌɑpəˈreʃən /

n. 運作、實施、手術

The newly installed air traffic control systems will come into **operation** after it is tested.
這項新裝置的航空交通管制系統，將在通過測試之後立刻開始運作。

24 save
/ sev /

v. 救助、節省、儲存、儲蓄

The store owner must borrow money to **save** his business.
店主必須借錢來解救他的事業。

51

第 52 章

Business

商業

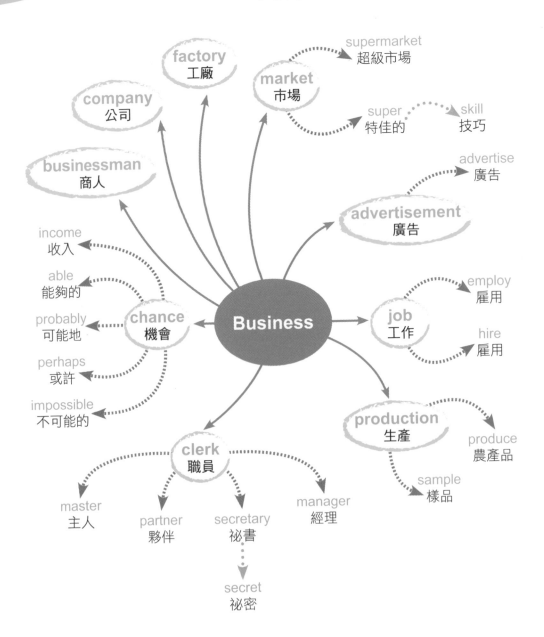

factory 工廠

company 公司

market 市場

supermarket 超級市場

super 特佳的

skill 技巧

businessman 商人

advertise 廣告

advertisement 廣告

income 收入

able 能夠的

probably 可能地

perhaps 或許

impossible 不可能的

chance 機會

Business

job 工作

employ 雇用

hire 雇用

production 生產

produce 農產品

sample 樣品

clerk 職員

master 主人

partner 夥伴

secretary 祕書

manager 經理

secret 祕密

MP3

1 com·pa·ny
/ `kʌmpənɪ /

n. 公司、同伴

➕ busi·ness / `bɪznɪs / *n.* 公司、商務活動、事情
The food company did a lot of business with customers in Europe last quarter.
該食品公司上一季與歐洲客戶做了很多生意。

2 busi·ness·man
/ `bɪznɪsmən /

n. 商人、生意人、商業

The wealthy businessmen gave freely to the poor last year. 去年該名財力雄厚的商人慷慨捐助窮人。

3 mar·ket
/ `mɑrkɪt /

n. 市場、買方；*v.* 行銷

The company increased their share of the market by five percent over the past year.
該公司的市占率較前一年增加 5%。

4 su·per·mar·ket
/ `supɚˌmɑrkɪt /

n. 超級市場

We can buy the best natural local food in this supermarket. 我們可以在這家超級市場買到最好的天然當地食物。

5 ad·ver·tise·ment
/ˌædvɚ`taɪzmənt /

n. 廣告、啟事

➕ ad·ver·tise / `ædvɚˌtaɪz / *n.* 廣告、宣傳、徵聘
The organizer put an advertisement on the Internet asking for several volunteers.
規畫者在網站刊登廣告徵求幾位義工。

6 fac·to·ry `
/ `fæktərɪ /

n. 工廠 ➕ job /dʒɑb/ *n.* 工作

The paper company plans to shut down two factories and cut 300 jobs. 該家紙器公司計畫關閉二座工廠，裁掉 300 個工作機會。

7 em·ploy
/ ɪm`plɔɪ /

v. 雇用、利用

The number of engineers employed by the company has risen from 30 to 80 in two years. 該公司雇用的工程師人數在二年內從 30 名提升至 80 名。

8 hire
/ haɪr /

n. 雇用、新員工；*v.* 雇用

The couple hired a rock band to play music at their wedding party.
新人雇請一個搖滾樂團在他們的婚禮演奏音樂。

52

9 pro·duce / prəˋdjus /

n. 農產品；*v.* 生產、製造、生育

Thanks to its climate condition, this area **produces** a great deal of wine every year.

因為氣候條件，這地區每年生產大量的紅酒。

10 pro·duc·tion / prəˋdʌkʃən /

n. 生產、產量

➕ man·ag·er / ˋmænɪdʒɚ / *n.* 經理、管理人

The **production manager** should be responsible for the entire production department of the company.

生產經理應該負責公司整個生產部門。

11 sec·re·ta·ry / ˋsɛkrə,tɛrɪ /

n. 祕書

My aunt worked as a bilingual **secretary** for a trading company when she was young.

我阿姨年輕時在一家貿易公司擔任雙語祕書。

12 se·cret / ˋsikrɪt /

n. 祕密；*adj.* 祕密的、保密的

The assistant makes no **secret** of her dislike of her job.　該名助理對於她工作的反感毫不掩飾。

13 clerk / klɝk /

n. 職員、店員

My first job was a junior office **clerk** for a national museum.　我的第一份工作是一座國家博物館的低階辦公室職員。

14 part·ner / ˋpɑrtnɚ /

n. 夥伴、同伴；*v.* 合作

The lawyer has become a **partner** in a law firm.

該名律師已成為一家法律事務所的夥伴。

15 sam·ple / ˋsæmp! /

n. 樣品、樣本

I need to bring two **samples** of my design work to the interview.

我必須攜帶二件個人設計樣品參加面試。

16 mas·ter / ˋmæstɚ /

n. 主人、大師；*v.* 精通

The HR manager seems to have **mastered** the art of interviewing people.

該名人資經理似乎精通面試人員的技巧。

17 in·come
/ `ɪn,kʌm /

n. 收入

It's getting more difficult for those on low **incomes** to make ends meet.

依靠低薪收支平衡的人會越來越難捱。

18 skill
/ `skɪl /

n. 技巧、技能

A talented teacher needs a high degree of **skill** and experience to manage a classroom.

一位能幹的老師需要大量的教室管理技巧及經驗。

19 a·ble
/ `ebl /

adj. 能夠的、有能力的

I don't think I am **able** to carry all the shopping items back home on my scooter.

我想我無法將所有購買的東西用機車載回家。

20 chance
/ tʃæns /

n. 機會、可能性

There is a good **chance** that I'll have the project done by the end of this week.

我有可能在這週末之前完成這份工作。

21 prob·a·bly
/ `prɑbəblɪ /

adv. 可能地、大概

The new supervisor will **probably** refuse the offer.

新任督導很可能會拒絕該項提議。

22 per·haps
/ pɚ`hæps /

adv. 或許

Mark has not read my message yet. **Perhaps** he has blocked me.

馬克一直沒讀我的訊息。或許他將我封鎖了。

23 im·pos·si·ble
/ ɪm`pɑsəbl /

adj. 不可能的

The pond was frozen hard and it was almost **impossible** to dig a hole on it.

池塘結凍了，幾乎不可能在上面鑿洞。

24 su·per
/ `supɚ /

adj. 特佳的、極好的；*adv.* 非常地

The Natural Science Museum is a **super** place for kids and teenagers. 自然科學博物館對於孩童及青少年來說是個極好的地方。

第 53 章

Value

價值

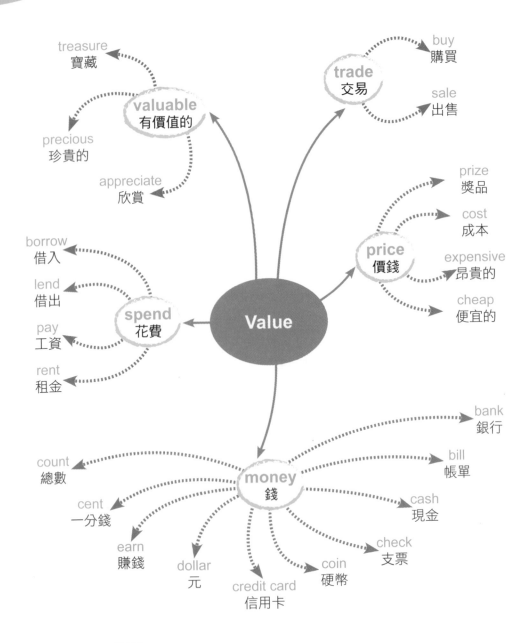

treasure
寶藏

valuable
有價值的

precious
珍貴的

appreciate
欣賞

trade
交易

buy
購買

sale
出售

prize
獎品

cost
成本

price
價錢

expensive
昂貴的

cheap
便宜的

borrow
借入

lend
借出

spend
花費

pay
工資

rent
租金

Value

bank
銀行

count
總數

bill
帳單

cent
一分錢

money
錢

cash
現金

earn
賺錢

check
支票

dollar
元

coin
硬幣

credit card
信用卡

MP3

1 val·ue
/ ˈvælju /

n. 價值；v. 估價、重視

The **value** of the oil painting has been put at £ two million.　這幅油畫的價值估算達二百萬英鎊。

2 val·u·a·ble
/ ˈvæljʊəbl̩ /

adj. 有價值的

Gold and diamonds are always **valuable**.
黃金及鑽石一向頗具價值。

3 trea·sure
/ trɛʒɚ /

n. 寶藏、藝術珍品；v. 珍惜

A pile of stolen art **treasures** was found between floors at the church.
大量遭竊的藝術珍品在教堂的地板之間被發現。

4 cost
/ kɔst /

n. 成本；v. 值⋯⋯錢

➕buy / baɪ / **n.；v. 購買**

I would like to **buy** the diamond ring for my wife, but it **cost** too much money.
我想要買那枚鑽戒送我老婆，但是要花太多錢了。

5 sale
/ sel /

n. 出售、廉價出售

My upstair neighbor put his apartment up for **sale** last week.　我的樓上鄰居上週開始登廣告出售房子。

6 trade
/ tred /

n. 交易、貿易

Since the supermarket opened, many local shops have lost up to 40 percent of their **trade**.
自從那家超級市場開幕之後，許多當地的商店已掉了 40% 的銷售額。

7 price
/ praɪs /

n. 價錢、代價；v. 標價

The **price** of a hotel room includes breakfast and airport pickup.　飯店房間的價錢含早餐及機場接送。

8 prize
/ praɪz /

n. 獎品、獎金

A twelve-year-old boy won the special **prize** in the talent show.
一名十二歲的男孩贏得才藝表演的特別獎。

53

9

pre·cious
/ `prɛʃəs /

adj. 珍貴的、寶貴的
Tourists were surprised at a collection of **precious** objects in the old temple.
觀光客對於古廟裡大量的珍貴物品感到驚訝。

10

ap·pre·ci·ate
/ ə`priʃɪ,et /

v. 欣賞、感激、增值
I **appreciate** your making the effort to complete the project.　感激您努力完成這項任務。

11

ex·pen·sive
/ ɪk`spɛnsɪv /

adj. 昂貴的
My boss usually treats himself to a nice meal in an **expensive** restaurant.
我的老闆經常款待自己到高價餐廳享用一頓佳餚。

12

cheap
/ tʃip /

adj. 便宜的、廉價的
The couple bought a **cheap** package tour to Greece and stayed in a hotel by the sea.
那對夫婦買了廉價的套裝希臘旅遊，並且住在一間海邊旅館。

13

mon·ey
/ `mʌnɪ /

n. 錢　➕ bank / bæŋk / *n.* 銀行、堤岸
I will have to change some **money** at the **bank** counter in the airport.
我得在機場櫃台兌換一些錢幣。

14

bill
/ bɪl /

n. 帳單、紙鈔、法案
The gardening company sent me a **bill** for the work they had done.
那家園藝公司寄給我一份他們已竣工的帳單。

15

cash
/ kæʃ /

n. 現金；*v.* 兌換
➕ check / tʃɛk / *n.* 支票、鉤號、檢查
　　　　　　　 v. 檢查、核對
The bank clerk **cashed** a **check** for me quickly.
銀行職員很快地幫我兌現支票。

16

coin
/ kɔɪn /

n. 硬幣
The tourist asked for £20 in 10p **coins**.
那名觀光客要 20 英鎊面值為 10 便士的硬幣。

17 **credit card** / `krɛdɪt / / kard /

n. 信用卡

The interest rate on my **credit card** is currently 12.5 %. 目前我的信用卡利率是 12.5%。

18 **dol·lar** / dɑlɚ /

n. 元、美元

➕ earn / ɝn / *v.* 賺錢、搏得

The company **earns** millions of **dollars** each year from the seafood business.

該公司每年從海產生意賺取百萬元。

19 **cent** / sɛnt /

n. 一分錢

On the foreign exchanges, the pound rose three **cents** against the dollar.

外匯方面，英鎊對美元上升三分錢。

20 **count** / kaʊnt /

n. 總數；*v.* 計數、認為

The voters are still waiting for the votes to be **counted**. 投票人仍在等候選票計算。

21 **spend** / spɛnd /

v. 花費、度過

Russia **spent** a lot of money to fight with that country. 蘇聯花費大筆金錢與那個國家作戰。

22 **bor·row** / `bɑro /

v. 借入

The English language has **borrowed** a number of words from French. 英文從法文借入許多單字。

23 **lend** / lɛnd /

v. 借出

It was so generous of you to **lend** me your new Lamborghini to show it off.

你真慷慨，借給我全新的藍寶堅尼，讓我炫耀一番。

24 **pay** / pe /

n. 工資；*v.* 支付、回本、有收益

➕ rent / rɛnt / *n.* 租金；*v.* 出租

The man **pays** a higher **rent** because his room is bigger.

那名男子支付較高的租金，因為他的房間較大。

53

第54章

Thing

物品

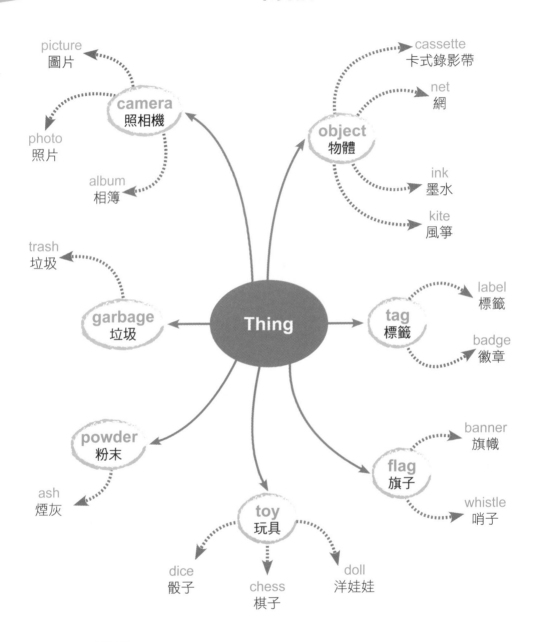

picture
圖片

photo
照片

camera
照相機

album
相簿

cassette
卡式錄影帶

net
網

object
物體

ink
墨水

kite
風箏

trash
垃圾

garbage
垃圾

Thing

tag
標籤

label
標籤

badge
徽章

powder
粉末

ash
煙灰

toy
玩具

dice
骰子

chess
棋子

doll
洋娃娃

flag
旗子

banner
旗幟

whistle
哨子

MP3

1 thing
/ θɪŋ /

n. 物品、用具

Susan helped her grandfather clean out the attic and sell the old **things** that she found inside.
蘇珊幫她的祖父清理了頂樓，然後將裡面的一些舊東西賣了。

2 ob·ject
/ `ɑbdʒɪkt /

n. 物體、目標；*v.* 反對

A collection of precious **objects** of silver was discovered in the ruined castle.
大量的銀質珍品在廢棄的古堡裡被發現。

3 cam·e·ra
/ `kæmərə /

n. 照相機、攝影機

The clerk showed me a GPS with a built-in **camera** and Bluetooth.
店員拿一組內建相機及藍芽的全球定位系統給我看。

4 pic·ture
/ `pɪktʃə /

n. 圖片、照片

The cameraman took **pictures** of the sample against a white background.
攝影師對著白色背景拍攝樣本。

5 photo
/ `foto /

n. 照片

Getting bad wedding **photos** must be a disappointing experience.
拿到劣質的婚禮照片一定是個大失所望的經驗。

6 al·bum
/ `ælbəm /

n. 相簿、專輯

There are a number of family holiday photos in this old **album**.　這本老相簿有很多全家度假的照片。

7 cas·sette
/ kə`sɛt /

n. 卡式錄影帶

I found a pile of old **cassette** tapes lying behind the bookshelf.　我發現一堆舊卡式錄影帶擺在書架後面。

8 ban·ner
/ `bænə /

n. 旗幟、橫幅

The harbor workers walked along the street, carrying **banners** and shouting angrily.
碼頭工人沿著街道步行，拉著橫布條憤怒地吼叫。

54

9 **tag** / tæg /

n. 標籤、附加問句；*v.* 貼標籤
The price **tag** on the whole cake would be $100.
整個蛋糕上的價格標籤是 100 元。

10 **la·bel** / ˋleb! /

n. 標籤；*v.* 貼標籤
The **label** on the bottle attracted me to the product.
瓶子上的標籤吸引我注意那件產品。

11 **badge** / bædʒ /

n. 徽章、獎章
The birthday boy was wearing a **badge** with a twelve on it.
過生日的男孩佩戴一個上面有數字 12 的徽章。

12 **flag** / flæg /

n. 旗子
The team leader cheered and waved the team's **flag** proudly back and forth.
隊長歡呼，自豪地來回揮舞著隊旗。

13 **whis·tle** / ˋhwɪs! /

n. 哨子、哨子聲；*v.* 吹哨子
The policeman blew the **whistle** to rush drivers to get out of the intersection.
那名警察吹哨子催促駕駛人駛離十字路口。

14 **toy** / tɔɪ /

n. 玩具
The kid was asked to clear all the **toys** away before dinner.
那位孩童被要求晚餐前收拾所有的玩具。

15 **doll** / dɑl /

n. 洋娃娃
The **doll** is powered by two built-in rechargeable batteries.
這個洋娃娃是用兩枚內建充電電池作為動力。

16 **kite** / kaɪt /

n. 風箏
It's fun to go fly a **kite** at the beach.
在海灘放風箏很好玩。

17 chess
/ tʃɛs /

n. 棋子、西洋棋
Each piece in Chinese **chess** has a certain type of movement it can make.
每一個象棋都有特定的移動形式。

18 dice
/ daɪs /

n. 骰子、小方塊；*v.* 切成小方塊
Let's throw the **dice**, and whoever gets the highest score goes first.
咱們來擲骰子，看誰的點數最大，誰就先。

19 pow·der
/ ˈpaʊdə /

n. 粉末
A packet of white **powder** was found in the trunk by the police. 一包白色粉末在卡車上被警方查獲。

20 ash
/ æʃ /

n. 煙灰、灰燼
The cigarette **ash** in one's eyes may hurt a lot and cause watery eyes. 煙灰跑進眼睛裡可能會很痛，而且使眼睛變得水汪汪。

21 gar·bage
/ ˈgɑrbɪdʒ /

n. 垃圾
Please don't feed your dog food from the **garbage** any more. 不要再餵你的小狗垃圾食物了。

22 trash
/ træʃ /

n. 垃圾
It's natural behavior that your dog get into the **trash** can. 你的狗狗跑進垃圾桶裡面是自然的行為。

23 net
/ nɛt /

n. 網、網狀物、球網
The batter has to hit the ball high enough to get it over that **net**.
打者必須將球打得夠高才能越過那個網子。

24 ink
/ ɪŋk /

n. 墨水
The dictionary is printed in three different colored **inks**. 這本字典是以三種不同的彩色墨水印製。

54

第 55 章

Tool (1)

容器、工具

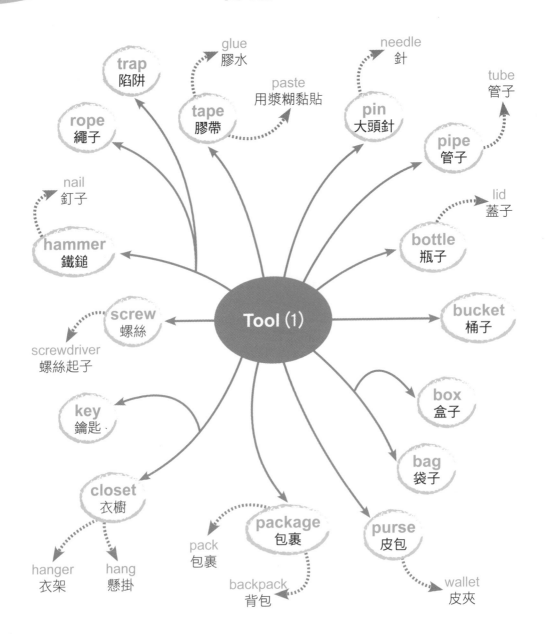

trap 陷阱

glue 膠水

needle 針

tube 管子

paste 用漿糊黏貼

rope 繩子

tape 膠帶

pin 大頭針

pipe 管子

nail 釘子

lid 蓋子

hammer 鐵鎚

bottle 瓶子

screw 螺絲

Tool (1)

bucket 桶子

screwdriver 螺絲起子

key 鑰匙

box 盒子

closet 衣櫥

bag 袋子

hanger 衣架

hang 懸掛

pack 包裹

package 包裹

purse 皮包

backpack 背包

wallet 皮夾

MP3

1

ham·mer
/ `hæmə /

n. 鐵鎚、斧頭

➕ nail / nel / *n.* 釘子、指甲、爪；*v.* 釘
The worker is hitting a **nail** into the wall with a **hammer**. 這名工人正用鐵鎚將一根釘子打進牆壁。

2

rope
/ rop /

n. 繩子；*v.* 綑綁
The man tied the **rope** to the pipes and pulled down on it with his weight.
那名男子將繩子綁在管子上，然後以自己的身體重量往下拉。

3

tape
/ tep /

n. 膠帶、錄音帶；*v.* 用膠帶固定
You may need some **tape** and scissors to pack the object. 你可能需要一些膠帶及剪刀來包裹這東西。

4

glue
/ glu /

n. 膠水；*v.* 黏牢
Tom joined the two pieces of paper together with a bit of **glue**. 湯姆用一些膠水將二張紙黏起來。

5

paste
/ pest /

n. 麵團、漿糊；*v.* 用漿糊黏貼
The woman first mixed the butter and flour into a **paste**. 婦人先將奶油及麵粉混成麵糰。

6

pin
/ pɪn /

n. 大頭針、別針；*v.* 釘住、固定住
The secretary stuck up a notice on the board with metal **pins**.
祕書以金屬大頭針將一則公告固定在公布欄上面。

7

nee·dle
/ `nid! /

n. 針
This **needle** has a very sharp point, so be careful with it. 這支針有非常尖銳的針頭，要小心。

8

pipe
/ paɪp /

n. 管子、管道、笛
The **pipe** burst and sent out a shower of chemical liquid. 管子爆裂，噴出大量化學液體。

55

9 | **tube** / tjub /

n. 管子、試管、軟管
The doctor placed a small **tube** into the patient's heart. 醫師將一支小軟管置入病患的心臟。

10 | **bot·tle** / `bɑtl /

n. 瓶子；v. 裝瓶
The factory worker emptied a **bottle** of poisonous liquid into the tank.
那名工廠員工將一瓶有毒液體全部倒入容器裡面。

11 | **lid** / lɪd /

n. 蓋子
The customer asked the waiter to get the **lid** off that wine bottle.
該名客人要服務生將酒瓶的蓋子拿掉。

12 | **buck·et** / `bʌkɪt /

n. 桶子
The boy should not empty the **bucket** into the kitchen sink.
男孩不該將桶子整個倒進廚房水槽裡。

13 | **box** / bɑks /

n. 盒子、箱子
A heart-shaped **box** of chocolate is thought of as a sign of love.
一般認為心型盒裝巧克力是愛的象徵。

14 | **bag** / bæg /

n. 袋子
Mom came back from the supermarket with two shopping **bags** full of drinks.
媽媽從超級市場回來，拎著兩個裝滿飲料的購物袋。

15 | **purse** / pɝs /

n. 皮包
The woman took out a credit card from her **purse** and handed it to the clerk.
那名婦人從皮包拿出一張信用卡，然後遞給店員。

16 | **wal·let** / `wɑlɪt /

n. 皮夾
The man pulled his **wallet** from the pocket and put it on the counter.
那名男子從口袋掏出他的皮夾然後放在櫃檯上。

17 back·pack
/ `bæk,pæk /

n. 背包
The backpacker put his **backpack** up on the shelf before he went to bed.
背包客就寢前將他的背包放在櫃子上。

18 pack
/ pæk /

n. 包裹；*v.* 包裝
The tour guide **packed** all the tourists' passports into his backpack.
導遊將所有觀光客的護照裝到他的背包裡面。

19 pack·age
/ `pækɪdʒ /

n. 包裹；*v.* 包裝
The security guard was asked to handle these **packages** with care.　警衛被要求小心處理這些包裹。

20 key
/ ki /

n. 鑰匙；*adj.* 關鍵的
A stranger showed off while the lady was turning the **key** to lock her door.
那名女子正在轉門鎖鑰匙時，一名陌生人出現了。

21 hang·er
/ `hæŋɚ /

n. 衣架、掛鉤、絞刑執行者
➕ clos·et / `klɑzɪt / *n.* 衣櫥
Don't put too much stress on the **hanger** on the wall.　不要給牆上的衣架太多壓力。

22 hang
/ hæŋ /

v. 懸掛、吊、施以絞刑
The policeman **hung** his uniform jacket on the hanger on the door.
那名警察將他的制服夾克掛在門上的掛鉤。

23 screw
/ skru /

n. 螺絲；*v.* 用螺絲旋緊
➕ screw·driv·er / `skru,draɪvɚ / *n.* 螺絲起子
The mechanic **screwed** several **screws** into the wood board with a **screwdriver**.
技工用螺絲起子將幾支螺絲旋入木板。

24 trap
/ træp /

n. 陷阱、圈套；*v.* 設陷阱捕捉
The fox got its foot caught in a **trap**.
那隻狐狸的腳被陷阱抓住了。

55

第 56 章

Tool (2)

設備

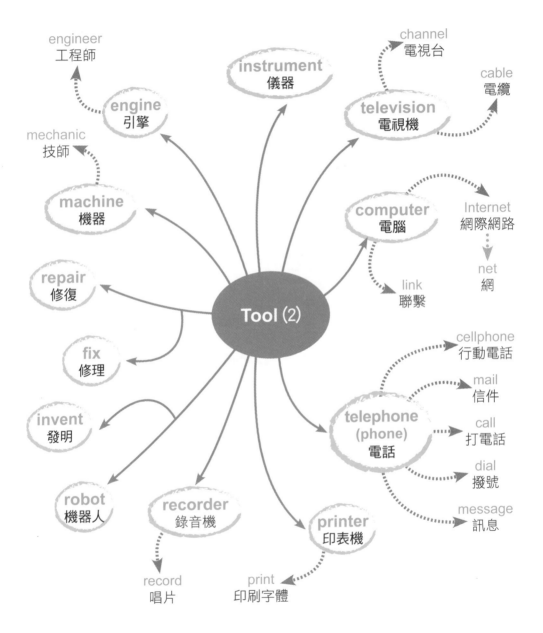

engineer
工程師

instrument
儀器

channel
電視台

cable
電纜

engine
引擎

mechanic
技師

television
電視機

machine
機器

computer
電腦

Internet
網際網路

net
網

repair
修復

link
聯繫

Tool (2)

fix
修理

cellphone
行動電話

mail
信件

invent
發明

telephone
(phone)
電話

call
打電話

dial
撥號

robot
機器人

recorder
錄音機

printer
印表機

message
訊息

record
唱片

print
印刷字體

1 tool / tul /

n. 工具

The engineer always keeps a set of **tools** in the back of his car.

該名工程師總是在自己車子後面放一組工具。

2 in·stru·ment / `ɪnstrəmənt /

n. 儀器、樂器

The rain stick is a musical **instrument** from South America. 雨聲器是來自南美洲的一種樂器。

3 ma·chine / məˋʃin /

n. 機器

I need some coins for the automatic pay **machine** in the parking lot.

我需要一些銅板來投停車場的自動繳費機。

4 me·chan·ic / məˋkænɪk /

n. 技師、機械師

The airlines pay **mechanics** a good salary because aircraft safety is their top priority.

航空公司付給技師們極佳的薪水，因為飛機的安全是他們最重視的。

5 en·gine / `ɛndʒən /

n. 引擎、發動機

The car **engine** will die whenever I slow down at low speeds. 每當我降至低速時，汽車引擎就會熄火。

6 en·gi·neer / ˌɛndʒəˋnɪr /

n. 工程師、火車司機、技師

These mechanical **engineers** master repairing jet engines. 這批機械工程師擅長維修噴射引擎。

7 tel·e·vi·sion / `tɛləˌvɪʒən /

n. 電視機

The live show on **television** is actually prerecorded.

螢幕上的現場節目事實上是預錄的。

8 chan·nel / `tʃænḷ /

n. 電視台、頻道、管道

Below is the list of cable **channels** in this city.

以下是該城市有線頻道的表格。

9 ca·ble
/ ˋkebl /

n. 電纜、有線傳輸系統；*v.* 鋪設電纜

Tourists will enjoy a relaxing ride in the **cable** car service across the River Thames.

觀光客會喜愛搭乘一趟橫跨泰晤士河的悠閒纜車。

10 com·put·er
/ kəmˋpjutɚ /

n. 電腦

The **computer** company's share in the worldwide personal computer market reached second place in the third quarter.

這一家電腦公司獲得第三季全球個人電腦市占率第二名。

11 In·ter·net
/ ˋɪntɚˏnɛt /

n. 網際網路

➕ net / nɛt / *n.* 網

It is a big concern that teenagers are able to use the **Internet** safely.

能讓青少年安全地使用網際網路是一個重大議題。

12 link
/ lɪŋk /

n. 聯繫、關聯；*v.* 使聯繫、使相關聯

There's a direct **link** between diet and cancer.

飲食與癌症有直接關聯。

13 tel·e·phone
(phone)
/ ˋtɛləˏfon /

n. 電話

There are no public **telephones** in the main teaching building.

主要教學大樓沒有公共電話。

14 cell·phone
/ ˋsɛlfon /

n. 行動電話

➕ mail / mel / *n.* 信件、郵包；*v.* 郵寄

The salesperson receives and sends email messages on the **cellphone** every day.

銷售人員每天以行動電話接收電子郵件訊息。

15 dial
/ ˋdaɪəl /

v. 撥號、按號碼；*n.* 儀表盤

The assistant must have **dialed** the wrong number.

助理一定是撥錯電話了。

16 call
/ kɔl /

n. 稱呼、叫喊；***v.*** 打電話、稱呼、命名、召喚
You should have **called** the police for help at that time.　那時候你早該打電話跟警察求救。

17 mes·sage
/ ˋmɛsɪdʒ /

n. 訊息、消息；***v.*** 發文字訊息
I got a **message** that the review meeting will be put off.　我收到一則檢討會將被取消的訊息。

18 print·er
/ ˋprɪntɚ /

n. 印表機
➕ print / prɪnt / ***n.*** 印刷字體；***v.*** 印刷、刊登、刊載
The new **printer** offers excellent **print** speeds and delivers high-quality output.
新印表機提供極佳的列印速度及高品質的輸出。

19 rec·ord
/ rɪˋkɔrd /

n. 唱片；***v.*** 錄音
I don't know how to **record** the sound track on my computer.　我不知道怎麼在我的電腦上錄製音軌。

20 re·cord·er
/ rɪˋkɔrdɚ /

n. 錄音機
It is quite easy to start or stop recording on this pen **recorder**.　要使錄音筆開始或停止錄音相當容易。

21 ro·bot
/ ˋrobət /

n. 機器人
This **robot** cleaner will clean the lobby floor pretty well.
這部掃地機器人能將大廳地板澈底清潔。

22 re·pair
/ rɪˋpɛr /

n. 修理、修補；***v.*** 補救、維修、修理
The sign shows that the delivery system needs **repairing**.　信號顯示輸送系統需要維修。

23 fix
/ fɪks /

v. 修理、安排、安裝
My jeep is still at the garage getting **fixed**.
我的吉普車還在修車廠修理。

24 in·vent
/ ɪnˋvɛnt /

v. 發明、創造
Two Japanese engineers first **invented** the video cassette.　二名日籍工程師首先發明卡式錄影帶。

56

第 57 章

Form

物體狀態

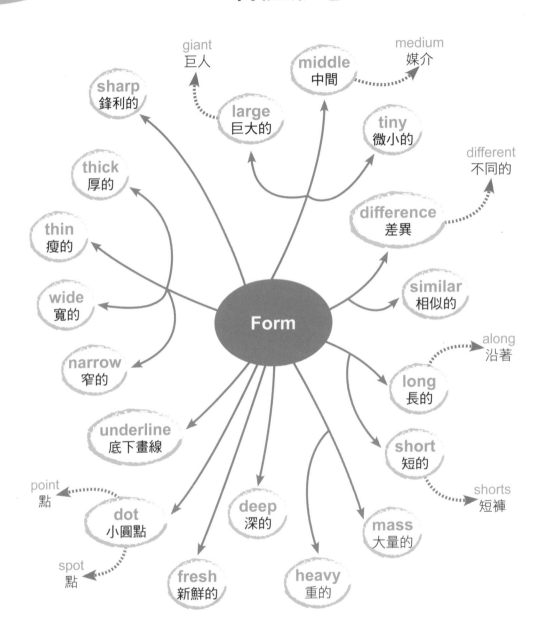

giant
巨人

middle
中間

medium
媒介

sharp
鋒利的

large
巨大的

tiny
微小的

thick
厚的

different
不同的

thin
瘦的

difference
差異

wide
寬的

similar
相似的

Form

narrow
窄的

along
沿著

long
長的

underline
底下畫線

short
短的

point
點

shorts
短褲

dot
小圓點

deep
深的

mass
大量的

spot
點

fresh
新鮮的

heavy
重的

MP3

1
thick
/ θɪk /

adj. 厚的
The girl spread a **thick** layer of chocolate sauce on her ice cream.
女孩將厚厚一層巧克力醬塗在她的冰淇淋上面。

2
thin
/ θɪn /

adj. 瘦的、薄的
Thick books are usually printed on **thin** paper.
厚的書通常都以薄紙印製。

3
wide
/ waɪd /

adj. 寬的
My roommate left the window **wide** open with the light on all night.　我的室友讓窗戶敞開著，整夜開著燈。

4
nar·row
/ ˋnæro /

adj. 窄的、狹窄的、些微差距的
The ruling party won the election by a **narrow** majority.　執政黨以些微差距贏得選舉。

5
large
/ lɑrdʒ /

adj. 巨大的、大量的
We are surprised at the **large** number of people who attended the event.
我們對於參加這個活動的大量人數感到驚訝。

6
gi·ant
/ ˋdʒaɪənt /

n. 巨人、巨頭、巨大的
Fidel Castro was one of the political **giants** of this century.　卡斯楚是本世紀政治巨頭之一。

7
me·di·um
/ ˋmidɪəm /

n. 媒介、方法；*adj.* 中間的、中等的、中等熟度的
Would you like your steak rare, **medium**, or well done?
你的牛排要嫩的、半熟的還是全熟？

8
mid·dle
/ ˋmɪd! /

n. 中間、中央；*adj.* 中間的、中央的
I saw a monkey in the **middle** of the country road.
我在鄉間小路中看到一隻猴子。

9
ti·ny
/ ˋtaɪnɪ /

adj. 微小的
➕hardly / ˋhɑrdlɪ / *adv.* 幾乎不
The print is so **tiny** that I can **hardly** read it.
印出的字體太小，我幾乎看不到。

57

10 sim·i·lar / `sɪmələ /

adj. 相似的
These countries have **similar** views on a number of European cases.
這些國家對許多歐洲問題的看法相似。

11 dif·fe·rence / `dɪfərəns /

n. 差異
What's the **difference** between an ape and a gorilla? 人猿和大猩猩之間有什麼差別？

12 dif·fe·rent / `dɪfərənt /

adj. 不同的
The climate in the south of the island is **different** than that in the north. 島嶼南部的氣候與北部不同。

13 a·long / ə`lɔŋ /

prep. 沿著 ➕ long / lɔŋ / *adj.* 長的
During blackout, we felt our way **along** the wall to the door and left the office.
停電時，我們沿著牆壁摸著到門口，然後離開辦公室。

14 short / ʃɔrt /

adj. 短的、短缺的、矮的
Those underground cables are much **shorter** than they used to be. 這些地下電纜較以前用的短得多。

15 shorts / ʃɔrts /

n. 短褲
The foreign tourist is wearing a white T-shirt and a pair of **shorts**.
那名外國觀光客穿著白色 T 恤及一條短褲。

16 mass / mæs /

n. 塊、質量；*adj.* 大量的、大規模的
A liter of gas has less **mass** than a liter of water.
一公升氣體的質量較一公升的水還小。

17 heav·y / `hɛvɪ /

adj. 重的、大量的
A week of **heavy** rains has caused flooding in the mountains. 一週的大雨造成山區洪水氾濫。

18 deep / dip /

adj. 深的、感受強烈的

The hole is so **deep** that we can't see the bottom.

這個洞好深，我們看不到底部。

19 fresh / frɛʃ /

adj. 新鮮的、新到的、無鹽的

Fresh water and salt water usually mix at the mouth of a river.

淡水及鹹水經常匯集於河流出海口。

20 dot / dɑt /

n. 小圓點

When you connect all the **dots** on the paper, you'll get a picture of a hippo.

當你連完紙上所有小圓點時，就會得到一幅河馬的圖案。

21 point / pɔɪnt /

n. 點、分數、得分、觀點

There is no **point** arguing with those who don't use reason.

跟理智線斷掉的人爭執毫無意義。

22 spot / spɑt /

n. 點、地點、一點

I felt a few **spots** of rain, so I stopped to put my umbrella up.

我感覺到幾滴雨，因此停下來開傘。

23 sharp / ʃɑrp /

adj. 鋒利的、急遽地；adv. 準時地

Silver is soft, and it is not suitable for making a knife with a **sharp** edge.

銀的質地柔軟，不適合製成邊緣鋒利的刀子。

24 un·der·line / ˌʌndə`laɪn /

v. 底下畫線、強調

Students need to choose the correct parts of speech and **underline** them.

學生必須選擇正確的詞性，然後在底下畫線。

57

第 58 章

Measure

度量衡單位

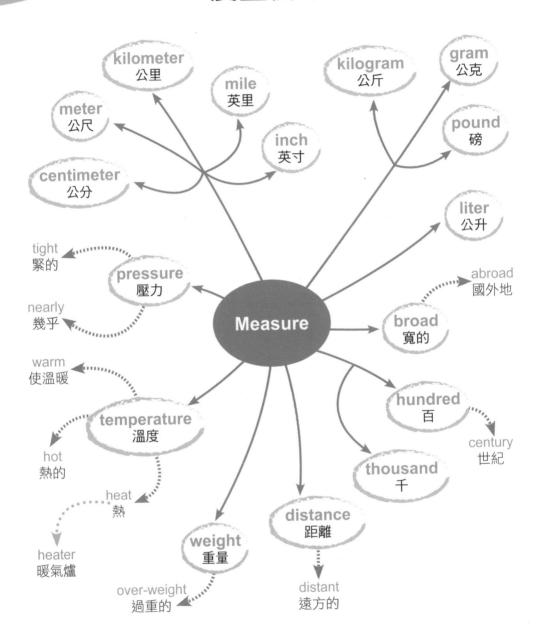

MP3

1 mea·sure / `mɛʒɚ /

n. 尺寸、度量單位；*v.* 測量
The apartment balcony **measures** 10 feet by 5 feet.
該公寓陽台的尺寸是長 10 英尺、寬 5 英尺。

2 cen·ti·me·ter / `sɛntə,mitɚ /

n. 公分
The Shanghai World Financial Center is up to 49,200 **centimeters** tall to its roof.
上海世界金融中心的屋頂高達 49,200 公分。

3 hun·dred / `hʌndrəd /

n. 百
In this area, clouded leopards numbered a few **hundreds** or less.
這個區域的雲豹總計數百隻，或者更少。

4 cen·tu·ry / `sɛntʃʊrɪ /

n. 世紀、一百年
The senior couple have been married for more than half a **century**. 這對年長夫婦已結褵超過半世紀。

5 me·ter / `mitɚ /

n. 公尺 ➕ broad / brɔd / *adj.* 寬的
This stream is over 400 **meters broad** at its widest point. 這條溪的最寬處有 400 多公尺。

6 a·broad / ə`brɔd /

adv. 國外地
Both of their grown-up children are living **abroad** now. 他們二個未成年的孩子目前都旅居國外。

7 kil·o·me·ter / `kɪlə,mitɚ /

n. 公里
The international airport is located eight **kilometers** away from downtown.
國際機場位於距離市中心八公里處。

8 thou·sand / `θaʊznd /

n. 千
The population of the fishing village is about four **thousand**. 該漁村人口大約是四千人。

9 mile / maɪl /

n. 英里
The tour bus was about two **miles** from the castle when the engine suddenly died.
觀光巴士於離開城堡約二英里時引擎突然熄火。

58

10 **kil·o·gram** / `kɪləˌgræm /

n. 公斤　➕ pound / paʊnd / *n.* 磅
One **kilogram** equals 2.2 **pounds**.
一公斤等於 2.2 磅。

11 **gram** / græm /

n. 公克
This pack of chemical powder weighs more than 500 **grams**.　這包化學粉末重達 500 多公克。

12 **inch** / ɪntʃ /

n. 英寸
The snow was up to ten **inches** deep in this area yesterday.　昨天該地區降雪達十英寸深。

13 **dis·tance** / `dɪstəns /

n. 距離
The clerk rents an apartment within walking **distance** of the company.
該名職員在距離公司步行可及的地方租一間公寓。

14 **dis·tant** / `dɪstənt /

adj. 遠方的、遠親的
The fox is a **distant** relative of the wolf.
狐狸是狼的遠親。

15 **weight** / wet /

n. 重量、分量
There appears a decrease in my sister's **weight** after a month of dieting.
我妹妹節食一個月之後，體重似乎減輕了。

16 **o·ver·weight** / `ovəˌwet /

adj. 過重的
You will have to pay extra in case your luggage is **overweight**.　萬一你的行李超重，就得額外付費。

17 **li·ter** / `litə /

n. 公升
Basically, ten **liters** of milk are needed to make one kilogram of cheese.
基本上，一公斤的起司需要十公升牛奶來製作。

18 tem·pera·ture
/ `tɛmprətʃɚ /

n. 溫度

Temperatures have fallen sharply over the past few days.

過去幾天氣溫已急速下滑。

19 warm
/ wɔrm /

v. 使溫暖；*adj.* 溫暖的、暖和的

Many students put their hands in their pockets to keep them **warm**.

許多學生把手放在口袋裡面保暖。

20 hot
/ hɑt /

adj. 熱的、高溫的、辛辣的

You need to prevent heat-related illnesses when you exercise outdoors in **hot** weather.

高溫天氣之下從事戶外運動時，必須預防熱相關的疾病。

21 heat
/ hit /

n. 熱；*v.* 加熱

The chef asked the trainee to turn the oven to a low **heat**.

主廚要實習生將烤箱轉至低溫。

22 heat·er
/ `hitɚ /

n. 暖氣爐

The fan **heater** can heat the bedroom up quickly.

暖風扇能夠快速使臥室加溫。

23 tight
/ taɪt /

adj. 緊的

➕ pres·sure / `prɛʃɚ / *n.* 壓力

In this system, the inner air will be at a **tighter pressure** than the outer air.

這個系統中，裡面的空氣壓力將比外面空氣高。

24 near·ly
/ `nɪrlɪ /

adv. 幾乎

It has been **nearly** two months since my last haircut.　距離我上次剪髮幾乎有二個月了。

58

第 59 章

Have

擁有

belong
屬於

habit
習慣

mix
混合

share
一份

gain
收益

divide
分開

own
擁有

waste
浪費

available
可獲得的

section
部分

usually
經常

often
時常

Have

beside
在旁邊

except
除了……之外

neither
兩者皆非

sometimes
偶爾

besides
此外

either
也不

seldom
不常

nor
也不

rare
稀少的

none
無一

quite
相當地

rather
相當地

lack
匱乏

MP3

1 have
/ hæv /

v. 有、吃、喝

➕ a·vail·a·ble / əˋveləbl / *adj.* 可獲得的、有效的
We don't **have** any double rooms **available** this weekend.　這週末我們沒有任何雙人房可供住宿。

2 hab·it
/ ˋhæbɪt /

n. 習慣

Those in the **habit** of walking to work have a lower likelihood of having high blood pressure.
那些習慣走路上班的人患高血壓的可能性極低。

3 own
/ on /

v. 擁有；*adj.* 自己的

My grandfather has never **owned** a suit in his life.
我爺爺一輩子從未擁有過一套西裝。

4 be·long
/ bəˋlɔŋ /

v. 屬於

The Stradivarius violin once **belonged** to a famous violinist in Russia.　這把斯特拉迪瓦里小提琴一度屬於一名俄國知名小提琴家。

5 gain
/ gen /

n. 收益、獲利；*v.* 獲得、贏得

The government soldiers **gained** control over the island again.　政府軍再次獲得該島嶼的掌控。

6 mix
/ mɪks /

n. 混合、結合；*v.* 混合、拌和

Prepare a large bowl, and **mix** together sugar, milk and water.
預備一個大碗，然後將糖、牛奶及水混合在一起。

7 share
/ ʃɛr /

n. 一份、股份；*v.* 分享、共用

My wife and I **share** an interest in growing orchids.
我太太跟我有養蘭的共同興趣。

8 di·vide
/ dəˋvaɪd /

v. 分開、分組

The whole kingdom used to be **divided** into four great tribes.　整個王國曾經分割為四大部落。

59

9 waste
/ west /

n. 浪費、廢物；v. 浪費
It is a **waste** of effort to practice more than ten hours every day.
每天練習超過十小時是白費力氣。

10 sec·tion
/ `sɛkʃən /

n. 部分、片段
The waiter cut the cheesecake into six equal **sections**.
服務生將起司蛋糕切成六等分。

11 be·sides
/ bɪ`saɪdz /

adv. 此外、而且
Do you play any other musical instruments **besides** the piano?
除了鋼琴，你還彈奏任何其他樂器嗎？

12 be·side
/ bɪ`saɪd /

prep. 在旁邊
The picture shows a line of deer are drinking water **beside** the pond.
這幅圖畫出一整排的鹿在池塘旁邊喝水。

13 ex·cept
/ ɪk`sɛpt /

prep. 除了……之外
The art gallery is open daily **except** on Mondays.
該美術館每天都開館，除了每週一。

14 nei·ther
/ `niðɚ /

adv.；adj.；pron. 兩者皆非、兩者都不
This is a war where **neither** side will win in the end.
這是一場雙方自始至終無一贏家的戰爭。

15 ei·ther
/ `iðɚ /

adv. 也不；adj. 兩者中每個
pron. 兩者中任何一個
I don't eat beef and my wife doesn't, **either**.
我不吃牛肉，我老婆也是。

16 nor
/ nɔr /

conj. 也不
The foreigner spoke neither English **nor** Spanish, but a strange mixture of the two.
該名外國人講的既不是英文，也不是西班牙語，而是二種的混雜。

17 none
/ nʌn /

pron. 無一
This new product will be second to **none** in the market.　這款新產品將是市場上的箇中翹楚。

18 lack
/ læk /

n. 匱乏；v. 缺少
Lack of sleep at night will make people tired and sleepy during the day.
夜晚睡眠不足將使人們白天疲倦、想睡覺。

19 u·su·al·ly
/ ˋjuʒʊəlɪ /

adv. 經常
My family **usually** does the weekly shopping on a Sunday.　我家經常在週日採購一整週需要的物品。

20 of·ten
/ ˋɔfən /

adv. 時常
➕ some·times /ˋsʌm͵taɪmz/ **adv. 偶爾、有時候**
My husband does cook **sometimes**, but not very **often**.　我先生偶爾下廚，但不是很常。

21 sel·dom
/ ˋsɛldəm /

adv. 不常
Earthquakes **seldom** happen in relatively old-age geological regions.
地震不常發生在相對古老的地質區域。

22 rare
/ rɛr /

adj. 稀少的、不常發生的、半熟的
The national history museum is full of **rare** and precious treasures.
國家歷史博物館充滿稀有珍貴寶藏。

23 quite
/ kwaɪt /

adv. 相當地、甚
I enjoyed the writer's new novel though it's not **quite** as good as his last one.
我喜愛該名作者的新小說，儘管沒有他的上一本小說好。

24 ra·ther
/ ˋræðɚ /

adv. 相當地
I **rather** doubt my manager will be able to come to the party.　我相當懷疑經理會前來參加派對。

59

第 60 章

Number

數字

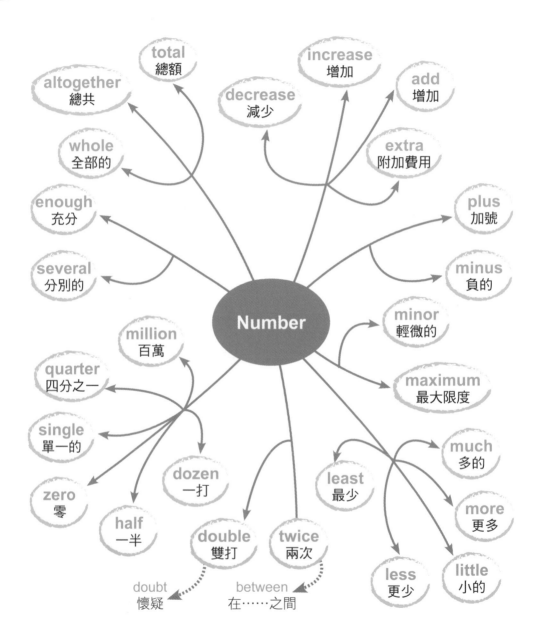

- total 總額
- altogether 總共
- increase 增加
- decrease 減少
- add 增加
- whole 全部的
- extra 附加費用
- enough 充分
- plus 加號
- several 分別的
- minus 負的
- minor 輕微的
- **Number**
- million 百萬
- maximum 最大限度
- quarter 四分之一
- single 單一的
- much 多的
- zero 零
- dozen 一打
- least 最少
- more 更多
- half 一半
- double 雙打
- twice 兩次
- less 更少
- little 小的
- doubt 懷疑
- between 在……之間

246 MP3

1 num·ber
/ `nʌmbɚ /

n. 數字、總數

The **number** of those killed in traffic accidents in this area fell last month.

該地區上月死於交通意外的人數下降。

---

2 whole
/ hol /

adj. 全部的、整體的；*adv.* 整體地

You have to stand up in court and promise to tell the **whole** truth.

你必須站在法庭並且承諾所説的全都是事實。

---

3 al·to·geth·er
/ ˏɔltə`gɛðɚ /

adv. 總共、完全

That'll be $100 **altogether**, please.

總共 100 元。

---

4 to·tal
/ `totl /

n. 總額、總數；*adj.* 總的

➕ de·crease / dɪ`kris / *n.*；*v.* 減少

Total unemployment has **decreased** by 1 percentage point in the past year.

過去一年中，整體失業率已下降一個百分點。

60

---

5 in·crease
/ ɪn`kris /

n.；*v.* 增加

The student has to **increase** the temperature of the liquid to its boiling point.

該名學生必須將液體加溫到沸點。

---

6 add
/ æd /

v. 增加、相加

Remember to **add** the cost of postage to the subtotal.

記得將郵資成本加到小計裡面。

---

7 ex·tra
/ `ɛkstrə /

n. 附加費用；*adj.* 額外的

➕ plus / plʌs / *n.* 加號；*adj.* 正的；*prep.* 加上

The rent will be 10,000 NT, **plus extra** for utilities and Internet access.

租金是一萬元台幣，外加水電及上網費。

---

8 mi·nus
/ `maɪnəs /

adj. 負的；*prep.* 減

Temperatures might fall to **minus** ten in this area tonight.　該地區今晚溫度可能降至零下十度。

9 mi·nor / `maɪnə- /

adj. 輕微的、次要的;*n.* 未成年人;*v.* 副修

Luckily, the driver suffered only **minor** injuries in the accident.

幸運地,駕駛在意外中僅輕微受傷。

10 max·i·mum / `mæksəməm /

n. 最大限度、最大量;*adj.* 最大的、頂點的

The purpose of that attack is to cause the **maximum** amount of damage to the city.

那波攻擊的目的是要造成該座城市最大程度的毀損。

11 much / mʌtʃ /

adj. ; *pron.* 多的、大量的

How **much** sugar do you take in your coffee?

你咖啡裡要放多少糖?

12 more / mor /

adj. ; *adv.* ; *pron.* 更多、較大

➕ less / lɛs / *adj.* ; *adv.* ; *pron.* 更少、較小

You had better listen **more** and talk **less**!

你最好多聽,少說話。

13 lit·tle / `lɪt! /

adj. 小的、年幼的;*adv.* 少

It will only take a **little** while to clear up the basement.

清理地下室只需一會兒的時間。

14 least / list /

adv. ; *adj.* ; *n.* 最少、最小

➕ twice / twaɪs / *adv.* 兩次;兩倍

The rainforest is at **least twice** the size of France.

這片雨林至少是法國的二倍大。

15 be·tween / bɪ`twin /

prep. 在……之間

The historical ruins lie halfway **between** the Czech Republic and Austria.

該歷史廢墟位於捷克及奧地利之間的中途。

16 doub·le / `dʌb! /

n. 雙打;*adj.* 兩倍的、雙份的

The word " beer " has a **double** " e " in the middle.

「beer」這個字中間有二個「e」字母。

17 doubt
/ daʊt /

n.；*v.* 懷疑、疑慮
The former president expressed serious **doubts** about the leadership of the new government.
前任總統對於新政府的領導表達強烈懷疑。

18 doz·en
/ ˋdʌzn /

n. 一打
➕ half / hæf / *n.* 一半、上／下半場
The cook mixed a half **dozen** eggs together and seasoned the mixture with salt and pepper.
廚師將半打雞蛋打在一起，然後調上鹽及胡椒。

19 ze·ro
/ ˋzɪro /

n. 零、零度；*adj.* 全無的
In this desert, temperatures may fall below **zero** overnight.
在這片沙漠，溫度可能一夜之間降至零度以下。

20 sin·gle
/ ˋsɪŋgl /

adj. 單一的、未婚的
The host explained to the police every **single** detail of what happened that night.
男主人向警方說明那晚發生的每一細節。

21 quar·ter
/ ˋkwɔrtɚ /

n. 四分之一、季度
My daughter cut the kiwifruit into **quarters**.
我女兒將奇異果切成四等份。

22 mil·lion
/ ˋmɪljən /

n. 百萬
The kingdom won the war, but it cost them **millions** of lives.　該王國贏得戰爭，但犧牲了數百萬生命。

23 e·nough
/ əˋnʌf /

adv.；*pron.*；*n.* 充分、足夠
I've had **enough** of the assistant's excuses.
我已受夠了助理的藉口。

24 sev·er·al
/ ˋsɛvərəl /

adj. 分別的；*pron.* 一些、幾個
It took **several** hours to clear the road after the shooting incident.
槍擊事件之後花了數小時清理路面。

60

2000 單字歷屆試題

_____ 1. Our summer camp is for _____ between the ages of 10 and 16.

    (A) adults   (B) elders   (C) babies   (D) youngsters

_____ 2. With a big supermarket in his _____, it is very convenient for him to go grocery shopping.

    (A) exhibition   (B) message   (C) neighborhood   (D) prayer

_____ 3. It is suggested by the workers in the zoo that it is best to call on the bears at an early hour when they are most active.

    (A) play   (B) shower   (C) offer   (D) visit

_____ 4. Because of the heavy rain, Mr. Johnson drove down the hill very slowly and cautiously.

    (A) carefully   (B) naturally   (C) quickly   (D) entirely

_____ 5. When dining at a restaurant, we need to be _____ of other customers and keep our conversations at an appropriate noise level.

    (A) peculiar   (B) defensive   (C) noticeable   (D) considerate

_____ 6. In Taiwan, Jay Chou is such a well-known singer that almost every teenager has heard about him.

    (A) creative   (B) famous   (C) high   (D) wild

_____ 7. The businessman is very _____; he gives money to those who are in need of help.

    (A) dependent   (B) expensive   (C) generous   (D) rapid

_____ 8. After an argument with the parents of his students, the teacher finally admitted his mistake and _____ himself to ask for their forgiveness.

    (A) resisted   (B) humbled   (C) detected   (D) handled

_____ 9. Her enthusiasm for tennis is the main reason for her to become a world champion.

    (A) opinion   (B) action   (C) event   (D) interest

_____ 10. It's a pity that you have to leave so soon. I _____ hope that you will come back very soon.

    (A) sincerely   (B) scarcely   (C) reliably   (D) obviously

_____ 11. Although Mr. Chen is rich, he is a very _____ person and is never willing to spend any money to help those who are in need.

(A) absolute   (B) precise   (C) economic   (D) stingy

_____ 12. Customers may pay _____ or use a credit card in major department stores.

(A) cash   (B) change   (C) tape   (D) total

_____ 13. When the Smiths went on vacation last summer, they stayed in a luxurious, richly decorated hotel.

(A) cheap   (B) expensive   (C) humble   (D) plain

_____ 14. Thank you very much for helping me _____ my bicycle yesterday. You really gave a hand.

(A) remind   (B) repair   (C) revise   (D) repeat

_____ 15. Some people prefer to follow a predictable pattern in their life: school, then marriage and children.

(A) design   (B) turn   (C) rate   (D) review

_____ 16. Before Ang Lee's films started to attract worldwide attention, he stayed home for a period of time while his wife worked to support the family.

(A) surprising   (B) international   (C) numerous   (D) particular

_____ 17. Due to the heavy rainfall, many roads leading to the downtown area were _____, and many people could not get to school or work.

(A) imported   (B) delivered   (C) blocked   (D) expected

_____ 18. The _____ capacity of this elevator is 400 kilograms. For safety reasons, it shouldn't be overloaded.

(A) delicate   (B) automatic   (C) essential   (D) maximum

_____ 19. The passengers _____ escaped death when a bomb exploded in the subway station, killing sixty people.

(A) traditionally   (B) valuably   (C) loosely   (D) narrowly

_____ 20. Residents are told not to dump all household waste _____ into the trash can; reusable materials should first be sorted out and recycled.

(A) shortly   (B) straight   (C) forward   (D) namely

_____ 21. As computers are getting less expensive, they are _____ used in schools and offices today.

(A) widely   (B) expectedly   (C) consciously   (D) influentially

_____ 22. The power workers had to work _____ to repair the power lines since the whole city was in the dark.

(A) around the clock   (B) in the extreme

(C) on the house   (D) in the majority

_____ 23. Last month, fifty couples, who were married for fifty years and more, _____ their golden anniversary in the city hall.

(A) contributed   (B) confirmed   (C) celebrated   (D) combined

_____ 24. In line with the worldwide green movement, carmakers have been working hard to make their new models more _____ friendly to reduce pollution.

(A) liberally   (B) individually

(C) financially   (D) environmentally

_____ 25. Everyone in the office must attend the meeting tomorrow. There are no _____ allowed.

(A) exceptions   (B) additions   (C) divisions   (D) measures

_____ 26. At twelve, Catherine has won several first prizes in international art competitions. Her talent and skills are _____ for her age.

(A) comparable   (B) exceptional   (C) indifferent   (D) unconvincing

_____ 27. One of the ways by which website companies make money is from the _____ that flash on the screens.

(A) warnings   (B) advertisements   (C) movies   (D) conversations

_____ 28. Dr. Chu's speech on the new energy source attracted great _____ from the audience at the conference.

(A) attention   (B) fortune   (C) solution   (D) influence

_____ 29. Built under the sea in 1994, the _____ between England and France connects the UK more closely with mainland Europe.

(A) waterfall   (B) temple   (C) tunnel   (D) channel

_____ 30. With online shopping, one can get hundreds of options when looking for a cell phone.

(A) choices   (B) fees   (C) topics   (D) reasons

_____ 31. According to studies, loneliness can increase the risk of older people dying early due to its harmful effects on health.

(A) belief   (B) danger   (C) knowledge   (D) safety

_____ 32. The tropical weather in Taiwan makes it possible to grow various types of fruits such as watermelons, bananas, and pineapples.

(A) different   (B) whole   (C) general   (D) special

_____ 33. Without much contact with the outside world for many years, John found many technological inventions _____ to him.

(A) natural (B) common   (C) foreign   (D) objective

_____ 34. Because of crop failure, millions of people are starving and in need of food _____.

(A) lack   (B) hunger   (C) aid   (D) crisis ‾

_____ 35. According to studies, drinking one or two glasses of wine a week during pregnancy can have an impact on the baby's brain.

(A) excuse   (B) agreement   (C) option   (D) influence

_____ 36. Over the years, her singing has given pleasure to people all over the world.

(A) care   (B) light   (C) manner   (D) joy

_____ 37. A store with a comfortable temperature and soft music is a pleasant place for shoppers to stay longer.

(A) a complex   (B) an enjoyable   (C) an internal   (D) a sensitive ‾

_____ 38. Social media platforms allow us to _____ up with multiple circles of friends.

(A) link   (B) wipe   (C) raise   (D) look

_____ 39. If we don't have good telephone _____, we may sound impolite to other people on the phone.

(A) manners   (B) marks   (C) bills   (D) bases

_____ 40. The new manager is a real gentleman. He is kind and humble, totally different from the former manager, who was _____ and bossy.

(A) eager   (B) liberal   (C) mean   (D) inferior

_____ 41. Facebook, Google⁺, Twitter, and LINE are among the most popular social _____ services that connect people worldwide.

(A) masterwork   (B) message   (C) networking   (D) negotiation

_____ 42. Here are the golden rules for beautiful skin: keep it clean, don't smoke, and stay out of the sun.

(A) colorful   (B) important   (C) pleasant   (D) metal

_____ 43. Intense, fast-moving fires raged across much of California last week. The _____ firestorm has claimed the lives of thirty people.

(A) efficient   (B) reliable   (C) massive   (D) adequate

_____ 44. People all over the world show their basic emotions with similar facial expressions.

(A) feelings   (B) positions   (C) movements   (D) abilities

_____ 45. Cheese, powdered milk, and yogurt are common milk _____.

(A) produces   (B) products   (C) productions   (D) productivities

_____ 46. Helen's doctor suggested that she undergo a heart surgery. But she decided to ask for a second _____ from another doctor.

(A) purpose   (B) statement   (C) opinion   (D) excuse

_____ 47. If you ask students why they are late for class, their excuses will be very different.

(A) views (B) rights   (C) reasons   (D) voices

_____ 48. With online dating, people learn a lot about a potential partner before meeting each other.

(A) humorous   (B) real   (C) possible   (D) generous

_____ 49. The terrible train accident in Ali-Mountain _____ the death of many passengers.

(A) talked into (B) hung up (C) turned down   (D) resulted in

_____ 50. To prevent the spread of the Ebola virus from West Africa to the rest of the world, many airports have begun Ebola _____ for passengers from the infected areas.

(A) screenings   (B) listings   (C) clippings   (D) shapings

_____ 51. Writing is a very useful _____ for students. In the future, they can use it at different workplaces.

(A) belief   (B) culture   (C) skill   (D) feature

_____ 52. Jessica is a very religious girl; she believes that she is always _____ supported by her god.

(A) spiritually (B) typically   (C) historically   (D) officially

_____ 53. A producer for a popular television show is always looking for people with unusual _____ to perform on the show.

(A) reasons   (B) courts   (C) platforms   (D) talents

_____ 54. In conventional farming, chemicals are frequently used to kill insects and fight diseases.

(A) geographical (B) traditional   (C) accidental   (D) environmental

_____ 55. Although he is a chef, Roberto _____ cooks his own meals.

(A) rarely (B) bitterly   (C) naturally   (D) skillfully

_____ 56. Hot springs are said to help heal skin diseases.

(A) damage   (B) produce   (C) ignore   (D) treat

_____ 57. John ran into _____ when he tried to expand his new business too quickly.

(A) stock   (B) trouble   (C) market   (D) floor

_____ 58. I haven't _____ my brother since he moved to China last year.

(A) touched down   (B) seen out   (C) looked down   (D) heard from

_____ 59. The police surveyed the scene of crime carefully for fear of missing any clue that was related to the murder.

(A) checked in   (B) turned up   (C) looked over   (D) got around

_____ 60. In "The Lord of the Rings," the rings _____ evil magic. They represent destructive power.

(A) stand for   (B) check in   (C) go through   (D) happen to

_____ 61. The little sister and her elder sister look so much alike that the neighbors can hardly _____.

(A) fool them around   (B) tell them apart

(C) check them up   (D) work them out

_____ 62. You might fail in pursuit of your goals, but the lessons you learn from each failure will help you to eventually succeed.

(A) easily   (B) readily   (C) finally   (D) simply

_____ 63. Not knowing what the sales representative was trying to do, the lady looked perplexed.

(A) prepared   (B) bored   (C) delighted   (D) confused

_____ 64. The ideas about family have changed _____ in the past twenty years. For example, my grandfather was one of ten children in his family, but I am the only child.

(A) mutually   (B) narrowly   (C) considerably   (D) scarcely

_____ 65. Andrew is now working at a factory, but his dream is to possess a business run by himself.

(A) allow   (B) hit   (C) depend (D) own

_____ 66. She is _____ regular treatment for her illness. And she is making great progress.

(A) falling   (B) sending   (C) living   (D) receiving

_____ 67. If you want to learn more about the activity, you can get additional information from the university homepage.

(A) more   (B) serious   (C) daily   (D) practical

_____ 68. As airplane pilots fly for many long hours, they are _____ for the safety of hundreds of peopleon board.

(A) understandable
(B) changeable
(C) believable
(D) responsible

_____ 69. Simon loves his work. To him, work always comes first, and family and friends are _____.

(A) secondary   (B) temporary   (C) sociable   (D) capable

_____ 70. Crime is growing at a rapid rate, _____ in urban areas.

(A) cheerfully   (B) appropriately   (C) reasonably   (D) especially

_____ 71. Identical twins look exactly the same. Sometimes even their parents cannot tell one from the other.

(A) completely   (B) suddenly   (C) naturally   (D) partially

_____ 72. For over 2000 years, paper has been used as a major tool of communication; however, e-mail today has become a _____ practice.

(A) common   (B) difficult   (C) last   (D) traditional

_____ 73. The most frequently used service on the Internet is electronic mail (e-mail), which is fast and convenient.

(A) easily   (B) recently   (C) commonly   (D) possibly

_____ 74. Taking a one-week vacation in Paris is indeed an unforgettable experience.

(A) a possible   (B) a miserable   (C) a capable   (D) a memorable

_____ 75. Mangoes are a _____ fruit here in Taiwan; most of them reach their peak of sweetness in July.

(A) mature   (B) usual   (C) seasonal   (D) particular

_____ 76. English, which is widely regarded as the global language, is required nowadays not only in Taiwan but also in other Asian countries for better jobs and higher incomes.

(A) useful   (B) serious   (C) excellent   (D) necessary

_____ 77. These three wooden boxes are _____; they are of the same size, shape, and color.

(A) remote   (B) real   (C) similar   (D) vague

_____ 78. Jordan's performance _____ his teammates and they finally beat their opponents to win the championship.

(A) signaled   (B) promoted   (C) opposed   (D) inspired

_____ 79. Amy did not _____ changes in the course schedule and therefore missed the class.

 (A) arrest   (B) alarm   (C) notice   (D) delay

_____ 80. More and more students _____ that with a good knowledge of English, they will have more opportunities to find a good job.

 (A) delay   (B) launch   (C) realize   (D) bother

_____ 81. The ending of the movie did not come as a _____ to John because he had already read the novel that the movie was based on.

 (A) vision   (B) focus   (C) surprise   (D) conclusion

_____ 82. Tension and anxiety at test time may cause students to forget what they have read.

 (A) honesty   (B) traffic   (C) noise   (D) worry

_____ 83. The _____ of SARS has caused great inconvenience to many families in Taiwan.

 (A) destiny   (B) contempt   (C) outbreak   (D) isolation

_____ 84. The discovery of the new vaccine is an important _____ in the fight against avian flu.

 (A) breakthrough (B) commitment (C) demonstration (D) interpretation

_____ 85. It is easier to make plans than to _____, so getting things done is as important as planning in advance.

 (A) break them down   (B) make them up

 (C) pay them off   (D) carry them out

_____ 86. Since I do not fully understand your proposal, I am not in the position to make any _____ on it.

 (A) difference (B) solution   (C) demand   (D) comment

_____ 87. Last winter's snowstorms and freezing temperatures were quite _____ for this region where warm and short winters are typical.

 (A) fundamental (B) extraordinary (C) statistical   (D) individual

_____ 88. When the sunshine is too bright, we should wear sunglasses to _____push our eyes.

 (A) protect   (B) judge   (C) greet   (D) review

_____ 89. In the Bermuda Triangle, a region in the western part of the North Atlantic Ocean, some airplanes and ships were reported to have mysteriously disappeared without a _____.

 (A) guide   (B) trace   (C) code   (D) print

_____ 90. He promised that he would be back before four to finish his work.

    (A) occurred   (B) entered   (C) invested   (D) agreed

_____ 91. The discussions of the Cross-Strait Service Trade Agreement in the Legislative Yuanprovoked domestic objections, which started the Sunflower Movement.

    (A) openings   (B) opportunities   (C) disagreements (D) discoveries

_____ 92. This tour package is very appealing, and that one looks _____ attractive. I don't know which one to choose.

    (A) equally   (B) annually   (C) merely   (D) gratefully

_____ 93. Whenever I am in trouble, he always helps me out. I really _____ his assistance.

    (A) accomplish(B) associate   (C) achieve   (D) appreciate

_____ 94. The problem with Larry is that he doesn't know his limitations; he just _____ he can do everything.

    (A) convinces   (B) disguises   (C) assumes   (D) evaluates

_____ 95. The recent terrorist _____ in Australia and Europe raised concerns about national safety all over the world.

    (A) attacks   (B) attractions   (C) insults   (D) pollutions

_____ 96. Students were asked to _____ or rewrite their compositions based on the teacher's comments.

    (A) revise   (B) resign   (C) refresh   (D) remind

_____ 97. Let's make a _____; you cook dinner and I do the dishes.

    (A) call   (B) deal   (C) guess   (D) scene ̄

_____ 98. With her nine-to-five job, Sally sometimes has to run personal _____ during the lunch break, such as going to the bank or mailing letters.

    (A) affairs   (B) errands   (C) belongings   (D) connections

_____ 99. A variety of preventive measures are now _____ in order to minimize the potential damage caused by the deadly disease.

    (A) by birth   (B) at will   (C) in place   (D) on call

_____ 100. All the flights to and from Kaohsiung were _____ because of the heavy thunderstorm.

    (A) advised   (B) disclosed   (C) cancelled   (D) benefited

_____ 101. David is now the best student in high school. It's _____ that he will get a scholarship to thestate university.

    (A) available   (B) various   (C) certain   (D) doubtful

_____ 102. Jane _____ to the waiter that her meal was cold.

(A) happened　　(B) celebrated　　(C) complained　　(D) admired

_____ 103. With his excellent social skills, Steven has been as a great communicator by all his colleagues.

(A) diagnosed　　(B) exploited　　(C) perceived　　(D) concerned

_____ 104. The history of this country can _____ the Stone Age.

(A) keep up with　　　　　　(B) date back to

(C) go in for　　　　　　　　(D) look down upon

_____ 105. If you want to keep your computer from being attacked by new viruses, you need to constantly renew and your anti-virus software.

(A) confirm　　(B) overlook　　(C) esteem　　(D) update

_____ 106. A research result shows that drinking a lot of water can help _____ the risk of developing kidney stones.

(A) inflate　　(B) promote　　(C) maximize　　(D) decrease

_____ 107. Martha has been trying to _____ her roommate since their quarrel last week, as she doesn't want to continue the argument.

(A) overgrow　　(B) bother　　(C) pursue　　(D) avoid

_____ 108. Eyes are sensitive to light. Looking at the sun _____ could damage our eyes.

(A) hardly　　(B) specially　　(C) totally　　(D) directly

_____ 109. Telling me that he had to take a train home in ten minutes, he vanished into the street.

(A) disappeared　(B) disappointed　(C) deserved　　(D) ignored

_____ 110. Experts from more than 20 countries met in India to talk over climate change and food safety.

(A) convince　　(B) collect　　(C) discuss　　(D) deny

_____ 111. We should _____ the importance of recycling because of the limited resources on Earth.

(A) relax　　(B) attack　　(C) reduce　　(D) emphasize

_____ 112. Silence in some way is as _____ as speech. It can be used to show, for example, disagreement or lack of interest.

(A) sociable　　(B) expressive　　(C) reasonable　　(D) objective

_____ 113. What the reporter said was a complete lie. I have never even heard of that man, _____ gone out with him.

(A) sit alone　　(B) let alone　　(C) keep out　　(D) fall out

_____ 114. It doesn't matter what methods you use; the most important thing is that you complete the project before the _____.

(A) distance　　(B) deadline　　(C) depth　　(D) density

_____ 115. A strong typhoon is nearing Taiwan, so Tom's plan to go surfing on this weekend has been rejected by his father.

(A) filled out　　(B) brought up　　(C) put off　　(D) turned down

_____ 116. If we work hard to _____ our dreams when we are young, we will not feel that we missed out on something when we get old.

(A) distribute　　(B) fulfill　　(C) convince　　(D) monitor

_____ 117. In a traditional Chinese family, children have to give back their family in return for the previous support.

(A) little　　(B) curious　　(C) main　　(D) former

_____ 118. Joseph is popular at school because of his good _____gain.

(A) performance　(B) attendant　　(C) conductor　　(D) rebellion

_____ 119 He is filling out a visa application _____ because he is going to visit South Africanextmonth.

(A) farm　　(B) firm　　(C) form　　(D) fame

_____ 120. John had failed to pay his phone bills for months, so his telephone was _____ last week.

(A) interrupted　　(B) disconnected　　(C) excluded　　(D) discriminated

_____ 121. The rise of oil prices made scientists search for new energy resources to _____ oil.

(A) apply　　(B) replace　　(C) inform　　(D) persuade

_____ 122. A menu serves to _____ customers about the varieties and prices of the dishes offered by the restaurant.

(A) appeal　　(B) convey　　(C) inform　　(D) demand

_____ 123. According to the report, the number of people regularly using dating sites on the Internet _____ from 3.2 million in December 1999 to 5.6 million in October 2000.

(A) resulted　　(B) gained　　(C) differed　　(D) increased

_____ 124. The actress demanded an _____ from the newspaper for an untrue report about personal life.

(A) insistence　　(B) apology　　(C) explosion　　(D) operation

_____ 125. Under the _____ of newly elected president Barack Obama, the US is expected to turn a new page in politics and economy.

(A) adoption   (B) fragrance   (C) identity   (D) leadership

_____ 126. Because many students were kept _____ about the lecture, the attendance was much smaller than expected.

(A) out of order   (B) on thin ice

(C) without a doubt   (D) in the dark

_____ 127. The restaurant has superb business because it serves delicious and healthy food.

(A) works   (B) provides   (C) forwards   (D) strikes

_____ 128. The recent flood completely _____ my parents' farm. The farmhouse and fruit trees were all gone and nothing was left.

(A) ruined   (B) cracked   (C) hastened   (D) neglected

_____ 129. The coach was proud because his basketball team won the championship.

(A) absent   (B) famous   (C) pleased   (D) worried

_____ 130. In some cultures, giving someone a letter opener implies that the relationship will be cut.

(A) suggests   (B) includes   (C) impresses   (D) bargains

_____ 131. The teacher created vocabulary cards to assist students in learning new English words.

(A) support   (B) translate   (C) believe   (D) sign

_____ 132. After many years of extensive research, Taiwanese computer companies have upgraded their quality.

(A) polite   (B) deep   (C) secret   (D) broad

_____ 133. If you want to borrow magazines, tapes, or CDs, you can visit the library. They are all _____ there.

(A) sufficient   (B) marvelous   (C) impressive   (D) available

_____ 134. The victim of the plane crash stayed _____ for two weeks, and then died last night.

(A) alive   (B) central   (C) obvious   (D) rough

加入晨星

即享『**50元** 購書優惠券』

回函範例

您的姓名： 晨小星

您購買的書是： 貓戰士

性別： ●男 ○女 ○其他

生日： 1990/1/25

E-Mail： ilovebooks@morning.com.tw

電話／手機： 09××-×××-×××

聯絡地址： 台中　市　　西屯　區

工業區30路1號

您喜歡：●文學/小說　●社科/史哲　●設計/生活雜藝　○財經/商管
（可複選）●心理/勵志　○宗教/命理　○科普　　○自然　●寵物

心得分享： 我非常欣賞主角…

本書帶給我的…

"誠摯期待與您在下一本書相遇，讓我們一起在閱讀中尋找樂趣吧！"

國家圖書館出版品預行編目（CIP）資料

心智圖串聯單字記憶法（修訂版）／蘇秦、羅曉翠、晉安佑. -- 二版. -- 臺中市：晨星, 2021.02
　　264面 ;16.5×22.5公分. -- （語言學習；14）
ISBN 978-986-5529-98-7（平裝）

1.英語　2.語彙

805.12　　　　　　　　　　　　　　109020582

語言學習 14

心智圖串聯單字記憶法（修訂版）

最常用的2000個單字，用60張心智圖串聯想像，一次全記住！

作者	蘇秦、羅曉翠、晉安佑
編輯	余順琪
封面設計	季曉彤
美術編輯	林姿秀
創辦人 發行所	陳銘民 晨星出版有限公司 407台中市西屯區工業30路1號1樓 TEL：04-23595820　FAX：04-23550581 行政院新聞局局版台業字第2500號
法律顧問 二版	陳思成律師 西元2021年02月01日
總經銷	知己圖書股份有限公司 106台北市大安區辛亥路一段30號9樓 TEL：02-23672044／02-23672047　FAX：02-23635741 407台中市西屯區工業30路1號1樓 TEL：04-23595819　FAX：04-23595493 E-mail：service@morningstar.com.tw 網路書店 http://www.morningstar.com. tw
讀者專線 郵政劃撥	02-23672044／02-23672047 15060393（知己圖書股份有限公司）
印刷	上好印刷股份有限公司

定價 350 元

（如書籍有缺頁或破損，請寄回更換）

ISBN：978-986-5529-98-7

Published by Morning Star Publishing Inc.

Printed in Taiwan

All rights reserved.

| 最新、最快、最實用的第一手資訊都在這裡 |